À PROPOS DE L'AUTEUR

La notoriété de cette passionnée d'histoire médiévale dépasse aujourd'hui largement les frontières américaines. Ses romans, publiés dans le monde entier, figurent régulièrement parmi les meilleures ventes du prestigieux *USA Today*.

Retrouvailles à Dunborough

MARGARET MOORE

Retrouvailles à Dunborough

Traduction française de
FLORENCE BELLOT

Les Historiques

HARLEQUIN

Collection : LES HISTORIQUES

Titre original :
SCOUNDREL OF DUNBOROUGH

Ce roman a déjà été publié en 2016.

HARPERCOLLINS FRANCE
83-85, boulevard Vincent-Auriol, 75646 PARIS CEDEX 13
Service Lectrices — Tél. : 01 45 82 47 47

www.harlequin.fr

ISBN 978-2-2804-4335-7 — ISSN 1159-5981

Avec mes remerciements à ma famille
et mes amis pour leur amour et leur soutien,
en particulier pendant les moments difficiles.
Ma gratitude est au-delà des mots.

Chapitre 1

Angleterre, 1214

En ce mois de novembre, la nuit était tombée, mais, dans la grande salle de sir Melvin, la chaleur et la lumière faisaient oublier le froid et offraient un refuge agréable, que la jeune femme en habit de nonne appréciait. Celeste voyageait depuis des jours, et cela faisait longtemps qu'elle n'avait savouré pareil confort.

Un feu ronflait dans la gigantesque cheminée, et une profusion de torches étaient alignées sur les murs en pierres grises. Sous le dais, deux bougies en cire d'abeille fixées dans des chandeliers en argent ornaient la table à tréteaux recouverte d'une nappe. Derrière la table haute où avaient pris place Celeste et le prospère sir Melvin, le visage des chevaliers et des belles dames qui ornaient la tapisserie vacillait à la lueur des chandelles. Lady Viola, son épouse tout en dignité et en sagesse, se tenait à sa gauche. Une multitude de domestiques s'affairaient au service des autres tables où le régisseur, un prêtre, des serviteurs âgés et des gardes du domaine s'apprêtaient à souper.

Le vieux prêtre, qui ressemblait à Mathusalem, songea Celeste, termina de dire les grâces. Des servantes apportèrent de gros tranchoirs en pain rassis faisant office d'assiettes pour un épais ragoût de bœuf. Des corbeilles garnies d'autres tranches de pain étaient disposées sur la table tandis que des gobelets en bronze, où se reflétaient les flammes de l'âtre et qui attendaient d'être emplis de vin, complétaient le couvert.

— Je vous remercie de m'accueillir et de m'offrir un repas aussi somptueux, dit Celeste à son hôte d'une voix douce et sincère.

— Nous sommes enchantés que vous passiez la nuit ici, ma sœur, vraiment enchantés ! répondit sir Melvin avec jovialité, illuminé d'un grand sourire.

— Et nous serons heureux de vous fournir une escorte pour le reste de votre voyage, ajouta lady Viola.

— Merci, répondit Celeste, mais je n'ai plus beaucoup de route à faire. Je devrais arriver à Dunborough dès demain.

— Dunborough ? s'exclama sir Melvin.

Il n'aurait pas eu l'air plus surpris si elle avait annoncé qu'elle allait en enfer avec joie.

Il vit aussitôt sa femme lui lancer un regard de reproche et se racla la gorge avant de poursuivre :

— Dunborough, eh bien ? Je connais le seigneur des lieux, sir Roland. Sa femme et lui ont fait étape ici quand ils sont revenus du Yorkshire. Elle s'appelle lady Mavis Delac.

Celeste suspendit son geste alors qu'elle s'apprêtait à prendre un petit pain bis dans le panier devant elle.

— Sir Roland est le seigneur de Dunborough, et il est marié ? demanda-t-elle, s'efforçant de dissimuler au mieux son étonnement.

— Son père et son frère aîné sont morts récemment, et il vient de se marier, expliqua lady Viola.

Celeste ne doutait certes pas de ses paroles, pourtant elle avait du mal à la croire.

— Un homme de bien, croyez-moi ! s'écria sir Melvin tout en empoignant son couteau pour découper une tranche du rôti qu'un serviteur vêtu d'une tenue soignée venait d'apporter. Un peu renfermé et austère à mon goût, continua-t-il, mais je ne suis pas son épouse. Notre grange a pris feu lors de leur étape, et elle a perdu toute sa dot dans l'incendie. Cependant, il ne nous a jamais demandé le moindre sou en dédommagement.

— Et il a lui-même dirigé toutes les opérations pour aider à l'éteindre, fit remarquer sa femme.

— Il n'est pas à Dunborough en ce moment, précisa sir Melvin, sans se rendre compte du soulagement manifeste de son hôte à l'annonce de cette nouvelle. Il est à Delac. Il était…

Lady Viola l'interrompit en lui touchant le bras et secoua la tête.

— Allons, ce n'est pas un sujet de conversation approprié pour notre invitée.

Celeste se demanda où était Roland et pourquoi il était parti, bien que cela n'eût pas une réelle importance. Le seigneur de Dunborough n'était pas sa préoccupation première.

— Connaissez-vous Dunborough ? s'enquit sir Melvin.

— J'y ai vécu jusqu'à ce que je parte au couvent, avoua-t-elle.

— Ah ! s'exclama sir Melvin. Ainsi vous avez certainement déjà vu sir Roland. Plutôt sinistre, n'est-ce pas ?

— En effet, approuva-t-elle, car elle se souvenait très bien de lui, ainsi que de ses frères. Il avait aussi un frère jumeau, il me semble.

— Ah, oui, Gerrard ! lâcha sir Melvin, la mine sombre. Deux personnalités on ne peut plus différentes.

Gerrard avait toujours adopté un comportement tout à fait opposé à celui de Roland, se souvint Celeste.

— Quelle pitié que ce soit un bon à rien et un débauché comme son père. Enfin, c'est ce que l'on raconte, ajouta sir Melvin. D'après les histoires que j'ai entendues, le vieux sir Blane était une véritable calamité.

Pire, précisa Celeste intérieurement. Elle ne connaissait

que trop bien les exactions de sir Blane, qui auraient fait se hérisser le peu de cheveux qui restaient sur le crâne de son hôte.

Elle pourrait aussi lui raconter comment sir Blane avait élevé ses fils de sorte qu'ils se haïssent et se sentent en compétition pour la moindre miette de reconnaissance concédée par leur père. Il avait même gardé le secret sur leur naissance en ne leur révélant jamais lequel des deux était l'aîné, utilisant ce détail pour les provoquer ou les tourmenter. Il leur faisait miroiter que l'un d'eux serait l'héritier si un malheur arrivait à leur frère aîné, Broderick, avant qu'il soit marié et père lui-même, ce qui s'était d'ailleurs produit. Blane avait fait de ses jumeaux des ennemis jurés en perpétuelle rivalité.

Elle aurait pu enfin lui révéler la façon dont les jeunes garçons se querellaient et se battaient fréquemment pendant leur enfance, leurs seuls points communs se résumant à leur entêtement et leur ressemblance physique. Roland était dur, froid, impassible, très à cheval sur les règles et les devoirs. Gerrard intrépide, expansif et séduisant.

Qu'était-il devenu ? Depuis qu'elle était partie, Celeste ne disposait que des ragots et des récits des jeunes filles qui entraient au couvent de Sainte-Agatha. Ce que lui avait rapporté Esmeralda, qui avait récemment trouvé refuge dans l'établissement, l'avait particulièrement troublée. Elle avait prétendu que Gerrard l'avait attirée dans les bois en lui promettant de l'y rejoindre. Mais il n'était jamais venu. En revanche, des malandrins l'avaient surprise. Esmeralda avait survécu, mais y avait perdu sa virginité.

— Avez-vous de la famille à Dunborough ? s'enquit lady Viola, replongeant brusquement Celeste dans la réalité, cette demeure confortable et la raison de son voyage.

— Non, plus maintenant, répondit-elle en se détournant afin de dissimuler la tristesse qui envahissait son visage.

— Je suis désolée, ma sœur, murmura lady Viola.

De toute évidence, Celeste n'avait pas été suffisamment rapide pour cacher ses émotions.

— Il n'y a pas de mal, rassura-t-elle son hôtesse avec un sourire forcé. Ma mère est morte peu après mon départ pour le couvent, mon père quelques années plus tard. Mon unique sœur est récemment décédée. Je n'ai pas de frères, aussi vais-je à Dunborough régler ses affaires et vendre la maison de mes parents.

— Oh ! ma pauvre, quel malheur ! s'exclama sir Melvin. Votre sœur devait être très jeune. La maladie est une chose terrible, terrible !

— Elle a été assassinée.

Celeste regretta ses paroles au moment même où l'atroce vérité sortait de sa bouche. Elle n'aurait pas dû l'annoncer aussi brusquement que l'avait fait la mère supérieure quand elle lui avait appris la mort d'Audrey.

— Pardonnez-moi d'être si brutale. Je n'ai que ma fatigue pour excuse.

— Je vous en prie, ne vous tourmentez pas, se hâta d'intervenir lady Viola, nous sommes tellement désolés pour votre sœur.

— Allons, n'en parlons plus, conclut sir Melvin, s'efforçant de contenir sa voix habituellement joviale et tonitruante par respect et afin de clore le sujet.

Ainsi que tout ce qui concernait Dunborough et ses habitants.

Peu après midi, le lendemain, Gerrard de Dunborough arrêta son cheval devant le muret de pierre qui entourait la maison des D'Orleau. Les soldats de la patrouille qui l'accompagnaient en firent autant, échangeant des regards étonnés devant cette halte soudaine et imprévue.

— Avez-vous vu quelque chose, messire ? demanda le jeune Hedley au commandant de la garnison.

— Ce n'est peut-être rien, répondit Gerrard en mettant pied à terre, mais la porte de la maison est ouverte.

Quelques hommes étouffèrent des cris de surprise, et bon nombre se signèrent pour conjurer les mauvais esprits. Ils savaient tous ce qui s'était passé ici, et que la demeure était censée être inoccupée.

Gerrard ne croyait ni aux fantômes ni aux esprits. En revanche, il croyait aux brigands et aux voleurs, attirés par les rumeurs que des pièces d'or et des bijoux étaient cachés dans la maison.

— Prenez quelques hommes et fouillez l'écurie ainsi que les dépendances, ordonna-t-il à Hedley, tout en tirant son épée du fourreau. Faites vite, et en silence, pour ne pas donner l'alerte.

Le jeune homme acquiesça d'un signe, et Gerrard se dirigea à grands pas vers la maison qui avait été construite par le père d'Audrey D'Orleau, un marchand de laine prospère. L'air était vif à l'approche de l'hiver, le ciel gris ardoise. La pluie n'allait pas tarder ; le vent s'engouffrerait dans la vallée, amenant le froid et, qui sait, peut-être la neige.

Gerrard ralentit son allure en arrivant devant la porte entrebâillée. Le verrou était impossible à forcer pour un voleur ordinaire, et seul un inconscient aurait laissé la porte ainsi entrouverte aux yeux de tous, tandis qu'il pillait l'intérieur.

Il l'ouvrit plus grand avec la pointe de son épée et tendit l'oreille. Rien. Pas un murmure, pas un bruit, pas même un grattement de souris. On aurait dit que la maison était morte, elle aussi.

Il franchit le seuil silencieusement.

Il se dirigea vers la pièce principale. La dernière fois qu'il était venu, la plupart des meubles avaient été renversés et piétinés, preuves évidentes de la lutte violente qui avait eu lieu entre la pauvre Audrey et son agresseur. Depuis lors, le mobilier épargné avait été redressé, dans un semblant d'ordre, et tous les débris avaient été ôtés. Mais l'affreuse tache de sang…

Il n'était pas seul.

Quelqu'un d'autre était là, enveloppé dans un long manteau, figé telle une statue, en train de contempler la marque sombre qui maculait le sol, comme si la mort elle-même méditait à l'endroit même où avait reposé le corps martyrisé d'Audrey.

Gerrard raffermit sa prise sur son épée et se rapprocha de la silhouette, mais il fit craquer le plancher.

L'intrus releva la tête.

Ce n'était ni la mort ni même un homme. Mais une femme, en habit de nonne, au teint extrêmement pâle, la guimpe entourant son visage en forme de cœur blanche comme neige, avec de grands yeux verts et des lèvres pulpeuses, entrouvertes de surprise. Son nez fin et pointu, son petit menton…

— Celeste ! s'écria-t-il, portant instinctivement la main sur la clavicule qu'elle lui avait cassée il y avait des années.

La sœur cadette d'Audrey le dévisagea avec méfiance.

— Qui êtes…

Elle s'interrompit un instant en le reconnaissant.

— Gerrard, n'est-ce pas ? Ou êtes-vous Roland ?

— Gerrard, répondit-il en s'efforçant de cacher sa déception qu'elle n'ait pu le distinguer de son jumeau.

Elle avait pourtant toujours réussi à le faire, quand ils étaient plus jeunes.

Cependant, dix ans s'étaient écoulés depuis la dernière fois qu'ils s'étaient vus, et il n'y avait pas que leur taille qui avait changé.

Il était sur le point de lui demander ce qu'elle faisait ici quand la raison évidente s'imposa à lui. Elle était là parce que Audrey était morte, et qu'elle était sa seule famille.

— Nous pensions que vous viendriez plus tôt.

Il remarqua la brève expression de détresse qui crispa

ses traits mais, quand elle s'exprima, ce fut d'un ton calme et posé.

— J'étais en pèlerinage.

— C'est une bien mauvaise période de l'année pour voyager.

— Je suis venue dès que j'ai appris la nouvelle. Si j'avais été informée plus rapidement, il est certain que j'aurais été là depuis longtemps, dit-elle en se détournant.

Gerrard se fustigea intérieurement d'avoir parlé sans réfléchir.

— Si vous aviez prévenu de votre arrivée, je serais allé à votre rencontre et vous aurais accompagnée jusqu'au château. Vous n'aviez nul besoin de venir dans cette maison.

— Je voulais voir, répliqua-t-elle, exactement sur le même ton que lorsqu'ils étaient enfants, et que l'un de ses chiens avait attrapé et tué un blaireau.

Gerrard avait essayé de la tenir à l'écart, mais elle l'avait repoussé et était restée à contempler la dépouille déchiquetée de l'animal, silencieuse et blanche comme un linge, dans la même attitude que lorsqu'elle contemplait le sol quelques instants plus tôt.

— Et maintenant, vous avez vu, murmura Gerrard avec compassion, néanmoins déterminé à l'éloigner de cet endroit au parquet souillé, chargé de mauvais souvenirs.

— Comment Audrey est-elle morte ? La mère supérieure m'a seulement dit qu'elle avait été assassinée.

Dieu miséricordieux ! Il ne voulait pas avoir à lui décrire ce qui était arrivé à sa sœur. Et il ne voulait pas non plus s'en souvenir.

— Vous n'avez pas besoin d'en savoir plus que cela, n'est-ce pas ?

— Je préférerais connaître la vérité, aussi terrible soit-elle, que de devenir folle en me figurant le pire. Il manque des meubles, certains ne sont pas à leur place, et il y a ceci, ajouta-t-elle en montrant la tache sur le parquet.

Elle le regarda longuement d'un air suppliant.

— Je vous en prie, Gerrard, dites-moi ce qui s'est passé ici ou j'imaginerai des choses terribles, plus affreuses les unes que les autres.

Il se souvenait très bien de l'imagination fertile de Celeste. Cela l'avait même terrifié parfois, ainsi que Roland, avec ses histoires de fantômes, démons, ogres et monstres de toutes sortes.

De plus, elle était la seule parente d'Audrey, aussi estima-t-il qu'elle avait le droit de savoir. De toute façon, il était fort probable qu'elle finirait par apprendre la sinistre vérité par quelqu'un d'autre. Mieux valait peut-être que ce soit lui qui lui raconte avec autant de douceur et de précautions que possible.

— Elle avait un garde du corps, un Ecossais du nom de Duncan MacHeath. Apparemment, l'homme était amoureux d'elle, et férocement jaloux. Un jour où les serviteurs étaient absents, il s'est passé quelque chose entre eux. Il l'a agressée et assassinée. Elle s'est défendue, mais il a fini par avoir le dessus.

— Et pas facilement, semblerait-il, fit remarquer Celeste d'une voix tremblante, avant de baisser la tête. Et ça n'a pas été rapide non plus.

— Non, acquiesça doucement Gerrard.

Après un moment de silence pesant, Celeste releva la tête et le regarda avec un calme surprenant. Savoir enfin ce qui était arrivé à Audrey, sans trop de détails toutefois, l'avait visiblement apaisée.

— Et ce garde du corps ? Est-il en prison ou a-t-il déjà été pendu ? demanda-t-elle.

Par chance, c'était là une question à laquelle il était facile de répondre.

— Il est mort, noyé dans la rivière après avoir été blessé en se battant contre Roland.

— Il a également attaqué votre frère ? s'écria-t-elle, ses yeux verts soudain écarquillés.

— Oui. Il croyait que Roland était l'amant d'Audrey.

— Roland ? C'est ridicule ! s'exclama Celeste. Audrey n'aimait même pas…

Elle s'interrompit et rougit brusquement.

Gerrard s'était souvent demandé ce qu'Audrey éprouvait réellement pour Roland. Maintenant il le savait.

Et il n'en était pas particulièrement surpris. Roland n'était pas le genre d'homme qui aurait pu attirer la sœur aînée de Celeste, du moins jusqu'à ce qu'il eût été désigné comme héritier et seigneur de Dunborough.

— Oui, Duncan avait tort, mais cela ne l'a pas empêché de manquer tuer Roland. Ensuite, Roland l'a blessé d'un coup d'épée. Duncan est tombé dans la rivière en essayant de s'enfuir et s'est noyé. Une mort bien trop douce pour un homme qui…

Gerrard hésita, se détourna imperceptiblement, mais pas assez vite.

— Il y a autre chose, déclara Celeste d'un ton ferme avant de s'approcher de lui et de plonger ses yeux dans les siens sans ciller. Ce MacHeath a violenté Audrey, n'est-ce pas ? Un homme assez cruel pour tuer le serait aussi assez pour prendre chez une femme ce qu'elle ne veut pas lui donner de son plein gré.

Gerrard regretta sa perspicacité… ou bien ses émotions étaient-elles si clairement visibles sur son visage ?

— S'il existe une justice dans l'au-delà, il brûlera en enfer pour l'éternité, affirma-t-il.

— Et personne n'avait jamais décelé son comportement impétueux ni n'avait prévenu ma sœur de se tenir sur ses gardes ?

— C'était un homme farouche, mais personne n'a jamais pensé que Duncan MacHeath lui ferait le moindre mal. Elle non plus d'ailleurs, sans cela elle l'aurait congédié.

— Rien ne pouvait donc laisser supposer une quelconque inclination ? Aucun indice trahissant sa jalousie ?

— L'homme donnait l'impression de n'éprouver aucun sentiment. C'était un être silencieux et taciturne.

— Où ma sœur l'a-t-elle rencontré ? Comment en est-elle venue à le prendre à son service ?

— A York, j'imagine. Il me semble qu'elle n'a jamais confié à quiconque les circonstances dans lesquelles il est devenu son garde du corps.

Gerrard se prépara à d'autres questions difficiles ou qui le mettraient dans l'embarras, mais par bonheur Celeste parut satisfaite. Elle commença à arpenter la pièce, tout en replaçant les meubles. Avec un soupir qui fendit le cœur de Gerrard, elle passa la main sur la broderie qui attendait d'être achevée dans son cadre, à côté de la fenêtre. Audrey était douée pour les travaux d'aiguille, entre autres choses.

Quelles étaient les intentions de Celeste ? songea-t-il. L'enterrement avait eu lieu il y avait des semaines.

— J'imagine que vous allez rentrer à Sainte-Agatha ? s'enquit-il.

— Pas avant quelques jours, répondit-elle, avec un geste gracieux de la main pour embrasser la pièce. Il faut d'abord que je m'occupe de tout cela.

Bien sûr. Les terres appartenaient au seigneur de Dunborough, mais la maison et tout ce qu'elle contenait étaient à elle, une fois déduite la taxe féodale versée au seigneur.

— Etant donné les circonstances, Roland pourrait vous dispenser de verser l'impôt sur les biens de la succession.

— Ce qui doit être payé le sera, et le reste ira à l'Eglise.

— Vous êtes la bienvenue si vous souhaitez résider au château, aussi longtemps que cela sera nécessaire.

Elle fit un signe de dénégation.

— Je vous remercie de votre invitation, mais je ne voudrais pas m'imposer.

— En aucun cas, je vous l'assure, répliqua-t-il en lui souriant. Je suis heureux d'offrir l'hospitalité de Dunborough à une amie d'enfance.

— Je vous remercie encore, mais je préférerais rester ici jusqu'à ce que la maison soit vendue.

— Vos serviteurs vous accompagnent-ils ?

— Non, je n'en ai pas besoin.

— Vous êtes venue seule ? s'exclama-t-il, sans cacher sa stupéfaction.

— Oui.

— A quoi pensait donc votre mère supérieure ? s'emporta-t-il.

Les routes et les chemins étaient dangereux pour une femme seule, en particulier pour une belle femme, même si c'était une nonne.

— Ne craignait-elle donc pas pour votre sécurité ? s'indigna-t-il encore.

Malgré l'air choqué de Gerrard, Celeste conserva son calme inébranlable.

— Je n'ai jamais été en danger et je n'ai que très peu cheminé seule. Bien des fermiers et des charretiers sont heureux d'aider une religieuse, et plus d'un gentilhomme et d'un aubergiste empressés d'offrir le gîte et le couvert sans rien demander en retour, tout comme vous venez de le faire.

Au prix d'un effort considérable, Gerrard réussit à se contenir.

— C'est fort possible, mais vous ne pouvez pas demeurer seule ici, et aucun des domestiques d'Audrey ne voudra revenir. Ils pensent que la maison est hantée.

— Je vous le répète, je n'ai besoin de personne et, quand bien même l'esprit d'Audrey errerait encore ici, je suis tout à fait en sécurité. Vivante ou morte, jamais elle ne me ferait le moindre mal.

Gerrard se sentit stupide d'avoir évoqué le surnaturel, d'autant plus qu'il y avait des raisons bien plus concrètes pour qu'elle ne passe pas la nuit seule dans cette maison.

— Les rumeurs qui courent sur le trésor caché de

votre père pourraient bien vite tenter les malandrins et les voleurs.

Elle soupira, mais campa sur ses positions.

— J'imagine qu'il faut s'y attendre. Néanmoins je ne partirai pas. Les verrous sont solides, et Dieu me protégera.

Dieu ? Il n'avait pas été là pour sauver Audrey, ironisa-t-il en lui-même.

— Au cas où Il serait occupé ailleurs, j'insiste pour que vous résidiez au château.

Elle afficha aussitôt un air inquiet et soupçonneux qu'il reconnut sans peine. Les femmes qui avaient entendu les pires choses sur lui le dévisageaient ainsi. Il se rappela alors qu'Esmeralda vivait aussi à Sainte-Agatha.

— Vous y serez en parfaite sécurité, je vous en donne ma parole.

Il se prépara à une nouvelle rebuffade.

Mais rien de tel. Elle reprit la parole comme si de rien n'était.

— Très bien, je vous en remercie.

Il essaya de ne pas trahir son soulagement quand il lui tendit le bras pour l'accompagner.

Elle ne le prit pas.

L'air aussi paisible que s'ils se trouvaient dans une cathédrale, elle sortit de la pièce.

Enfin, elle était revenue à la raison ! songea-t-il en lui emboîtant le pas. Il rejoignit ses hommes et leur ordonna de continuer jusqu'au château, puis demanda à Hedley de ramener Snow à l'écurie pour lui.

Quand il eut terminé de donner ses instructions, Celeste était arrivée jusqu'à une dépendance tout au fond de la cour.

Alors qu'il se hâtait de la rejoindre, Gerrard n'arrivait toujours pas tout à fait à croire qu'elle était devant ses yeux. Lorsqu'elle n'était pas apparue dans les jours qui avaient suivi la mort d'Audrey, il en avait conclu qu'elle ne viendrait jamais. Et voilà qu'elle était là, en chair et en os, et de plus séjournerait au château.

Il n'était pas le seul à avoir changé. Celeste était vive comme un elfe quand elle était enfant, sautillait et dansait plus qu'elle ne parlait, riait et chantait sans cesse. Elle avait des taches de rousseur et de longs cheveux bruns qui bouclaient comme s'ils étaient animés d'une vie propre.

Que dissimulaient cette coiffe, ce voile et cette guimpe. Sa chevelure avait-elle été coupée à ras ?

Cependant cela importait peu, tout comme sa beauté d'ailleurs, même si elle était plus ravissante qu'Audrey, ce qu'il n'avait jamais envisagé.

C'était une nonne, venue vendre les biens et la demeure de sa famille, ensuite elle retournerait au couvent.

Quand il s'approcha, elle le considéra d'un air interrogateur.

— Où est le cheval d'Audrey ? Elle aimait monter, donc je suis certaine qu'elle en avait au moins un.

— Oui, même deux. Ils ont été emmenés au château pour que l'on s'occupe d'eux jusqu'à ce que nous sachions ce que vous vouliez en faire. Roland demandera certainement quelles sont vos intentions.

— Je vous payerai leurs frais de pension.

Il lui sourit tout en secouant la tête.

— Ce n'est pas la peine. Roland peut se le permettre, affirma-t-il en lui tendant de nouveau le bras. Je vous accompagnerai avec grand plaisir jusqu'au château.

Elle ne refusa pas, mais une fois encore n'esquissa pas le moindre geste pour lui prendre le bras et ouvrit la marche devant lui.

Elle n'avait pas l'habitude d'être en compagnie d'un homme, c'était évident.

Depuis sa cachette derrière un arbre à côté de la maison des D'Orleau, Lewis observait le suffisant et arrogant Gerrard et la sœur en habit de nonne se diriger vers le village. Il avait vu la patrouille s'arrêter et soupçonna qu'ils étaient à la recherche de voleurs.

S'il y en avait dans la maison, ils regretteraient d'avoir tenté de cambrioler cet endroit maudit, songea le jeune homme élancé. Les gens pouvaient bien croire ce qu'ils voulaient, sir Roland et son frère se montreraient certainement aussi impitoyables que leur père.

Il avait failli trébucher de surprise quand Gerrard était sorti de la maison avec une religieuse. Puis il s'était souvenu qu'Audrey D'Orleau avait une sœur, qui avait été envoyée au couvent parce qu'elle avait osé agresser Gerrard pour le punir de lui avoir coupé les cheveux. C'était sans doute cette nonne.

Lewis quitta sa cachette et suivit le couple jusqu'au village. Il bifurqua dans une ruelle et longea rapidement les constructions bordant le pré communal, passant ainsi devant la boutique de son père. Il les devança et ressortit au niveau de l'échoppe du forgeron, afin de voir le visage de la femme.

Elle était belle ! Encore plus qu'Audrey ! En fait, bien trop belle pour être religieuse.

Peut-être ne l'était-elle pas, d'ailleurs, et n'était pas non plus la sœur d'Audrey. Mais une voleuse avec un déguisement, venue s'emparer du trésor. Cependant, ce n'était pas ce qu'avait dû penser Gerrard, sinon il l'aurait conduite directement à la prison du donjon. Ou pas… car elle était jeune et tout à fait charmante.

Lewis regarda Gerrard et eut un nouveau choc. Il arborait le même air sinistre que son frère. Habituellement, il se montrait charmant et souriant quand il était en présence d'une jolie fille.

C'était donc peut-être une vraie nonne. Lewis faillit éclater de rire tout haut en pensant à quel point ce dépravé de Gerrard avait dû être déçu.

D'un autre côté, étant du même sang que son père, en

vrai débauché Gerrard pourrait quand même essayer de la séduire, fiancée du Christ ou pas.

Il avait essayé d'avertir Esmeralda des habitudes déplorables de Gerrard, mais elle l'avait ignoré. Quant à Audrey D'Orleau, elle ne s'était guère montrée digne de son aide, en dépit de sa beauté.

Mais Lewis songea qu'il était de son devoir de chrétien de protéger cette ravissante et sainte femme, cette charmante créature sans aucun doute trop innocente et naïve pour voir Gerrard tel qu'il était vraiment. Même s'il n'était que le fils du marchand de chandelles.

Chapitre 2

Tandis que Gerrard et Celeste traversaient le village de Dunborough, celle-ci ressentait avec acuité la présence de l'homme à la large carrure qui marchait avec tant d'assurance à ses côtés. Il avait toujours été d'un tempérament jovial, avec en permanence le sourire aux lèvres, ses yeux marron pétillants. Aujourd'hui, il ressemblait plus au sinistre et glacial Roland.

Mais de nombreuses années s'étaient écoulées depuis qu'elle était partie, il était donc normal qu'il ait changé. Elle avait douze ans quand elle avait quitté Dunborough, Gerrard et Roland quinze.

Tout comme étaient naturels les murmures de surprise et de folles suppositions qui s'élevèrent après leur passage comme une bourrasque de vent sur les landes. Bon nombre se demanderaient qui elle était, ce qu'elle faisait ici, d'autant plus qu'elle était accompagnée de Gerrard. Certains la reconnaîtraient peut-être, en dépit du fait qu'elle avait été envoyée à Sainte-Agatha dix ans plus tôt.

Elle leva les yeux vers le château. La forteresse était devenue plus massive. Lorsqu'elle vivait encore là, le père de Gerrard l'agrandissait déjà sans cesse, ajoutait murs et tours en puisant dans l'argent des fermages et des taxes levées auprès des marchands, sans compter celui des amendes infligées pour la moindre infraction.

Elle essaya de ne pas repenser à sir Blane ou au passé alors qu'elle cheminait devant les échoppes et les boutiques du village, celle du forgeron avec son habituel groupe de vieillards assis sur le banc placé à l'entrée, et le puits qui offrait une brochette similaire de matrones. Tous avaient les yeux braqués sur eux. Une bande d'enfants rieurs courait après une balle dans une ruelle adjacente. Elle se détourna, chassant le petit pincement au cœur qui venait de la saisir. Ne pas avoir d'enfants était un prix dérisoire à payer en échange de la paix et de la sécurité de la vie au couvent.

Gerrard demeura silencieux quand ils arrivèrent à la muraille extérieure et franchirent les lourdes portes, puis traversèrent l'esplanade herbue avant d'atteindre la poterne intérieure qui s'ouvrait sur la première cour. Enfin ils passèrent la herse, et la dernière porte qui protégeait l'accès à la cour pavée au pied du donjon.

Elle garda également le silence, alors même qu'ils pénétraient dans la grande salle.

Celle-ci était aussi vaste et vide que dans son souvenir, d'une froideur à se glacer les sangs. Et ce n'était pas uniquement dû à ses dimensions. Certes, elle était pourvue d'une cheminée centrale et de colonnes en pierre, mais n'était ornée d'aucun artifice. Pas de fanions, ni tapisseries, peintures ou statues. Le sol était recouvert de jonc, et elle huma une odeur de vergerette, mais c'était le seul parfum qui se dégageait de la pièce. Pas de romarin, de fleurs ou de plantes pour parfumer agréablement la pièce.

Des chiens d'âges et de tailles variés se précipitèrent vers Gerrard, qui leur distribua une caresse à chacun avant de leur ordonner de s'asseoir. Ils obéirent aussitôt avec un air d'adoration.

Les chiens avaient toujours été de fidèles compagnons, depuis sa plus tendre enfance. Sans doute parce qu'il leur offrait le genre d'attention qu'il ne recevait de personne, Eua exceptée, la servante qui avait fait office de gouvernante, et l'avait gâté et chéri plus que de raison.

En fait, la salle avait si peu changé que Celeste s'attendait presque à découvrir sir Blane installé sous le dais, avec ses traits cruels, et ses sarcasmes plus féroces encore quand il réprimandait ses fils.

Elle était en train d'ôter son manteau quand une servante apparut à la porte des cuisines. La femme était jeune et ne manquait pas d'attraits, mince avec des cheveux châtain mordoré. Le genre de fille que des parents auraient tenue éloignée du château de Dunborough quand sir Blane et son fils aîné, Broderick, étaient encore en vie.

Et, plus surprenant encore, la servante se contenta de hocher la tête quand Gerrard lui demanda d'apporter des rafraîchissements. Elle ne rougit pas et ne lui sourit pas non plus tandis qu'elle prenait le manteau de Celeste.

Quoique cela lui importât peu si Gerrard entretenait une liaison avec une servante. Si c'était le cas, il ne serait en rien différent de la plupart des hommes de son rang. Quant aux autres propos qu'elle avait entendus sur lui, elle prenait cela à la légère, considérant que les rumeurs étaient souvent exagérées, sinon des mensonges purs et simples.

Et la pauvre Esmeralda avait dû se tromper sur le lieu de son rendez-vous avec lui, même peut-être sur la réalité d'une telle proposition. Si elle repensait à sa propre attirance juvénile pour Gerrard, si séduisant et avenant à l'époque, et à quel point il lui faisait tourner la tête, Celeste pouvait facilement imaginer qu'une jeune fille ait mal interprété ses paroles ou ses intentions.

— Bien, voilà qui est mieux, n'est-ce pas ? s'exclama-t-il avec un sourire familier quand ils s'installèrent sur des chaises joliment sculptées sous le dais, et que la servante apporta du vin, du pain et du fromage. Je vous en prie, prenez du vin, il est très bon. J'explore la cave de mon père.

Celeste accepta avec gratitude. Il était en effet très bon, ce qui signifiait cent fois plus savoureux que celui du couvent. La mère supérieure gardait le meilleur pour elle ou ses favorites. Le reste des nonnes était moins bien loti.

— Cela fait longtemps, reprit Gerrard après avoir bu une gorgée de vin, en la dévisageant de ses yeux bruns d'une façon qui la rendit heureuse de porter un habit de religieuse.

— J'ai appris ce qui s'est passé pour votre père et Broderick, déclara-t-elle, tout en évitant de lui présenter ses condoléances dont il ne voulait certainement pas.

Gerrard haussa légèrement l'épaule droite, comme il le faisait lorsqu'ils étaient enfants.

— Je suppose donc que vous savez que Roland est désormais le seigneur de Dunborough, lâcha-t-il.

— Oui, je l'ai entendu dire, répondit-elle, étonnée du calme avec lequel l'annonçait Gerrard.

— Et qu'il est marié ?

— Oui.

Elle avait été encore plus surprise par cette nouvelle. Audrey avait souvent répété que Roland devrait épouser une statue pour trouver une femme aussi froide et sinistre que lui, et Celeste partageait le même avis.

— Il n'est pas ici pour le moment. Il est au domaine de sa femme, où il se remet de ses blessures occasionnées par son combat avec le meurtrier d'Audrey.

Gerrard ne semblait pas très inquiet. Néanmoins elle se souvint de ses paroles quand ils se trouvaient dans la maison, et qu'il lui avait expliqué que le garde du corps avait failli tuer Roland. Elle avait été trop bouleversée par tout ce qu'il lui apprenait pour s'enquérir de son état.

— Et va-t-il se remettre ? demanda-t-elle.

— Oui, j'en suis certain. Je suis commandant de la garnison et jusqu'à son retour je dirige Dunborough.

Etre le seigneur temporairement était mieux que rien, supposa-t-elle, même si elle avait quelques difficultés à croire que Gerrard accepte si facilement une position inférieure.

— Les choses se sont améliorées entre nous, ajouta-t-il.

En effet, cela semblait aller beaucoup mieux, songea Celeste.

— Ainsi Roland ne sera pas contrarié si vous buvez tous les meilleurs crus.

Gerrard se mit à rire doucement. Elle se rendit compte qu'elle avait oublié le son de son rire et la façon dont il illuminait tout ce qui se trouvait autour de lui.

— Il faudrait des années pour cela, même si je buvais autant que j'en ai l'habitude, lui assura-t-il.

Elle avait entendu dire qu'il était porté sur la boisson, entre autres vices, aussi ne fut-elle pas surprise. En revanche, elle était étonnée qu'il l'admît devant elle.

— Bref, en voilà assez avec Dunborough, décréta-t-il. J'ai quelques questions à vous poser.

Elle n'avait aucune envie d'être interrogée par Gerrard. Ce serait pire que d'affronter la mère supérieure quand elle était hors d'elle.

Celeste se leva brusquement.

— Si cela ne vous gêne pas, Gerrard, je suis plutôt lasse et j'aimerais me reposer.

Sur ses traits fins et séduisants apparut une irritation aussi brève qu'un éclair, et elle s'attendit à une protestation. Au lieu de cela, il se leva et appela la servante qui avait apporté la collation.

— Lizabet, veuillez conduire sœur Celeste dans la chambre de Roland.

Il se tourna vers elle pour la scruter de ses yeux brillants.

— Ou êtes-vous sœur Autre Chose ?

Elle s'efforça de rester impassible et pria en silence pour le pardon du mensonge qu'elle allait proférer, ainsi que pour ses autres péchés récents.

— Je suis sœur Augustine désormais.

— A plus tard, donc, ma sœur.

— Oui, à plus tard, acquiesça-t-elle avant de suivre

la servante vers l'escalier qui menait aux chambres des maîtres.

En dépit de sa réponse, elle avait déjà décidé qu'elle ne rejoindrait pas Gerrard dans la grande salle dans la soirée, ou n'importe quand d'ailleurs. Quand elle était avec lui le passé la submergeait, avec ses souvenirs colorés et tenaces, les bons comme les mauvais.

Lizabet passa devant la première porte.

— C'était la chambre de sir Blane, dit-elle en baissant la voix comme si l'on avait pu l'entendre. Et celle-ci, celle de Broderick, le fils aîné du seigneur, continua-t-elle en passant devant la suivante. J'imagine que vous savez ce qui lui est arrivé ? Tué par une femme ! Par lady Tomasina, la cousine de l'épouse de sir Roland. J'ai du mal à le croire moi-même.

— Tué par une femme ? répéta Celeste, incapable de cacher sa surprise.

Le frère aîné de Gerrard était athlétique, agressif, farouche et cruel. Penser qu'une femme ait été capable de…

— Oui, c'est la vérité, reprit la servante. Il était sur le point d'achever l'homme qu'aimait lady Tomasina. Elle a tué Broderick pour le sauver, d'un coup de couteau.

Sœur Sylvester lui avait raconté un jour que, si la personne que l'on aimait était en danger, l'on pouvait ressentir une force inattendue pour la défendre. Il semblait bien qu'elle ait eu raison.

— D'après les souvenirs que j'ai de Broderick, j'ai du mal à m'apitoyer sur son sort.

Lizabet dévisagea alors Celeste d'un air interrogateur.

— Vous connaissez donc la famille ?

— D'une certaine façon. Je suis la sœur d'Audrey D'Orleau.

La jeune femme se figea aussitôt.

— Je… je suis désolée, ma sœur, bafouilla-t-elle.

Elle n'attendit pas la réponse de Celeste et repartit en hâte dans le couloir.

— Cette chambre est celle de Gerrard, quand il dort ici, annonça-t-elle, et voici celle de sir Roland.

Lizabet ouvrit la dernière porte et s'effaça pour laisser entrer Celeste.

La pièce était tout à fait différente de ce à quoi elle s'attendait. Elle avait imaginé des murs nus et très peu de meubles, quelque chose de spartiate, en accord avec la personnalité austère de son occupant. Mais elle découvrit des tapisseries tendues aux murs, des rideaux et des volets intérieurs en bois pour se protéger du froid, une table de toilette et deux coffres en bois peints de couleurs vives pour les vêtements. Contre le mur, un lit immense comme Celeste n'en avait jamais vu, garni d'épaisses couvertures et d'un dessus-de-lit en soie. Les rideaux du lit étaient en damas bleu vif, et il y avait même un tapis.

Elle s'interdit immédiatement de s'attarder sur la vision d'un couple sur cette couche luxueuse, un homme de large carrure, les cheveux à longueur d'épaules, en train de faire l'amour à une femme nue, sans visage, avec de longues tresses brunes.

Mais quel prix avait payé cette femme pour disposer d'une telle opulence ?

— Eh oui, il est grand, ce lit ! s'exclama Lizabet avec un sourire en suivant le regard de Celeste. Voyez-vous, lady Mavis, la femme de sir Roland, en a demandé un nouveau le jour de son arrivée, devant tout le monde. Un silence total a accueilli ses paroles quand elle a déclaré qu'il n'était pas assez large !

La servante s'empourpra et baissa les yeux.

— Désolée, ma sœur, je ne voulais pas vous offenser.

— Ce n'est rien, lui assura Celeste en se détournant pour dissimuler elle aussi ses joues qu'elle sentait rosir.

— Avez-vous besoin de quoi que ce soit, ma sœur, en dehors de l'eau chaude pour votre toilette ?

— Non, ça ira, merci.

— Alors je reviendrai vite avec également des linges propres, déclara Lizabet en quittant la pièce.

Celeste ôta aussitôt sa coiffe, son voile et la guimpe qui la serrait. Elle était soulagée d'en être débarrassée, et heureuse d'être seule, à l'abri des regards et des murmures des curieux, autant que de Gerrard et des souvenirs qu'il avait ravivés.

Elle défit sa natte et passa les doigts dans ses épaisses boucles châtaines. Que penserait Gerrard s'il voyait sa chevelure ? La mère supérieure l'avait menacée plus d'une fois de la lui couper. Et Celeste avait fait en sorte d'éviter le châtiment à chaque fois.

Non qu'elle fût attachée à ses longues boucles. Mais ses cheveux représentaient en fait une sorte de guerre incessante entre elle et la mère supérieure. Chaque fois qu'elle les sauvait, elle avait le sentiment que celle-ci perdait une bataille. Mais cette lutte ne prendrait fin qu'au moment où elle serait autorisée à prononcer ses vœux.

Celeste regarda ses mains en soupirant, repensant à tous les moments où elle avait tenté sans succès de discipliner les cheveux brillants de sa sœur.

C'étaient ces mêmes mains qu'Audrey serrait très fort quand leur père hurlait sur leur malheureuse mère, lui prouvant que le mariage ne constituait en rien un havre de paix. Ces mêmes mains qui avaient frotté et récuré, s'étaient crispées en prière quand Celeste contrariait la mère supérieure au couvent, ce qui arrivait d'ailleurs pratiquement chaque jour.

Elle espérait que ces mains rapporteraient une cassette remplie d'or et de bijoux à Sainte-Agatha, si son père avait dit vrai et effectivement caché un trésor dans la maison. Elle présenterait le coffret à l'évêque et l'offrirait pour les bonnes œuvres de l'Eglise, à la condition que la mère supérieure soit envoyée dans un monastère aussi éloigné de Sainte-Agatha que possible. Alors l'existence dans ce couvent y serait parfaite. Elle serait en sécurité et pourrait vivre sereinement, à l'extérieur de ce monde de conflits et de misère.

Mais Celeste devait tout d'abord trouver le trésor, et vite, au cas où la mère supérieure viendrait la chercher.

Elle ne regrettait pas de s'être enfuie, car elle n'avait guère eu le choix. La mère supérieure n'aurait jamais dû lui interdire de revenir ici après la mort de sa sœur. Celeste s'en voulait aussi d'avoir volé l'habit de sœur Sylvester ainsi que d'avoir prétendu qu'elle était nonne alors qu'elle n'avait pas encore prononcé ses vœux, mais c'était indispensable pour voyager sur la route en toute quiétude, entre autres.

En particulier quand elle avait vu l'expression dans les yeux de Gerrard de Dunborough. Elle ne voulait pas être un objet de désir pour un homme.

Et certainement pas pour lui.

Norbert considéra son fils avec une incrédulité pleine de mépris alors que ce dernier se tenait devant lui, entouré de bougies de toutes tailles.

— Ta vue doit te jouer des tours, garçon, persifla le marchand élégamment vêtu. Gerrard et une nonne ? Autant croire tout de suite que tu es capable de fabriquer une bougie droite !

— Je l'ai vue moi-même, insista Lewis, sa grande carcasse légèrement pliée, comme s'il se protégeait instinctivement d'un coup à venir. Ils sortaient de la maison d'Audrey D'Orleau. Peut-être sa sœur est-elle venue chercher le trésor.

Norbert toisa son fils au visage grêlé d'un air revêche.

— Il n'y a pas de trésor dans cette maison, et tu es un imbécile si tu penses le contraire. Et, s'il s'agit bien de la sœur d'Audrey, elle est sans doute venue pour vendre la maison, les meubles et peut-être même les vêtements de sa sœur. Après tout, une religieuse n'en aurait pas l'usage.

Norbert se frotta le menton.

— Installe les vantaux des volets. Il est presque l'heure de fermer, de toute façon.

Lewis le dévisagea, déconcerté, et ne fut pas assez rapide pour éviter la claque qui retentit sur sa joue.

— Pourquoi restes-tu planté là bouche bée, garçon ? le tança son père.

— Tu n'as jamais fermé la boutique si tôt.

— Aujourd'hui, je le fais.

Son père lécha la paume de sa main et la passa sur son crâne pour aplatir le peu de cheveux qui lui restaient, puis il rajusta la ceinture en cuir autour de sa taille malingre, ainsi que sa longue tunique vert foncé.

— Je vais au château voir si cette femme est bien la sœur d'Audrey et, si tel est le cas, lui présenter mes condoléances.

— Mais tu as dit qu'Audrey ne valait pas mieux qu'une traînée qui a eu ce qu'elle méritait.

Furieux, son père leva le bras, et Lewis bondit aussitôt pour se mettre hors d'atteinte.

— Que je te prenne à répéter ce que j'ai pu déclarer sur Audrey D'Orleau, à qui que ce soit, et tu sentiras ma main sur ta figure ! l'avertit Norbert.

— Je ne dirai rien, promit son fils. Je me demande comment Ewald va réagir quand il apprendra sa venue.

Norbert écarquilla les yeux, visiblement surpris. Il n'y avait pas pensé, songea-t-il, c'était lui l'idiot, pas son fils.

— Ça ressemblerait bien à cette crapule d'essayer de la voir le premier, marmonna Norbert, alors qu'il se préparait à faire exactement la même chose.

— Elle sera sans doute fatiguée après son voyage, et peu désireuse de parler affaires à peine arrivée, suggéra Lewis.

Norbert fronça les sourcils.

— Tu as peut-être raison, pour une fois, reconnut-il à contrecœur. Mais Ewald n'aura sans doute pas autant de considération. Et, s'il s'agit bien de la sœur d'Audrey, je ne voudrais pas qu'il obtienne la maison pour une bouchée de pain. Que connaît donc une femme de la valeur des choses, qui plus est une nonne ? Bien, ferme-moi donc ces volets, je vais au château.

— Oh oui, c'est une religieuse, et la plus jolie que j'aie jamais vue. Et elle a dit qu'elle était la sœur d'Audrey D'Orleau ! claironna Lizabet en venant chercher de l'eau chaude aux cuisines.

Des baquets de haricots et de pois, de lentilles et de poireaux étaient rangés sur les étagères. Un peu plus haut, les épices, dont certaines fort coûteuses, car sir Blane appréciait les mets raffinés. Des portes ouvraient sur le garde-manger et la laiterie, une autre sur la grande salle, et un escalier de service conduisait aux chambres des maîtres.

— La sœur d'Audrey D'Orleau ? s'exclama Florian, le cuisinier, en levant le nez de la pâte qu'il étalait au rouleau sur la table enduite de farine.

De taille moyenne, ni gros ni maigre, on ne pouvait lui donner d'âge, entre vingt-cinq et quarante-cinq ans, peut-être. Tom, le commis de cuisine maigrichon couvert de taches de rousseur, en oublia de tourner les broches des poulets qu'il faisait rôtir dans l'âtre.

Peg s'arrêta également d'écosser ses petits pois dans l'écuelle en bois posée en équilibre sur ses genoux et posa les coudes sur les bords du récipient en considérant ses compagnons avec gravité. Elle était un peu plus âgée et plus dodue que Lizabet, un peu plus jolie aussi.

— La sœur d'Audrey D'Orleau ? C'est donc Celeste, conclut-elle. Ma mère me racontait qu'elle suivait Audrey partout comme un petit chien, et Gerrard aussi, à cette époque-là. Un jour que les filles étaient au château, car leur père traitait de je ne sais quelles affaires avec sir Blane, Gerrard, égal à lui-même, a coupé les cheveux de Celeste à ras. Une sorte de jeu entre eux, je crois. Bref, elle a piqué une colère terrible, lui a sauté dessus et lui a cassé la clavicule. Elle a été envoyée à Sainte-Agatha à la suite de cela.

— Ça a dû être une sacrée scène ! déclara Lizabet. Et si elle était un garçon manqué, eh bien, tout ce que je peux dire, c'est que le couvent l'a calmée. Je ne peux pas imaginer la nonne qui occupe la chambre de Roland en ce moment élever la voix, et encore moins agresser quiconque.

— Si c'est bien la sœur d'Audrey, fit remarquer Florian en s'essuyant le front avec sa main pleine de farine, pourquoi n'est-elle pas venue plus tôt ? La pauvre est morte depuis des semaines. Sir Roland a bien envoyé un message au couvent, n'est-ce pas ?

— Oui, répondit Peg, il a envoyé un prêtre, avec Arnhelm pour escorte.

Elle baissa le ton, comme si ce qu'elle s'apprêtait à révéler l'effrayait elle-même.

— Arnhelm m'a raconté que la mère supérieure de Sainte-Agatha était une femme acariâtre, la plus dure et la plus mesquine qu'il ait jamais rencontrée. Quand il lui a annoncé la raison de leur visite, elle l'a regardé comme s'il était venu lui vendre du pain rassis. Sir Roland lui a même paru charmant par contraste, ajouta Peg en secouant la tête.

— Dieu ait pitié ! murmura Florian, consterné, tandis que les yeux de Lizabet se remplissaient de larmes.

— Une sœur assassinée, et devoir l'apprendre de la bouche d'une femme pareille ! s'exclama-t-elle.

— Oui, c'est affreux, approuva Peg. Je ne serais pas surprise que ce soit à cause de la mère supérieure si Celeste a mis aussi longtemps à venir. Elle a dû être obligée de prier pendant des jours et des jours avant d'obtenir son autorisation.

— Tom, les poulets ! s'écria Florian.

Le commis reprit son travail. Par bonheur, les volailles n'étaient qu'un peu roussies.

— Allons, retournons tous à l'ouvrage, ajouta le cuisinier.

Peg recommença à écosser ses petits pois, et Lizabet, le cœur empli de compassion, emporta l'eau chaude dans la chambre de sir Roland.

Celeste s'aperçut tout de suite que quelque chose avait changé dans le comportement de Lizabet. Elle ressemblait à une bougie que l'on venait de moucher, et Celeste en comprit vite la raison.

Elle ne voulait pas parler d'Audrey, mais elle avait d'autres questions auxquelles elle espérait que Lizabet pourrait répondre.

— J'ai grandi à Dunborough, mais je crois que nous ne nous sommes jamais rencontrées. Etes-vous aussi d'ici ? demanda-t-elle tandis que la servante versait l'eau chaude de son broc dans la cuvette sur la table de toilette.

— Oui. Mon père est bûcheron. Je suis venue servir au château avec ma sœur, Peg, après la mort de sir Blane et de Broderick. Mon père ne voulait pas nous laisser venir avant à cause d'eux, alors que nous aurions eu bien besoin de ces gages.

— Il n'a donc pas eu autant de réserves en ce qui concerne sir Roland et Gerrard ?

Lizabet fit un signe de dénégation.

— Pas après que sir Roland fut devenu le seigneur. Mon père était certain qu'il s'assurerait de la sécurité des servantes. Et, depuis que sir Roland est blessé, Gerrard est un autre homme, comme s'il avait compris ses erreurs. Bien sûr, peut-être que la femme de sir Roland y est pour quelque chose et qu'elle l'a aidé à y voir plus clair. De toute façon, elle n'aurait guère supporté le comportement de Gerrard très longtemps.

— Etiez-vous là quand sir Roland est revenu avec son épouse ?

— Oh oui, ma sœur ! Cela a surpris tout le monde, je dois dire ! Selon les rumeurs, sir Roland devait aller à Delac pour refuser toute alliance avec le seigneur là-bas, et voilà qu'il revient avec la fille de cet homme pour épouse. Verdan, l'un des hommes de l'escorte de Delac, nous a confié qu'ils ont tous été fort étonnés que lady Mavis ait accepté le mariage et ne se soit pas enfuie avant. Elle a du caractère, ma sœur. Et elle est belle. Ce n'est pas surprenant que sir Roland ait voulu l'épouser !

— Je me souviens de sir Roland quand il était plus jeune, ce n'était guère le genre d'homme qui aurait fait un mari très plaisant. Si c'est une union conçue uniquement pour accorder les intérêts des deux partis, sa femme n'a peut-être pas eu le choix. Je la plains de tout mon cœur.

Lizabet écarquilla les yeux.

— Oh ! ce n'est pas la peine, ma sœur ! Le mariage a peut-être été arrangé au début, mais c'est aussi un mariage d'amour. Elle le dévore des yeux comme s'il était l'homme le plus merveilleux au monde, et lui la regarde comme si elle était un ange descendu du ciel. Elle attend déjà un heureux événement.

Lizabet ne semblait pas surprise mais, pour Celeste, c'était de l'ordre du miracle.

— Verdan raconte…, commença la servante avant de devenir cramoisie et de regarder ses pieds. Je suis désolée, ma sœur, j'ai oublié que vous étiez une religieuse.

— Pouvez-vous faire comme si je ne l'étais pas ? Et ne croyez pas que je ne sais rien sur la chose parce que je vis dans un couvent. Certaines des nonnes sont veuves.

La servante regarda soigneusement autour d'elle avant de reprendre la parole, comme si elle était sur le point de divulguer un secret d'Etat.

— Verdan raconte qu'ils sont comme des lapins, ils

l'ont même fait une fois dans les bois, alors que tout le monde aurait pu les voir.

Ce fut désormais au tour de Celeste de s'empourprer, car elle s'imagina Gerrard, et non Roland, en train de faire l'amour avec une femme dans les bois pour assouvir ses désirs charnels.

Celeste estima avoir posé assez de questions.

— Je suis assez fatiguée, Lizabet, déclara-t-elle, et je crains de ne pas être d'une compagnie plaisante ce soir. Je préférerais souper ici. Veuillez, je vous prie, transmettre mes regrets à Gerrard.

Lizabet se mordit les lèvres et fronça les sourcils.

— Si vous préférez ne pas vous charger de ce message…

— Non, non, il n'y a pas de problème, ma sœur, répliqua Lizabet, même si son expression indiquait le contraire.

Celeste adressa un sourire rassurant à la servante inquiète.

— Je vais le lui dire moi-même, se ravisa-t-elle. Est-il toujours dans la grande salle ?

— Je crois qu'il est dans la cour extérieure avec quelques-uns de ses hommes, ma sœur.

— Alors je vais le retrouver là-bas.

Chapitre 3

Torse nu, ramassé sur lui-même, Gerrard tournait autour de son adversaire. Il était rapide et intelligent, tandis que Verdan, lui aussi torse nu en dépit du froid, grand et flegmatique, se montrait parfois maladroit. Cependant Gerrard savait que ce serait une erreur de croire que Verdan était trop lent pour le battre ou trop stupide pour deviner ses intentions.

D'autres soldats avaient formé un cercle autour des combattants et prodiguaient conseils et encouragements à grand renfort de cris. Gerrard entendait aussi les paris aller bon train, même s'ils étaient échangés à voix basse, en particulier ceux contre lui.

— Alors, Verdan, dit-il sans le quitter des yeux, il est temps d'en finir, tu ne crois pas ? Déclare-toi vaincu, et nous pourrons tous aller boire une bonne bière.

— Oui, abandonne ! lança l'un des soldats les plus jeunes tout en piétinant le sol vigoureusement. Je commence à être gelé !

— Ah, ferme ton bec ! s'exclama un autre, les cheveux bruns et impeccablement rasé. Verdan peut se mesurer à lui. Allez, montre-lui, Verdan !

— Un homme du Sud, qui battrait quelqu'un né et élevé dans le Yorkshire ? s'écria un troisième, croisant ses bras musculeux avec fureur. Sûrement pas !

— Il fait une demi-tête de plus que Gerrard !

— Et il a aussi un demi-cerveau. Allez, Gerrard, fais-lui mordre la poussière !

— Montre-lui ce qu'est un bon soldat, Verdan !

Gerrard feinta brusquement sur la gauche, puis bondit du côté droit, agrippant les jambes de Verdan pour le faire trébucher. L'instant suivant, des hourras retentirent quand Gerrard le retourna sur le ventre et s'assit sur son dos. Verdan se débattit comme un beau diable pour essayer de se dégager, mais Gerrard passa les bras sous lui et referma ses mains en étau sur son cou. L'homme fut réduit à l'impuissance.

— J'avais quelque chose dans l'œil ! protesta Verdan en recrachant des brins d'herbe.

Il se démenait toujours pour essayer de se débarrasser de Gerrard.

— Allez, tu as perdu, mon gaillard, déclara Gerrard. Reconnais-le, et on va boire une bière. Je crois qu'on a très soif tous les deux. Et, puisque tu es sans aucun doute épuisé, je te relève de ta garde de cette nuit.

— Ah, si vous le présentez comme ça…, répondit Verdan en cessant de gigoter, pour que Gerrard puisse se relever.

Gerrard se pencha en souriant pour aider le soldat à se remettre debout. Les paris furent payés, certains de mauvaise grâce, tandis que les deux combattants essuyaient la sueur de leur visage et remettaient de l'ordre dans leur chemise et leur tunique, celle de Gerrard en laine, et celle de Verdan en cuir bouilli. Avant le duel, Gerrard avait arraché un fil qui pendait à l'ourlet de sa tunique pour s'attacher les cheveux, et il ne se soucia pas de l'enlever.

— Quant à vous, messieurs, je veux que toutes les armes soient astiquées et affûtées demain, ordonna-t-il. Et que personne ne fasse d'excès de boisson d'ici là, moi y compris, ajouta-t-il d'un ton désabusé, s'attirant des gloussements dans la troupe, qui commença à se diriger vers la poterne.

Il assena une claque sur la large épaule de Verdan.

— Alors, ta mère ne vient toujours pas dans le Yorkshire ? demanda-t-il.

— Pas encore, mais Arnhelm et moi, on a bon espoir, répondit Verdan en souriant, ce qui révéla des dents étonnamment blanches.

Gerrard repéra du coin de l'œil le frêle marchand de bougies qui se hâtait dans sa direction, sa tunique voletant sur ses jambes maigres, son manteau doublé de soie déployé derrière lui.

— Sainte mère de Dieu, que diable vient-il faire ici ? marmonna-t-il avant de s'adresser de nouveau à Verdan. Pars devant, le marchand doit vouloir parler affaires.

Gerrard n'avait pas la moindre idée de ce que désirait cet individu. Et il espérait également que ce ne serait pas long. Il n'avait jamais aimé ce petit homme cupide, qui battait sa femme comme plâtre et traitait son fils comme un larbin.

— Mes salutations, Norbert. Qu'est-ce qui vous amène au château ? dit-il au moment où le marchand essoufflé le rejoignait.

— Je suis venu présenter mes condoléances à la sœur d'Audrey. J'ai appris qu'elle venait d'arriver.

— En effet, répondit Gerrard en fronçant les sourcils, et vous souhaitez donc vous entretenir avec sœur Augustine ? demanda-t-il à Norbert, qui trépignait nerveusement tel un cheval au départ d'une course.

La dernière chose dont Celeste avait besoin, ou quiconque d'ailleurs, c'était bien de parler à cet énergumène.

— Si c'est ainsi que se nomme désormais la sœur d'Audrey D'Orleau, oui, je le souhaite, rétorqua le marchand sur un ton de défi.

Ce qui ne joua guère en sa faveur pour que Gerrard accède à sa requête.

— Sœur Augustine se repose, on ne peut la déranger.

Norbert se renfrogna aussitôt, ce qui n'émut en aucune façon Gerrard.

— Peut-être aurez-vous la bonté de lui faire part de ma visite, insista Norbert.

— Peut-être, répliqua Gerrard avec un sourire qui était loin d'être engageant.

— Ecoutez, Gerrard, commença-t-il avant de s'interrompre quand il vit l'expression dans le regard de celui-ci. Bon, très bien.

Le marchand tourna les talons et regagnait la poterne au moment où apparut un autre visiteur, également richement vêtu, mais corpulent et barbu. Sa tunique était plus courte et plus ornée, avec des broderies au cou et à l'ourlet. Il portait des bottines en cuir de qualité, de même que celui de sa ceinture et de ses gantelets.

Ewald, évidemment… Le marchand en peaux et suif était aussi gros et expansif que Norbert était maigre et obséquieux, mais tout aussi avide et âpre au gain. Ils ressemblaient tous deux à des vautours accourant sur un champ de bataille pour se disputer une proie, Celeste, en l'occurrence.

— Bonjour, Gerrard ! Bonjour à toi aussi, Norbert ! s'exclama Ewald. Pourquoi ne suis-je pas surpris de te trouver déjà là, Norbert ? Ton petit fouineur de fils devrait être espion du roi !

— Je doute que tu ne sois venu que pour faire une petite promenade de santé. Tu veux la voir aussi, n'est-ce pas ? rétorqua Norbert.

Ewald devint cramoisi.

— Eh bien…, commença-t-il tout en se dandinant sur les talons de ses bottines, les pouces glissés dans la large ceinture qui soulignait son ventre proéminent, en fait, oui. Je veux lui exprimer toute ma sympathie pour la mort de sa sœur. Une sale affaire, vraiment une sale affaire…

Les affaires n'avaient réellement rien à voir là-dedans,

songea Gerrard avec agacement. Ce n'était qu'un amour funeste et contrarié.

— Malheureusement sœur Augustine se repose et ne peut être dérangée, répéta-t-il avec fermeté.

Norbert affichait toujours une mine contrariée, ce qui n'était pas surprenant, tandis qu'Ewald arbora un sourire comme s'il venait de gagner un pari, ce qui n'était pas étonnant non plus.

— En ce cas, demain conviendra aussi, lança le tanneur avec jovialité. Dites-lui que je suis venu, si vous le voulez bien, et que je serai ravi de m'entretenir avec elle au moment qui lui conviendra. Je lui proposerai un très bon prix pour la maison.

— Je ne ferai rien de tel, répondit Gerrard. Vous attendrez pour discuter affaires qu'elle vienne à vous, et pas avant. Bien le bonjour, messieurs.

Norbert hocha la tête avec un air de triomphe sournois et repartit vers la poterne. A peine refroidi, Ewald inclina la tête et lui emboîta le pas.

De vrais charognards, ces deux-là ! Gerrard se garderait bien de dire à Celeste qu'ils étaient venus. Il n'était pas leur messager, et elle n'avait nul besoin d'être importunée, songea-t-il en repartant vers le château.

Il s'arrêta brusquement, surpris. Celeste, ou plutôt sœur Augustine, se hâtait vers lui, les coins de son voile volant au vent. Même en habit de religieuse, elle avait un port de reine, posée, fière et si belle…

— Je croyais que vous vous reposiez, dit-il, ému par sa présence et hésitant toujours sur la nécessité ou non de l'informer de la visite des deux marchands.

— Je suis plutôt lasse, répondit-elle, les lèvres pincées, aussi si cela était possible je préférerais souper dans la chambre de Roland. Seule.

Il était heureux d'avoir renvoyé le marchand de bougies et le tanneur, cependant il était quelque peu dérouté par son attitude et son refus de dîner avec lui. Mais cela valait peut-être mieux. Elle ravivait des souvenirs anciens, dont certains gagnaient à rester dans l'oubli. Et, si elle le haïssait, il ne pouvait guère lui en vouloir. C'était sa faute si elle avait été envoyée à Sainte-Agatha.

— Vous êtes mon invitée, vous êtes donc libre de faire ce qu'il vous plaît, déclara-t-il. Je vous ferai monter de quoi vous restaurer et du vin un peu plus tard.

Elle hocha la tête et esquissa une ombre de sourire.

— Merci, Gerrard.

Elle s'éloigna ensuite gracieusement. Quelle opinion aurait-elle de lui si elle découvrait sa conduite depuis son départ pour le couvent ?

Plus tard dans la soirée, Gerrard prit son repas seul sous le dais de la grande salle de Dunborough. Le souper terminé, la plupart des soldats qui n'étaient pas de garde étaient retournés aux baraquements ou s'étaient installés dans la salle sur des paillasses, en compagnie des chiens. Quelques domestiques veillaient encore et bavardaient tranquillement dans un coin. Les servantes disposaient de leurs propres logements au-dessus des cuisines, et les serviteurs dormaient soit dans la cuisine, soit dans le grenier au-dessus des stalles des chevaux, avec les palefreniers et les garçons d'écurie.

Gerrard jeta un coup d'œil vers l'escalier qui conduisait aux chambres des maîtres. Que penserait Celeste, si elle apprenait les projets qu'il avait échafaudés avec sa sœur lorsque celle-ci était encore vivante ? Et l'offre que lui avait faite Roland ?

Il avait imaginé utiliser la fortune d'Audrey à des fins personnelles et avait même été prêt à l'épouser pour l'obtenir, bien que ce n'ait pas été on idée mais celle de la jeune femme. Audrey lui avait suggéré de soudoyer le roi pour qu'il lui accorde Dunborough et un titre. Une fois qu'ils auraient été mariés, Audrey aurait possédé ce qu'elle souhaitait le plus, un époux puissant et noble. Et lui aurait satisfait son désir le plus cher, récupérer Dunborough et pouvoir le diriger.

Aujourd'hui, Audrey était morte, et Roland possédait un autre domaine grâce à son mariage, aussi avait-il offert Dunborough à Gerrard, sous condition d'obtenir l'approbation du roi.

Roland avait beau être certainement sincère, Gerrard ne parvenait toujours pas à croire qu'il renonce avec tant de facilité à être le seigneur du domaine qu'ils avaient tous deux si longtemps rêvé de diriger. D'autant plus que le testament de leur père avait révélé que Roland était effectivement l'aîné, sans oublier la façon dont Gerrard l'avait traité pendant des années. Et cependant, il lui avait proposé Dunborough.

Il était fort tentant d'accepter l'offre de Roland, même si cela impliquait qu'il lui en serait redevable toute sa vie. Quand il se rappelait qu'il avait songé à utiliser Audrey D'Orleau et sa fortune pour obtenir le domaine coûte que coûte, il éprouvait une telle honte qu'il lui semblait préférable de quitter Dunborough à jamais.

Pourtant, renoncer à la chance d'être seigneur de Dunborough qu'il convoitait depuis toujours !

Gerrard se leva brusquement et se dirigea vers la porte, attrapant au passage son manteau suspendu à un crochet. Cela ne lui faisait aucun bien de rester assis là à ruminer. C'était la façon dont agissait Roland. Mieux valait faire quelque chose, n'importe quoi, plutôt que ressasser des idées noires.

Il irait à la taverne du village. Elle était toujours animée, même à cette heure tardive. Il y avait également des lieux où un homme pouvait se procurer un autre genre de compagnie, mais il avait abandonné ce type de divertissement, ainsi que les excès de boisson.

Gerrard sortit dans la cour. Un coup d'œil rapide lui

confirma que les gardes étaient sur le chemin de ronde, et que deux autres étaient postés à la poterne.

Le vent froid du Yorkshire chassait les nuages devant la lune montante, et il huma l'air, se demandant s'il allait neiger avant le matin. Difficile à dire.

Comme il avait horreur de l'hiver et du froid qui l'obligeaient à rester confiné à l'intérieur ! Il se sentait emprisonné quand le temps était trop mauvais pour qu'il puisse sortir à cheval. Peut-être était-ce cela, être dans un couvent, et pas seulement en hiver. Imaginant ce tableau et le vœu de célibat, il se conforta dans l'idée qu'il ne pourrait jamais vivre dans ce genre d'endroit. Il s'enfuirait à la première occasion.

Un mouvement près du grand chêne à côté de l'enceinte intérieure attira son attention. Une silhouette vêtue d'un long manteau sombre se mouvait dans l'ombre près des cuisines.

— Qui va là ? cria-t-il en se précipitant vers elle.

Il reconnut aussitôt Celeste quand elle apparut dans la lumière. Au même moment, l'un des soldats surgit en surplomb, sur le chemin de ronde, et les gardes de la porte s'élancèrent vers elle.

— Tout va bien ! les héla Gerrard. Vous pouvez retourner à vos postes.

Ils obéirent sur-le-champ, et il se retourna pour dévisager Celeste, en essayant de ne pas s'attarder sur ses grands yeux et ses lèvres pleines.

— Vous feriez mieux de rester à l'intérieur la nuit. Mes hommes sont tous des archers entraînés. Vous auriez pu être prise pour un intrus et recevoir une flèche.

— Par bonheur, il ne s'est rien passé de la sorte.

Elle avait répondu d'un ton aussi calme que l'expression qu'elle arborait. Où était donc passée cette fille hardie et vif argent ? Il aurait pourtant parié que même les nonnes n'auraient pu étouffer cette ardeur, mais il semblait bien qu'elles y eussent réussi.

— Y a-t-il un problème ? Avez-vous besoin de quelque chose ? s'enquit-il.

Quel balourd ! Si elle avait voulu quelque chose, elle serait allée le demander à un serviteur dans la grande salle, au lieu d'errer dans la cour telle une âme en peine.

— La chambre est très confortable, je vous remercie, répliqua-t-elle. Je ne pouvais pas dormir, tout simplement. Et vous ?

— Je vérifie souvent que les gardes ne se sont pas assoupis, mentit-il promptement.

Il ne le faisait jamais, il n'y en avait nul besoin. Son père punissait sévèrement tout homme surpris en train de dormir pendant son tour de garde, et son décès était bien trop récent pour que les hommes aient encore réalisé que ni Roland ni lui ne seraient aussi cruels.

Celeste pointa le doigt vers le chêne.

— C'est bien là l'arbre sur lequel nous avions grimpé à Halloween, n'est-ce pas ?

Le souvenir lui revint aussi clair que si cela s'était passé la veille. Roland et lui étaient sortis clandestinement du château en escaladant le chêne qui surplombait le mur de l'enceinte intérieure, puis s'étaient faufilés dehors par une petite poterne latérale un soir de Halloween. Ils voulaient aller au village voir le grand bûcher allumé pour l'occasion. Audrey et Celeste étaient déjà là-bas quand ils étaient arrivés. Audrey avait déclaré qu'elle ne croyait pas qu'ils aient été assez téméraires pour s'échapper en cachette comme des voleurs. Selon elle, sir Blane leur avait donné l'autorisation de venir.

Déterminé à lui prouver qu'elle avait tort, Gerrard avait proposé qu'elle revienne avec eux par le même chemin et passe la nuit dans le grenier à foin. Roland avait été contre cette idée. Ce serait trop dangereux. Elle ne pourrait sans doute pas de toute façon grimper aussi bien qu'eux, ils se feraient tous prendre et seraient punis.

Audrey s'était moquée de Roland et l'avait traité de

vieille femme ronchon et d'une flopée d'autres épithètes peu flatteuses jusqu'à ce qu'il cède.

Celeste avait supplié de faire partie de l'équipée, et ils avaient également cédé. Elle les avait suivis de son mieux, sans jamais se plaindre, même après qu'ils s'étaient fait prendre, comme l'avait prédit Roland. Audrey et Celeste avaient simplement été reconduites chez elles, car leur père était trop riche et influent pour qu'on lui cause des ennuis. En revanche, les jumeaux avaient été battus et obligés de rester debout jusqu'à l'aube.

— J'avais tellement peur de tomber, murmura Celeste en retournant de nouveau dans l'ombre.

— Vous n'avez montré à aucun moment votre crainte, je vous trouvais très courageuse, répliqua Gerrard en lui emboîtant le pas.

Elle rit doucement, d'un rire qui raviva chez Gerrard d'autres souvenirs encore. Celui de l'avoir pourchassée dans la forêt sans jamais réussir à l'attraper. L'admiration dans ses yeux quand il racontait une histoire drôle. La fois où il avait proposé de jouer à s'embrasser, et qu'elle s'était esclaffée, avait rougi puis s'était enfuie.

Il avait envie de l'embrasser en cet instant.

C'est une nonne, même si c'est aussi une belle femme, s'admonesta-t-il.

— J'ai eu peur moi aussi, confessa-t-il.

Brillants dans le clair de lune, les grands yeux de la jeune femme s'élargirent avec une expression de stupéfaction.

— Je croyais que vous n'aviez peur de rien ! s'écria-t-elle.

— J'avais peur de bien des choses. De mon père, surtout.

— Moi aussi.

— Tout le monde le craignait.

— Je veux dire, de mon propre père, précisa-t-elle. Il avait des accès de rage terribles. Audrey et moi allions nous cacher à ces moments-là, et elle me racontait des histoires pour me rassurer.

— Je l'ignorais.

Même enfant, Audrey lui paraissait trop froide et calculatrice pour consoler une sœur plus jeune.

— Je sais qu'elle avait des défauts, mais je l'aimais beaucoup, chuchota Celeste d'une voix emplie de tristesse.

Qu'elle fût religieuse ou pas, il semblait n'y avoir qu'une seule chose à faire. Il la prit dans ses bras et l'étreignit.

Il avait pour seule intention de la réconforter, cependant la chaleur l'envahit quand il sentit ses seins pressés contre sa poitrine. Il pensa à ses lèvres pulpeuses, si proches des siennes. Il n'avait qu'à poser un doigt sous son menton et à le relever doucement pour les embrasser.

Ils étaient dans la pénombre, aucune lumière ne filtrait des fenêtres toutes proches. Personne ne pouvait les voir.

C'est une nonne ! C'est une nonne !

— Je suis désolée de vous avoir cassé la clavicule ce jour-là, Gerrard, avoua-t-elle tout bas.

— Et moi de vous avoir coupé les cheveux, répondit-il sur le même ton.

S'il était sage, il la repousserait. La laisserait. Partirait dans le coin le plus reculé du château, ou du village.

Mais il n'était pas sage.

Chapitre 4

Celeste sut ce que Gerrard allait faire bien avant qu'il agisse : un geste interdit, surtout s'il pensait qu'elle était bien religieuse.

Et elle savait aussi comment réagir. L'en empêcher. S'écarter de lui, partir et vite retourner dans sa chambre.

Impossible ! Elle avait rêvé depuis trop longtemps d'être dans les bras de Gerrard. Il avait représenté pendant trop d'années l'idée qu'elle se faisait d'un héros, de l'homme idéal. De tous les désirs de la vie profane qu'elle avait essayé de réprimer au couvent, le plus difficile étant celui de se retrouver tout contre Gerrard, ses lèvres sur les siennes.

Aussi quand il l'embrassa comme elle l'avait toujours imaginé, elle ne put résister. Ni protester, car son baiser était encore plus merveilleux et excitant que dans ses rêves les plus osés, et certains l'étaient véritablement.

Il l'étreignit plus fort, et elle eut l'impression de fondre dans ses bras, que son unique force se concentrait dans ses mains lorsqu'elle se cramponna à ses épaules pour ne pas tomber et continuer à l'embrasser.

Son désir s'amplifiait et envoyait des vagues brûlantes dans tout son corps. C'était le genre de passion dont avaient parlé certaines filles au couvent. Etre avec l'homme qu'elles aimaient, et ce qu'elles avaient éprouvé entre leurs bras.

Elles n'avaient pas décrit la tension qui montait, le besoin d'explorer plus que des lèvres sur des lèvres, ou qu'un homme puisse laisser glisser sa main le long de son bras puis la poser sur sa hanche, avant de la faire remonter doucement vers sa poitrine.

Quand Gerrard referma sa paume sur son sein elle ouvrit la bouche de surprise, et sa langue s'y glissa aussitôt, dans un mouvement inattendu dont elle n'avait jamais entendu parler, et qu'elle avait encore moins imaginé.

La stupéfaction et la honte la frappèrent brusquement.

Horrifiée de sa propre faiblesse, elle le repoussa de ses deux mains sur sa poitrine. Elle savait trop bien comment étaient les hommes, à quel point ils pouvaient devenir brutaux et furieux, cependant il semblait qu'elle eût tout oublié, pour un instant de plaisir fugitif.

— Arrêtez ! Comment pouvez-vous ?

Contrarié, Gerrard écarta les bras tout en reculant.

— Je voulais seulement…

— Quoi ? s'écria-t-elle en dissimulant ses regrets et ses remords derrière son courroux. Me séduire ?

Il afficha soudain un air dur, et ses lèvres dessinèrent alors une fine ligne austère, comme Roland. Comme Broderick, et comme leur père, d'ailleurs.

— Non, ce n'était pas mon intention, se défendit-il.

— Je suis religieuse !

— Je l'avais oublié.

— Oublié ? répéta-t-elle, incrédule, comme si elle n'avait jamais entendu quelque chose d'aussi ridicule.

— C'est la vérité, que vous le croyiez ou non, répliqua-t-il. Et ce n'était pas mon idée de me dissimuler ainsi dans la pénombre de cet arbre. C'est vous qui nous avez entraînés là.

— Je pensais…

A quoi avait-elle pensé, d'ailleurs ? Elle n'avait aucune explication. Néanmoins elle lui en fournit une.

— Je pensais que ce serait plus abrité du vent, reprit-elle, et plus commode pour bavarder. Ce n'était pas une raison pour m'embrasser.

— Peut-être ai-je commencé à vous embrasser, mais vous avez immédiatement répondu à mon baiser.

— Non, certainement pas, protesta-t-elle, même si elle savait très bien qu'elle mentait d'une manière éhontée, vous m'avez prise par surprise.

Il plongea alors dans une révérence exagérée et arbora une espèce de sourire moqueur. Elle avait déjà vu cette expression sur son visage, mais elle ne lui avait jamais été destinée jusqu'à présent.

Et elle n'avait aucune envie de la voir maintenant, même si elle avait eu tort de l'accuser aussi injustement, et même si cela valait mieux que sa colère.

— J'implore votre pardon, sœur Augustine, dit-il d'une voix douce emplie de dérision. Je promets de ne plus jamais vous surprendre. Maintenant je vous souhaite une bonne nuit et j'espère que vos rêves seront plaisants.

Malgré l'ironie qui perçait dans sa voix, elle décela dans ses yeux autre chose qui la remplit de désarroi, de regret et de honte. Elle l'avait blessé. Il l'avait été tant de fois auparavant, par son père, ses frères, et voilà que c'était elle ce soir.

Gerrard tourna les talons et traversa la cour jusqu'à la poterne, menton levé et dos droit tel un héros conquérant.

Un héros auquel elle avait fait de la peine.

Un autre péché à expier, tout comme celui de l'avoir laissé l'embrasser et la caresser.

Non, le plus grand péché était celui de Gerrard, se persuada-t-elle en se dépêchant de regagner la chambre de Roland. Gerrard l'avait embrassée le premier. C'était la vérité, quoi qu'il ait pu se passer ensuite.

Ils ne s'embrasseraient plus jamais. Elle allait prononcer ses vœux. C'était ce qu'elle désirait plus que tout au monde. Elle serait enfin protégée, en sécurité et proche de Dieu. Elle serait libérée des contingences matérielles, des soucis, et ne serait plus troublée par les tentations de la chair. Et vivrait loin de la violence, de la haine et des querelles de ces hommes et femmes qui se disputaient la nuit sans se soucier de savoir si les enfants pouvaient les entendre, cramponnés les uns aux autres dans l'obscurité pour se rassurer.

Elle pourrait vivre en toute quiétude, peut-être même être heureuse et, si elle devait renoncer à certains désirs et envies pour cela, cela en vaudrait certainement la peine.

Les deux gardes à la poterne se redressèrent quand Gerrard approcha. Le commandant de la garnison fronça les sourcils lorsqu'il remarqua que l'un des gardes était Verdan.

— Que fais-tu ici ? s'enquit-il. Je t'ai relevé de ta garde.

— Eh bien, messire, c'est ainsi, répondit Verdan en faisant passer sa lance d'une main à l'autre. Les tours de garde étaient organisés, et l'un des soldats a une bonne amie au village, il avait prévu de la voir et il aurait dû prendre ma place, alors…

— Oh ! très bien ! Epargne-moi tes explications, coupa Gerrard. Moi aussi je vais au village et je ne rentrerai sans doute pas avant demain matin. Et la prochaine fois que tu seras relevé de ta garde, Verdan, tu t'y tiendras. Je ne te referai pas souvent ce genre de faveur.

— Oui, messire, grommela le soldat tandis que le jeune Hedley ouvrait le petit portillon dans un battant de la grande porte.

Après que Gerrard fut sorti et que Hedley eut refermé derrière lui, Verdan regarda son collègue, un peu désemparé.

— Je ne pensais pas qu'il serait furieux de me trouver là. Et où va-t-il, à une heure pareille ? Tu ne crois quand même pas qu'il retourne à ses vieilles habitudes, n'est-ce pas ?

— J'espère que non, répondit Hedley d'un air sinistre. Peut-être que sœur Augustine essayait de le convaincre de rester au château.

— Quoi ?

— Il était en train de discuter avec la nonne qui est arrivée aujourd'hui, là-bas, près de l'arbre.

— Sûrement pas ! s'exclama Verdan, alors que Hedley était réputé pour son œil de lynx et pouvait même transpercer une pomme d'une flèche à cinquante yards.

— Si, insista-t-il. En tout cas, c'est là qu'il l'a rencontrée. Et puis ils sont allés sous l'arbre. Après ça, je ne pouvais plus les voir.

— Tu as peut-être raison. Elle a dû entendre dire qu'il allait au village et essayer de l'en empêcher. Ça n'a pas dû lui plaire. Pas étonnant qu'il ait eu l'air si irrité.

— Eh oui, approuva Hedley en s'appuyant sur sa lance. J'aurais juré que c'était sir Roland qui se tenait devant nous.

— Et tu crois qu'on devrait faire quelque chose ?

— Mais quoi ? On ne peut pas empêcher Gerrard de se rendre au village la nuit si ça lui chante. C'est le commandant de la garnison. Et il a peut-être prétendu aller là-bas en précisant qu'il ne rentrerait qu'au matin pour voir si on relâchait notre surveillance, il va faire une ronde et reviendra vérifier. Il est malin, en fait, et il prend sa tâche au sérieux.

Verdan rajusta le ceinturon de son épée.

— Oui, c'est exact. Bon, on ferait mieux de garder bon pied bon œil. J'aime bien Gerrard, mais c'est à sir Roland que l'on doit rendre des comptes. C'est lui le seigneur de Dunborough, et il faut qu'il sache si son frère est un ivrogne et manque à ses devoirs, même si j'espère sincèrement le contraire.

Le propriétaire du Cock's Crow arbora un large sourire quand Gerrard pénétra dans l'atmosphère confinée et enfumée de la taverne.

— Mes salutations, Gerrard ! Ça fait un bon moment qu'on ne vous a pas vu passer notre porte !

— Une chope de bière, commanda celui-ci en s'asseyant

à une table du fond de la salle qui sentait le feu de bois, mais aussi la bière et le ragoût de bœuf, les herbes sèches répandues sur le sol et les odeurs corporelles des hommes venus se détendre après une journée de labeur.

— Oui, messire, tout de suite ! s'exclama Matheus.

Il se précipita pour l'apporter, la déposa devant Gerrard et se recula ensuite légèrement en restant planté devant la table.

— Désirez-vous autre chose ?

— Un lit pour la nuit, et juste un lit, précisa Gerrard quand il vit l'expression de Matheus.

Autrefois, bien souvent une femme le rejoignait, mais pas ce soir, et c'était comme ça depuis des jours. Depuis son retour de Delac, après l'agression de Roland.

— Bien sûr, messire ! Et une autre chope quand celle-ci sera terminée ?

— Peut-être.

Ignorant les regards curieux des autres clients, Gerrard avala une gorgée de l'excellente bière, puis entoura la chope de ses mains. Il ne boirait que celle-là. Ce ne serait pas sage de s'enivrer, pas avec Celeste toute prête à le prendre pour un ivrogne et un libertin.

Certes, elle lui avait rendu son baiser avec une intensité égale à la sienne, mais il se sentait néanmoins tel le damné le plus odieux du royaume, et c'était mérité. Il y avait quelques semaines encore à peine, les rumeurs et les commérages le concernant étaient justifiés : un bon à rien et un débauché, qui ne se souciait pas de qui il blessait ou à qui il faisait du tort, cherchant querelle à Roland, avide de satisfaire ses désirs et ses envies d'indépendance.

Il avait choisi pour amis des jeunes gens peu recommandables, qui estimaient qu'il méritait d'être seigneur de Dunborough plus que son frère.

Gerrard avait payé pour son plaisir, triché au jeu et joué avec le cœur des femmes, même s'il n'avait sincèrement jamais voulu qu'Esmeralda connaisse ce triste sort.

Cependant, depuis l'agression de Roland, il s'était tenu à l'écart des tavernes, des salles de jeu et des femmes de petite vertu. Il s'était consacré à l'entraînement des hommes et aux affaires du domaine, autant qu'il en était capable. Il avait cherché à mener une vie meilleure, plus respectable, et pensait y avoir réussi.

Jusqu'à aujourd'hui. Jusqu'à ce soir, où son désir l'avait poussé à prendre une religieuse dans ses bras.

Peut-être était-il bien le fils de son père.

Non. Si son père avait voulu Celeste, il l'aurait prise, quoi qu'elle eût pu dire ou faire, et même si elle s'était débattue bec et ongles.

Gerrard se passa la main dans les cheveux. Que Dieu lui vienne en aide, pourquoi donc l'avait-il embrassée ?

Les premières réponses qui lui vinrent à l'esprit avaient le ton de réprimande de Roland. « Parce que tu la voulais et ne t'es pas soucié des conséquences. Parce qu'elle est jolie, et que tu as un faible pour les jolies filles. »

Cependant, au plus profond de lui-même, il savait qu'il y avait plus que cela. Quand il s'était retrouvé si près d'elle dans l'obscurité, il avait ressenti ce qu'il éprouvait quand ils étaient plus jeunes, quand il redoutait son père et ses frères, et qu'elle le regardait avec vénération et admiration, comme s'il pouvait tout faire. Et que l'avenir lui appartenait.

Et qu'avait-il fait ensuite ? Il s'était énervé lors d'un jeu stupide, l'avait attrapée et avait coupé ses ravissantes boucles brunes.

De plus, ses sentiments avaient pris le pas sur sa raison, ce soir. Ne se maîtriserait-il donc jamais ? Pourquoi ne réfléchissait-il jamais aux conséquences de ses actes, en particulier ceux qui occasionnaient souffrance, douleur et colère ?

Il y réussirait. Il le fallait.

Il termina sa bière et partit se coucher.

Le lendemain à l'aube, Celeste traversa la cour en direction de la poterne. Le maigre soleil de novembre ne parvenait pas à réchauffer l'atmosphère, et la couche de givre était épaisse, mais au moins il ne neigeait pas.

Par chance, et peut-être en réponse à ses prières, Gerrard n'était pas dans la grande salle ce matin, et rien dans l'attitude des serviteurs ne trahissait le moindre commérage sur son comportement indécent de la veille.

Elle avait longtemps prié dans la nuit pour le pardon de son désir brûlant, et pour avoir la force de résister à la tentation incarnée par Gerrard. Elle se promit à l'avenir d'avoir aussi peu affaire à lui que possible. Si Roland revenait bientôt, elle n'aurait peut-être même plus à adresser la parole à Gerrard.

Néanmoins, et en dépit de ce qui s'était passé entre eux, elle ne pouvait s'empêcher de souhaiter que les histoires à propos de Gerrard fussent des sornettes. Elle espérait qu'il n'était ni un ivrogne ni un libertin. Qu'il valait mieux que son père et son frère aîné, et qu'il ressemblait plus à un héros de ballade qu'au bon à rien évoqué par les ragots et les rumeurs.

Et qu'elle avait raison de toujours penser qu'Esmeralda l'avait injustement accusé d'être responsable de ce qui lui était arrivé. Même si elle ne le revoyait jamais, elle voulait se souvenir de lui comme d'un honnête homme.

Alors que Celeste approchait de la poterne, elle se demanda si les gardes postés étaient les mêmes que ceux de la nuit dernière. Au cas où ce seraient bien eux, et qu'ils auraient été témoins de cette étreinte honteuse, elle ferait de son mieux pour imiter sœur Sylvester, qui affichait toujours le même air serein. Ainsi ils ne l'associeraient pas à la personne qui était sous l'arbre avec Gerrard.

— Bonjour, dit-elle avec un sourire engageant en arrivant devant eux. Ouvrez la porte, je vous prie.

Les deux hommes échangèrent des regards inquiets.

— Y aurait-il une raison pour ne pas le faire ? demanda-t-elle d'une voix suave.

— Pas du tout, ma sœur, répondit le garde barbu le plus âgé des deux en allant ouvrir le portillon.

Avec un hochement de tête en signe de remerciement, elle releva sa robe pour franchir le seuil et faillit buter sur Gerrard.

Il recula vivement d'un pas, et sa surprise laissa vite place à son sourire légèrement moqueur.

— Où allez-vous donc par cette belle matinée, sœur Augustine ?

Il n'avait pas l'air de s'être livré à des excès, mais cela ne voulait rien dire. Elle avait appris de son père qu'un homme pouvait être loin d'être sobre et en avoir pourtant l'apparence.

Peut-être était-il ivre la veille, quand il l'avait embrassée. Elle n'y avait pas pensé.

Mais, même si tel était le cas, cela ne l'excusait pas. Au contraire, l'outrage n'en était que plus grand.

— En tant qu'invitée, je ne crois pas être obligée de répondre à cette question, répliqua-t-elle.

— Non, en effet, approuva-t-il avec une courtoisie exagérée en s'effaçant pour lui laisser le passage. Après vous, ma sœur.

— Bonne journée, Gerrard, le salua-t-elle en le dépassant vivement.

Elle ne se retourna pas une seule fois tandis qu'elle se dirigeait vers le village et la maison de sa famille.

Elle dépassa le groupe d'hommes habituel devant l'échoppe du forgeron, et quelques servantes déjà en train de cancaner autour du puits. Bon nombre la dévisageaient, et l'une des femmes se couvrit immédiatement la bouche puis se détourna pour chuchoter à l'oreille de sa voisine. A son sujet ? Ou sur Audrey ? A moins qu'il ne s'agisse de leur père et de la façon dont il maltraitait leur mère, ou bien ces souvenirs de querelles et de coups avaient-ils été oubliés depuis longtemps déjà ?

Alors que Celeste allongeait le pas, un jeune garçon d'environ quinze ou seize ans, avec des cheveux blonds et le visage grêlé, qui était en train d'ôter les panneaux de bois des volets d'une boutique, s'arrêta pour la regarder. Il lui adressa un sourire timide et la salua d'un signe de tête, lui rappelant ainsi que tout le monde à Dunborough ne la considérait pas comme une bête curieuse.

Un bébé cria dans une maison proche, et une femme commença à chanter une berceuse, tout bas, très douce et tendre. Elle ressentit de nouveau ce douloureux pincement au cœur et s'imagina devant un feu crépitant dans une cheminée, un bébé brun au sein.

Mais l'image s'effaça très vite, car elle avait déjà décidé de son destin.

Elle arriva devant la maison et enfonça la clé dans la solide serrure, en bénissant silencieusement Audrey d'avoir insisté pour la lui confier et lui conseiller de la cacher. Sans cela, elle aurait été obligée de la réclamer auprès de la mère supérieure après la lui avoir remise, comme le reste de ses possessions. Celle-ci aurait sans doute mis un temps infini à la « retrouver », tout comme il lui avait fallu une éternité pour envoyer à Celeste en Irlande un message qui lui ordonnait de rentrer au couvent. La missive laconique disait qu'elle devait lui communiquer des nouvelles importantes à propos de sa famille. Celeste n'apprendrait la mort tragique de sa sœur qu'à son retour de pèlerinage, qui avait d'ailleurs eu toutes les apparences d'un exil.

Celeste poussa la lourde porte et pénétra dans la maison vide. Comme elle l'avait déclaré à Gerrard, elle n'avait pas peur des fantômes, mais la demeure débordait de funestes souvenirs, et, ce qui était pire, Audrey n'était pas là pour lui rappeler les rares moments heureux qu'elles y avaient partagés.

Elle se dépêcha de traverser la grande pièce, obnubilée par cette horrible tache, essayant de ne pas se représenter ce qui s'était passé là, ni d'imaginer qu'un homme soit capable d'une jalousie si féroce pour agresser une femme qu'il prétendait aimer.

Dans la cuisine à l'arrière de la maison, une marmite avec une louche encore accrochée sur le bord était restée suspendue au-dessus des cendres froides de l'âtre. Un panier de linge froissé était renversé à côté de la table, son contenu répandu sur le sol. Des cuillers et une écuelle en bois s'empilaient dans l'évier en pierre. La pièce avait l'air d'avoir été abandonnée à la hâte, ce qui était probablement le cas.

Elle se dirigea vers le garde-manger, remarquant que la porte en était légèrement entrebâillée. Ce n'était pas surprenant, si les serviteurs s'étaient enfuis dans la précipitation. Quelques souris y avaient déjà élu domicile et avaient déchiré un sac de lentilles et un autre de pois, ne causant toutefois que peu de dégâts. Par bonheur, il restait beaucoup de provisions intactes, en quantité suffisante pour lui durer plusieurs jours.

Elle plissa les yeux pour mieux voir en s'enfonçant vers le fond du garde-manger. Les étagères et leurs contenus étaient aussi bien rangés et nets que l'aurait aimé Audrey, et il n'y avait presque pas de poussière dessus. La porte entrouverte pouvait l'expliquer en partie, si cela avait créé un courant d'air, mais peut-être quelqu'un était-il venu pour chercher…

Deux yeux étincelèrent dans la pénombre.

Elle poussa un petit cri et fit un bond en arrière, le cœur battant avant qu'elle réalise qu'il s'agissait d'un chat. Un gros chat roux. L'animal l'étudia d'un air solennel, puis sortit du garde-manger en fouettant l'air de sa queue en panache, comme s'il était chez lui et qu'elle était une intruse indésirable.

Sa présence expliquait donc l'absence de poussière,

grâce à sa majestueuse queue en plumeau qui devait tout balayer sur son passage.

— As-tu aussi empêché les souris d'envahir le garde-manger ? lui demanda-t-elle en se baissant pour le caresser.

Le chat se précipita sous la table, puis se coucha et continua à l'observer.

— Très bien, je te laisse tranquille, dit-elle avant de se diriger vers l'escalier de service qui menait à l'étage où se trouvaient les chambres.

Elle jeta un coup d'œil dans celle qu'elle avait partagée avec Audrey. Les volets étaient fermés, la pièce plongée dans la pénombre. Néanmoins elle réussit à distinguer leurs deux petits lits, qui étaient toujours là même s'ils n'avaient plus de literie. Il n'y avait aucun autre meuble.

Audrey avait dû se servir de la chambre de leurs parents. Celle-ci était sombre également, volets tirés. Celeste vit la forme du lit, et celle d'autres meubles. Elle sentit le moelleux d'un tapis sous ses pieds en allant vers la fenêtre, tira les rideaux puis ouvrit les volets. L'air froid s'engouffra dans la pièce, ainsi que la lumière, aussi referma-t-elle vite les rideaux avant de se retourner.

Oui, le lit était le même. Mais pas les somptueux rideaux ni la splendide literie en soie. Une grande tapisserie chatoyante représentant un jardin coloré était accrochée au mur opposé. Un brasero en bronze rempli de charbon à ras bord était placé à côté d'une table de toilette.

Elle trouva une pierre à briquet sur la table et préleva un peu de paille dans le matelas posé sous celui garni de plumes, puis alluma le feu. Heureuse de cette chaleur bienvenue, elle alluma aussi ce qui restait d'une bougie sur la table de toilette et remarqua les jolis peignes en bois de santal, la boîte sculptée contenant les épingles à cheveux, la brosse, et l'objet le plus luxueux de tous, un miroir.

Elle ne put résister à l'examen de son reflet et elle en eut le souffle coupé. Oh ! comme elle ressemblait à Audrey !

Cependant, même si Dieu se moquait bien de son aspect et qu'elle-même ne devait pas non plus s'en préoccuper, Celeste ne put réprimer une certaine excitation en découvrant qu'elle était le portrait craché de la sœur que l'on n'avait cessé de complimenter sur sa beauté toute sa vie.

Essayant de chasser ces pensées futiles, elle commença à fouiller le contenu du plus grand des coffres. Il était rempli de vêtements, de robes coûteuses et de chemises délicates, de bas de soie, de voiles et de bonnets rebrodés de perles. Ces choses avaient dû coûter beaucoup d'argent…

Audrey avait certainement trouvé le trésor de leur père ! Sans cela, comment aurait-elle pu s'offrir tous ces habits et entretenir pareil train de vie dans sa maison ?

Combien restait-il, et où était-il ? Il devait en subsister une quantité non négligeable. Leur père s'était vanté bien des fois auprès de leur mère d'être riche comme Crésus et lui avait promis que, si elle le quittait, elle ne verrait pas un sou de sa fortune.

Fouillant de nouveau dans le coffre, Celeste trouva une boîte en bois sculpté où elle découvrit de nombreux bijoux : bagues et colliers, broches et épingles qui brillaient d'éclats rouges, verts, bleus et blancs dans leurs montures dorées.

Tremblant d'excitation, elle déposa le coffret sur le rebord de la fenêtre. La valeur de ces objets serait certainement suffisante pour acheter… enfin, encourager l'évêque à renvoyer la mère supérieure de Sainte-Agatha, peut-être même jusque dans les terres reculées du fin fond de l'Ecosse.

Celeste prit un collier de rubis et l'approcha de la lumière pour l'examiner de près.

Son estomac se serra aussitôt.

S'il y avait une leçon que leur père leur avait correctement apprise, c'était de savoir faire la différence entre les vraies gemmes et les fausses « pour que vous ne soyez pas trompées par des charlatans, même si vous n'êtes que des femmes, et que les femmes sont avant tout des écervelées ».

Les rubis étaient faux, et un examen plus approfondi lui révéla que les autres bijoux l'étaient également, tout comme les montures en or.

Cela ne pouvait donc pas faire partie de la fortune cachée par leur père.

Elle se sentit néanmoins soulagée après avoir réfléchi un instant. Il était évident qu'Audrey n'aurait pas laissé ainsi de vrais bijoux en évidence, même avec un Ecossais farouche pour garder la maison. Tout voleur qui aurait réussi à s'introduire dans la maison et à le neutraliser aurait immédiatement fouillé les coffres. Audrey devait avoir trouvé une meilleure cachette.

Des coups frappés avec insistance sur la porte d'entrée résonnèrent au rez-de-chaussée.

Elle alla à la fenêtre, puis tira le rideau pour essayer de voir qui frappait, mais elle ne distingua rien. Cependant il n'y avait ni cheval blanc ni soldats devant l'entrée, aussi cela ne pouvait être Gerrard, qui n'avait d'ailleurs aucune raison de venir ici. Quant à d'autres visiteurs éventuels, elle n'était pas d'humeur à accueillir des curieux.

Peut-être que, si elle restait en haut et ne répondait pas, la personne s'en irait.

Mais on recommença à frapper, avec insistance. S'il s'agissait néanmoins de Gerrard, il était suffisamment têtu pour continuer de tambouriner à la porte, d'autant plus s'il était certain qu'elle était dans la maison.

Lèvres pincées, Celeste rajusta son voile et sa coiffe, pour aller à la rencontre de ce visiteur si impérieux.

Chapitre 5

Ce n'était pas Gerrard. Un personnage maigre, vêtu d'un manteau marron foncé sur une tunique beige ajustée avec une ceinture de cuir ouvragé, se tenait sur le seuil. Quelque chose dans son visage étroit, ses yeux bleu pâle et son long nez titilla sa mémoire, mais elle ne put l'associer à un nom sur-le-champ.

— Bonjour, Celeste, ou devrais-je plutôt dire ma sœur ! Je vous souhaite la bienvenue pour votre retour à Dunborough ! lança l'homme, arborant soudain une expression attristée. Bien que nous soyons tous très affligés par la raison de votre arrivée. Votre chère sœur nous manquera cruellement.

— Norbert, c'est bien vous ? s'exclama-t-elle, le reconnaissant soudain.

— Mais oui, mais oui ! s'écria-t-il, ravi. Dire que vous vous souvenez de moi !

Il n'aurait pas été aussi ravi s'il avait su qu'elle se souvenait de lui comme d'un jeune homme maigrichon, âgé de quelques années de plus que Roland et Gerrard, une créature déplaisante qu'Audrey surnommait « Norbert la Fouine ». Comme il était le premier des villageois à lui rendre visite, elle soupçonna que le surnom était toujours approprié.

— Quel plaisir de vous avoir de nouveau à Dunborough ! affirma-t-il en s'avançant sur le seuil, alors qu'elle ne l'avait pas invité à entrer. Il se tourna légèrement, avec un geste vif afin d'inciter la personne qui l'accompagnait à entrer elle aussi.

Le jeune garçon élancé au visage marqué qu'elle avait vu un peu plus tôt ôter les volets pénétra dans la maison, en baissant la tête, cramoisi. Son manteau était de moins bonne qualité que celui de son compagnon, et élimé sur les bords. Sa tunique courte découvrait ses jambes décharnées et ses genoux cagneux, et ses bottes étaient assez usées pour être mises au rebut.

— Voici mon fils, Lewis, déclara Norbert.

Elle se rappela que le père de Norbert était marchand de bougies. De toute évidence, il avait pris la succession.

— Je suis enchantée de faire votre connaissance, Lewis, répondit-elle, dans l'espoir d'atténuer l'embarras évident du jeune garçon.

Lewis releva la tête et plongea ses yeux bleu vif dans les siens. Son regard fut d'une intensité surprenante, avant qu'il baisse de nouveau la tête pour marmonner « Bonjour, ma sœur. »

Déconcertée par ce coup d'œil d'une vivacité détonnant avec le reste de son attitude, elle se tourna vers son père.

— Pardonnez-le, ma sœur, continua celui-ci en considérant son fils d'un air contrarié, c'est un garçon timide. Tout le portrait de sa mère pour ça.

Ce regard avait été tout sauf timide. Néanmoins, Celeste ne releva pas.

— C'est un plaisir de rencontrer un jeune homme réservé. Bon nombre d'entre eux ne le sont pas aujourd'hui.

— C'est bien vrai, malheureusement, acquiesça Norbert en pénétrant franchement dans la maison. J'espère que vous n'avez pas eu à subir d'impertinence de la part de ce jeune paltoquet du château.

En aucun cas elle ne lui révélerait quoi que ce soit de ses rapports avec Gerrard !

— Si vous entendez par là le commandant de la garnison, répliqua-t-elle, il a été courtois et accueillant.

La plupart du temps…, ajouta-t-elle pour elle-même.

— Je suis heureux de l'entendre, ma sœur, très heureux ! s'exclama Norbert. Quand j'ai entendu dire que vous passeriez la nuit au château, je dois avouer que j'ai craint…

Il se tut soudain, très gêné, et elle ne fit rien pour le tirer de son embarras.

— Si vous voulez bien m'excuser, j'ai des affaires à régler, conclut-elle. Je vous remercie de votre visite, Norbert, et je suis heureuse d'avoir fait votre connaissance, Lewis.

— Si je peux vous aider en quoi que ce soit, vous n'avez qu'à demander, reprit Norbert. J'étais un bon ami de votre sœur. Un très bon ami.

Celeste en doutait fort, étant donné l'opinion qu'Audrey avait de lui !

— Ah, Norbert ! J'étais certain que tu serais le premier à rendre visite à cette ravissante jeune fille ! claironna une voix à l'entrée de la maison.

Un homme d'âge moyen vêtu d'un manteau rouge bordé de fourrure et d'une longue tunique noire pénétra à son tour dans la maison. Une chaîne en argent ceinturait sa taille rebondie, et il était coiffé court à la mode normande.

Ce n'était pas un style très flatteur pour un homme avec de pareilles bajoues et des petits yeux ronds perçants au-dessus d'un gros nez.

Elle lui sourit néanmoins.

— Bonjour, messire.

— Vous devez me pardonner de ne pas avoir attendu d'être présenté selon les formes, déclara-t-il. Je suis venu dès que j'ai appris votre arrivée.

Il lança un coup d'œil à Norbert, qui ne cachait pas sa désapprobation.

— Je voulais vous exprimer mes condoléances, ajouta-t-il, imperturbable. J'aimais beaucoup votre sœur.

— Merci, messire…

— Ewald ! brama-t-il. Ewald de York, et de Dunborough également.

— Il est tanneur, expliqua Norbert, sur un ton laissant entendre que cette profession ne méritait que du dédain.

— En effet ! Je produis le meilleur suif, le meilleur tannage et les plus belles peaux, même si cet homme n'est pas de cet avis.

— Les peaux les plus chères, renchérit Norbert, et qui ne valent pas leur prix.

Les yeux d'Ewald se plissèrent pour se réduire à deux fentes minces.

— Bien des gens de York ne le pensent pas, de plus ils font des bougies de meilleure qualité.

Celeste remarqua que Lewis se faufilait vers la porte et ne put lui en vouloir.

— Je vous en prie, messires, je dois vous demander de m'excuser tous les deux, j'ai fort à faire.

— Sans doute, sans doute, approuva Ewald en lui adressant un sourire sympathique, même si son ton ne l'était pas. J'imagine que vous voudrez vendre la maison rapidement et retourner au couvent ?

— En effet, c'est exact.

— Je suis votre homme !

Norbert alla aussitôt se placer devant lui.

— Si vous souhaitez vous défaire de ce logis, ma sœur, je ne traiterais pas avec cet individu, si j'étais vous.

— Et avec qui devrait-elle traiter ? Toi ? rétorqua Ewald en écartant Norbert d'un coup de coude.

— Mieux vaut que ce soit moi, insista Norbert en le poussant à son tour.

Ewald essaya de l'ignorer.

— Pour cette demeure, ma sœur, renchérit-il, si vous désirez la vendre, je serai plus qu'heureux de…

— Son offre sera bien trop basse, coupa Norbert.

Ewald foudroya le marchand de bougies du regard et serra les poings.

— Tais-toi, espèce de…

— Messires ! s'écria Celeste pour les empêcher d'en venir aux mains, je ne suis pas prête à envisager tout de suite la vente de cette maison, j'y réfléchis encore.

Ewald se racla bruyamment la gorge et rajusta sa ceinture.

— Bien sûr. Il faut d'abord que vous fassiez l'inventaire des meubles et des divers biens, je comprends. Prenez tout le temps qu'il vous faudra.

— Comme c'est généreux ! persifla aussitôt Norbert en tremblant presque de rage. Elle n'a nul besoin de négocier avec toi, espèce de… de vaurien !

— Et j'imagine que, toi, tu es venu ici à cause de la grande tristesse que tu éprouves de la mort d'Audrey D'Orleau ? Je t'ai entendu médire sur elle plus d'une fois au Cock's Crow parce qu'elle te devait de l'argent.

— Je ne suis pas le seul à s'en être plaint. Toi aussi tu gémissais à la taverne, en te plaignant des sommes qu'elle te devait.

Celeste les dévisagea tous deux avec incrédulité avant de retrouver l'usage de la parole.

— Que dites-vous ? Audrey avait des dettes ?

Comment cela pouvait-il être possible, avec tous ces somptueux vêtements qu'elle avait découverts ?

Les hommes rougirent quelque peu, et ni l'un ni l'autre n'osa la regarder dans les yeux.

— Audrey avait des dettes ? répéta-t-elle.

— En fait, ma sœur, commença Ewald après avoir lancé un autre regard furieux à Norbert, elle nous devait de l'argent, c'est exact. Je suis désolé de vous apprendre qu'il est fort probable que d'autres marchands viendront à vous pour que vous régliez ses dettes. Mais la maison à elle seule…

— Si tel est le cas, je rembourserai tout ce qu'elle devait, l'interrompit Celeste. Toutes ces échéances seront honorées dès que j'aurai vendu la maison.

Ou trouvé la fortune de notre père, songea-t-elle.

— Maintenant, je vous prie de m'excuser, je suis très occupée.

Par chance, ou parce qu'il comprit enfin qu'elle ne plaisantait pas, Ewald fit un bref signe de tête et se dirigea vers la porte.

— Bonne journée, ma sœur.

Norbert donna l'impression de ne pas vouloir obtempérer. Mais Ewald parti, il hocha également la tête et décampa avec un au revoir hâtif.

Ecarlate, Lewis fut le dernier à s'en aller.

— Je suis désolé, ma sœur, dit-il d'un air réellement compatissant, mais je crains que ce ne soit vrai pour votre sœur. Elle a laissé beaucoup de dettes.

Submergée de tristesse et désemparée, Celeste s'adossa au mur.

— Puis-je aller vous chercher quelque chose ? demanda le garçon avec inquiétude, du vin, peut-être ?

— Lewis ! l'appela son père d'un ton acerbe depuis l'extérieur.

— Non, non, je vais très bien, assura-t-elle au garçon qui faisait montre de sollicitude, alors qu'elle était bouleversée, vous devriez partir.

Lewis lui lança un dernier regard plein de compassion, puis sortit vivement et referma la porte derrière lui.

— Oh ! Audrey, murmura Celeste en allant lentement à la cuisine, qu'as-tu donc fait ?

Quelque temps plus tard, Celeste cherchait dans le garde-manger des indices trahissant une cachette quand elle entendit frapper à la porte de la cuisine. Elle ressortit de la pièce, attrapa son voile et sa coiffe déposés sur la table de la cuisine, et les remit à la va-vite.

— Un moment !

Tout en se dirigeant vers la porte, elle s'appliqua à

dissimuler les mèches de cheveux qui dépassaient, puis rabaissa les manches de sa tunique.

— Qui est-ce ? demanda-t-elle, craignant un nouveau créancier.

Les gens n'avaient cessé d'affluer à la maison après le départ de Norbert et Ewald, et elle avait du mal à mener ses recherches, sans compter que cela accroissait ses soucis. Apparemment, Audrey devait de l'argent au boucher, au cordonnier, au forgeron pour des réparations d'ustensiles de cuisine, à la vendeuse de bière, au marchand de vin et au meunier. Celeste commençait à penser qu'il n'y avait aucun marchand à Dunborough auprès duquel Audrey n'avait pas de dettes !

— C'est moi, ma sœur, Lizabet, du château.

Celeste respira mieux tout à coup et ouvrit la porte. La jeune femme ne portait pas de manteau, mais un grand châle bariolé et un foulard sur ses cheveux châtains. Sa robe était en laine épaisse, sur laquelle elle avait passé un tablier.

En dépit de ses vêtements chauds, elle avait le nez rougi par le froid et avait caché ses mains dans les replis de son châle.

— Entrez, je vous en prie, dit aussitôt Celeste.

— Non, merci, ma sœur, répondit Lizabet en claquant des dents. Je ne peux pas rester. Je suis venue vous prévenir qu'il est presque l'heure du souper.

Celeste fronça les sourcils. Si c'était le moment où il fallait s'affairer au château, pourquoi était-elle ici ?

— C'est presque l'heure du souper, répéta-t-elle avec plus de fermeté, comme si elle pensait que Celeste ne l'avait pas entendue. Vous êtes une invitée de Dunborough, vous êtes attendue là-bas pour le repas.

— C'était seulement pour hier soir, répondit Celeste en comprenant soudain. J'aurais dû expliquer clairement à Gerrard que je n'avais pas l'intention de m'imposer au-delà.

La servante se renfrogna, préoccupée ou perplexe, Celeste ne put le discerner.

Elle offrit donc à la jeune fille son sourire le plus apaisant.

— Veuillez, je vous prie, transmettre mes remerciements à Gerrard pour son invitation et lui assurer que je suis tout à fait satisfaite de rester dans la maison de ma famille pendant mon séjour ici.

— Si vous le dites, ma sœur, rétorqua-t-elle après une légère hésitation.

— Mais oui. Maintenant sauvez-vous, avant d'attraper un refroidissement.

Lizabet obéit sans se faire prier davantage. Imaginant que Gerrard serait aussi content de son absence qu'elle soulagée de ne pas le revoir, Celeste repartit fouiller le garde-manger à la recherche du trésor.

Mais elle n'en poussa pas moins un gros soupir.

Le soleil se couchait quand Gerrard et ses hommes rentrèrent de patrouille. Il n'y avait pas de raison pour aller si loin par ce froid, si ce n'est que Gerrard n'était pas pressé de rentrer à Dunborough.

Cette fois, ce n'était pas son père colérique et cruel qu'il redoutait, mais une religieuse.

Il tendit les rênes de son cheval à un garçon d'écurie et se dirigea vers la grande salle. Quelques chiens trottèrent vers lui, quémandant caresses et flatteries. Les tables à tréteaux avaient été dressées pour le souper. Les serviteurs ainsi que les soldats qui n'étaient pas de garde ou assignés à une tâche particulière étaient déjà assemblés.

Gerrard ôta son manteau, le suspendit à un crochet à côté de la porte et inspecta la salle.

Il la balaya du regard une seconde fois, pensant s'être trompé.

Non, pas d'erreur : sœur Augustine n'était pas là.

Gerrard soupira de soulagement, puis se rembrunit. Cela ferait mauvais effet vis-à-vis des serviteurs et des soldats si elle gardait la chambre une deuxième soirée. Les rumeurs selon lesquelles elle refusait de le fréquenter commenceraient à circuler dans le château et sans doute au village.

Et ce pouvait être la vraie raison de son absence. Cela ne manquerait pas d'alimenter une nouvelle vague d'histoires à son propos, qui ne seraient guère à son avantage.

Ou peut-être n'était-elle pas là à cause d'autre chose ? Serait-elle souffrante, épuisée par son voyage ?

— Lizabet ! lança-t-il à la servante, placée avec les autres à l'entrée des cuisines. Où est sœur Augustine ? demanda-t-il quand elle arriva à sa hauteur. Est-elle malade ?

La jeune fille fit un signe de dénégation.

— Non, messire. Elle est à la maison… la maison de sa famille, précisa-t-elle en voyant l'expression de Gerrard s'assombrir.

— Personne ne l'a donc prévenue que c'était l'heure du souper ?

— Si, messire, j'y suis allée moi-même, mais elle a dit qu'elle ne rentrait pas et qu'elle préférait rester dans sa propre demeure.

— Toute seule ? cria-t-il.

Se tordant les mains, Lizabet était sur le point d'éclater en sanglots.

Gerrard regretta aussitôt son ton sec. La pauvre fille n'y était pour rien.

— Ce n'est pas votre faute, assura-t-il. Elle s'est toujours montrée têtue.

C'était vrai. Même enfant, il était presque impossible de la faire changer d'avis. Néanmoins, il ne lui permettrait pas de se mettre en danger en restant seule dans cette maison la nuit. Trop de gens s'imaginaient qu'il y avait là-bas une fortune cachée.

— Servez le repas, ordonna-t-il tout en remettant son manteau, je serai très vite de retour avec sœur Augustine.

Qu'elle le veuille ou non, ajouta-t-il pour lui-même.

Celeste s'affala sur le lit du premier étage avec un gémissement, à la lueur vacillante d'une lampe à huile. Elle n'avait rien trouvé non plus dans cette pièce. Elle avait fouillé tous les coffres, toutes les boîtes à la recherche de compartiments secrets, et même inspecté les poutres du plafond. Quand elle avait fait une pause pour se préparer un ragoût, elle avait de nouveau exploré le garde-manger en éternuant à cause de la poussière, sous l'œil attentif du chat qui ne la quittait pas.

Elle commençait à croire qu'Audrey n'avait pas trouvé le trésor de leur père. Dans le cas contraire, elle n'aurait pas eu de dettes, à moins qu'elle n'eût dépensé une véritable fortune en beaux atours et diverses babioles de décoration. Audrey disait souvent qu'une femme devait avoir l'air riche pour attirer un mari fortuné.

Celeste admira de nouveau la magnifique robe brodée en soie écarlate posée sur le coffre ouvert. C'était sans aucun doute la toilette la plus ravissante qu'elle ait jamais vue. Elle coûtait sûrement plus que ce que bien des hommes gagnaient en une année.

Cependant, et en dépit des autres vêtements de prix, Audrey n'aurait pu dilapider toute la fortune de leur père en habits. D'après les dires de celui-ci, son montant aurait pu en financer une bonne centaine, et il serait encore resté de l'argent.

Il était malheureusement plus plausible qu'Audrey n'ait pas trouvé la cachette, et que ce soit là la raison de sa situation financière catastrophique. Leur père n'aurait certainement pas eu l'intention de faciliter la tâche à ceux qui l'auraient cherché. Celeste espérait le retrouver, et qu'il suffirait d'y puiser pour s'acquitter de toutes les dettes d'Audrey. Elle ferait don à l'Eglise de ce qui resterait, ainsi que du produit de la vente de la maison, des robes et des bijoux d'Audrey, comme elle l'avait décidé auparavant.

Il le fallait, elle ne pouvait plus attendre indéfiniment de prononcer ses vœux pour mener une vie calme au service de Dieu. Mais, tant que la mère supérieure qui la détestait était à la tête de Sainte-Agatha, Celeste ne verrait peut-être jamais ce jour.

Elle ôta sa coiffe, son voile et sa guimpe, puis secoua sa chevelure. Elle serait coupée une fois encore, le jour de la cérémonie des vœux, mais elle ne le regretterait pas. Cela lui était déjà arrivé une fois et l'avait conduite vers la paix du couvent.

Que dirait Gerrard si elle lui avouait qu'en fait elle lui était reconnaissante de l'avoir fait ? Elle chassa vite l'idée de le lui confier. Elle ne voulait pas lui adresser la parole.

Elle s'installa à la table de toilette d'Audrey et tendit la main vers le peigne, puis se ravisa et prit la brosse. Tout en la laissant courir dans ses cheveux, elle soupira de plaisir à cette sensation.

Mais cela devait être autant un péché que ce baiser, réalisa-t-elle en reposant bien vite la brosse. Elle l'échangea contre le peigne et démêla ses épais cheveux bouclés.

La magnifique robe écarlate attira de nouveau son œil. Audrey devait avoir été telle une reine quand elle la portait, et cela ne servait plus à rien aujourd'hui.

Pauvre Audrey ! Si ambitieuse, si déterminée à être riche et titrée, même si cela signifiait un mariage sans amour. Toutes les unions ne valaient pas mieux qu'une bonne affaire conclue au marché, disait-elle, et elle avait l'intention de retirer le plus possible de ce qu'elle avait à offrir. Elle pensait ainsi depuis qu'une femme aisée de la noblesse l'avait traitée de moins que rien pour avoir maculé sa robe de boue, un jour de marché. Celeste n'oublierait jamais les larmes de rage et d'humiliation d'Audrey à cet instant, ni son air de défi et sa détermination quand elle s'était juré de « bien se marier ou jamais ! »

Avec un nouveau soupir, Celeste déposa le peigne à côté du miroir et commença à se déshabiller. Elle ôta son scapulaire et sa ceinture de cuir brut, ensuite sa tunique, puis elle délaça sa chemise en grosse toile et la laissa tomber à ses pieds. Vêtue de sa seule sous-chemise, elle était prête à aller se coucher une fois qu'elle aurait récité ses prières.

Avant de s'agenouiller au bord du lit, elle regarda de nouveau la robe brodée. Elle n'en reverrait jamais de pareille au couvent. Elle n'aurait jamais l'occasion d'en porter une de ce genre, ni même d'en essayer une.

Elle était seule. Personne, Dieu excepté, ne verrait si elle la portait quelques instants. Il lui pardonnerait certainement cette petite faiblesse. Après tout, ce ne serait que pour une fois.

Elle alla jusqu'au coffre et passa la main sur la douce étoffe de soie somptueuse, étudiant les détails des broderies, convaincue qu'elles étaient l'œuvre d'Audrey. Elle était très douée pour les travaux d'aiguille et aurait pu gagner sa vie avec ce talent, si elle n'avait estimé que c'était indigne d'elle.

« Moi ? Travailler comme une paysanne ? » s'était exclamée Audrey quand Celeste l'avait suggéré. « Jamais ! Je suis destinée à une existence bien plus raffinée que cela ! »

Comme à cette robe, et à un riche mari. La vie austère d'un couvent où l'on portait tous les jours les mêmes vêtements simples n'était pas pour Audrey. Celeste aurait cependant aimé que ce fût possible, mais elle connaissait trop bien sa sœur pour espérer que cela se produisît jamais.

Elle prit la robe et l'enfila rapidement, avant de changer d'avis. Elle l'ajusta sur elle et entreprit de l'attacher.

Elle lui allait étonnamment bien.

Elle s'essaya à une révérence en souriant, comme si elle était présentée au roi.

Elle repéra aussi un voile en soie blanche, léger comme une plume, bien différent de celui en tissu épais qu'elle avait pris au couvent. Il y avait aussi de ravissantes épingles à cheveux en bronze sur la table de toilette.

Elle natta sa chevelure avec la vitesse acquise par une longue pratique et l'arrangea en couronne sur sa tête avant de fixer le voile de soie. Elle se mit à virevolter en laissant les jupes se gonfler, tandis que le voile voletait devant ses joues telles des ailes de papillon.

Qu'est-ce que c'était donc là ?

Elle se figea aussitôt et tendit l'oreille. Quelque chose avait fait du bruit au rez-de-chaussée.

Ou quelqu'un ?

Gerrard avait dit qu'il était possible que des voleurs aient entendu parler de l'argent de son père.

Et elle était toute seule.

Chapitre 6

Une grosse boule dans la gorge, Celeste se persuada que c'était simplement une souris, un rat ou le chat roux.

Mais elle ne savait plus si elle avait verrouillé les portes. Elle n'avait jamais eu besoin de le faire au couvent. Avait-elle oublié ?

Peut-être était-ce encore un marchand qui venait réclamer son argent. Pourtant, à cette heure ? C'était peu probable !

Que faire ? Elle pouvait descendre et vérifier si c'était un animal ou rester là et espérer que l'intrus quel qu'il soit ne monte pas à l'étage.

Des pas ! Des pas dans l'escalier !

Sentant son cœur s'affoler, elle se précipita vers le gros coffre et le poussa contre l'épaisse porte en bois. Elle courut dans la chambre pour prendre le plus petit et l'entreposer dessus. Haletante, elle s'empara de la chaise de la table de toilette et la brandit devant elle, prête à se défendre.

— Celeste ? Celeste, êtes-vous là ?

Les bras tremblants, le cœur battant à tout rompre, elle reposa la chaise en reconnaissant la voix qui l'appelait.

— Que voulez-vous, Gerrard ?

— Lizabet m'a dit que vous aviez prévu de rester seule ici, et je ne peux l'autoriser, répondit-il à travers la porte.

Son ton tout d'abord inquiet avait laissé place à la contrariété.

Celeste rassembla ses jupes et s'approcha de la porte.

— Tout va très bien, déclara-t-elle.

— J'insiste, reprit-il, impatient cette fois. Je ne veux pas que votre sécurité soit compromise tant que je dirige Dunborough.

— Et moi, j'insiste pour vous assurer que tout va très bien.

Elle ne voulait pas retourner au château, car il y serait. Elle ne voulait pas risquer une nouvelle rencontre… comme celle de la veille.

— Ouvrez la porte ou je l'enfonce !

— Vous n'oseriez pas !

La porte trembla comme si elle venait d'être heurtée par un bélier ou une épaule, envoyant valser le coffre du dessus sur le sol, qui se brisa en plusieurs morceaux, renversant voiles et bijoux de pacotille sur le tapis.

— Ce n'était pas nécessaire de faire cela ! s'écria-t-elle, furieuse.

— Ouvrez la porte !

Il allait la casser, elle en était certaine, aussi dégagea-t-elle le coffre du seuil.

— Vous avez faussé le verrou, l'accusa-t-elle. Maintenant je ne peux réellement plus ouvrir.

— Alors reculez ! ordonna-t-il, n'éprouvant de toute évidence aucun remords pour les dégâts qu'il venait de causer.

La porte s'ouvrit alors à toute volée, et Gerrard trébucha sur le seuil.

— Cela aurait été bien fait pour vous si vous étiez tombé la tête la première, grommela-t-elle en commençant à rassembler les voiles et les objets contenus dans le petit coffre brisé.

Elle les déposa ensuite sur la table de toilette, puis se retourna pour lui faire face.

— Regardez ce que vous avez fait !

Cramoisi, lèvres pincées, Gerrard la foudroya du regard avant d'écarquiller aussitôt les yeux.

— Bien, bien, bien, murmura-t-il, avant de sourire et d'arborer un air admiratif. Ce n'est pas tout à fait ce que je m'attendais à découvrir.

Elle avait oublié qu'elle portait la robe d'Audrey et son voile de soie. Elle se précipita vers le lit et attrapa sa lourde robe noire de religieuse, puis la tint devant elle comme si elle voulait dissimuler sa nudité.

— Vous n'aviez nul besoin de forcer la porte comme un... comme un barbare !

Le sourire de Gerrard s'effaça sur-le-champ.

— Et qu'auriez-vous fait, si j'avais été un barbare ? demanda-t-il en croisant les bras.

Il se campa droit devant elle, faisant porter le poids de son corps sur une jambe.

Que pouvait-elle répondre ? Qu'elle l'aurait frappé avec une chaise ?

— J'ai réussi à venir de Sainte-Agatha jusqu'ici sans le moindre incident.

— Par je ne sais quel miracle.

— J'ai fait tout le voyage sans aucun problème.

Ou sans être poursuivie, ajouta-t-elle intérieurement, sans doute parce que la mère supérieure était plus soulagée par son absence que par son bien-être.

— Tous les hommes ne sont pas des créatures débauchées, renchérit-elle.

— Ni toutes les nonnes des saintes, répliqua-t-il. Vous avez de la chance de ne pas être tombée aux mains de brigands ou de ne pas encore avoir été dévalisée ici. Vous n'aviez même pas verrouillé la porte.

— Je m'en souviendrai après cela, vous pouvez en être certain. Je n'ai aucun désir de voir des mécréants à moitié ivres défoncer des portes et fausser des verrous.

— Je ne suis pas à moitié ivre. Je ne l'ai pas été depuis l'agression de Roland. Par malheur, il semblerait que vous ayez perdu le peu de bon sens dont vous avez été dotée à la naissance. Si j'avais été un malfaiteur, vous seriez morte comme…

Il se tut et fronça les sourcils.

Elle devina ce qu'il avait été sur le point de dire. Elle serait morte comme Audrey. Bien que la comparaison ait été faite dans le feu de la conversation, cela l'affecta néanmoins profondément.

Il réalisa immédiatement l'effet de ces affirmations brutales et, lorsqu'il reprit la parole, il s'exprima avec prévenance, adoptant un ton beaucoup plus calme.

— Allons, Celeste… ma sœur, retournons au château.

Elle apprécia sa compassion. Mais elle ne rentrerait pas avec lui.

— Je vous remercie de vous soucier de moi. Cependant, je suis certaine d'être en sécurité ici, donc je ne vois pas la nécessité de partir.

Il plissa le front, affichant l'expression sinistre de Roland. Puis sourit, et son visage s'éclaira d'une façon qui lui fit douloureusement se rendre compte qu'il était un homme jeune et séduisant.

— Je connais d'autres méthodes plus amusantes pour convaincre les femmes, si vous souhaitez que je les applique.

Dieu du ciel ! Il était la tentation incarnée, il fallait absolument qu'elle se tienne loin de lui.

— Je ne pense pas.

Son sourire s'était évanoui tout à coup.

— Si vous ne venez pas de votre plein gré, vous ne me laisserez pas d'autre choix que de vous traîner par la force.

Elle recula d'un pas.

— Ce serait vous comporter en sauvage.

— Peut-être préféreriez-vous que le très civilisé Roland soit ici à ma place ?

— Oui, peut-être. Il ne me menacerait jamais de la sorte.

— Vous avez dit « peut-être ». Cela signifie que vous

me préférez quand même, rétorqua Gerrard, ignorant la critique.

— Je n'ai jamais dit que je vous préférais. Jamais, répliqua-t-elle, la bouche soudain sèche, honteuse de mentir à nouveau.

C'était lui qu'elle avait toujours préféré à Dunborough, après Audrey.

Il se rapprocha d'un pas.

— Si, autrefois, c'était moi. J'en étais sûr à l'époque et j'en suis sûr aujourd'hui. Je crois que je vous plais toujours.

Elle se recula vivement.

— Je ne me souviens pas que vous étiez si vaniteux.

— Je vous l'accorde, c'était il y a longtemps, et bien des choses ont changé, reprit-il tout bas d'une voix grave et douce, mais je suis attiré par vous, Celeste, même quand vous êtes furieuse contre moi.

Une vague de chaleur l'envahit aussitôt. La chaleur du désir. Celle du péché.

Elle ne souhaitait pas éprouver cela, ni que ses émotions deviennent incontrôlables. Elle voulait la paix, une vie ordonnée.

Elle ne le voulait pas, lui, ou la passion que promettait sa présence. Ni d'une vie gouvernée par les humeurs d'un homme. Elle échapperait à tout cela au couvent. Tant pis pour les sacrifices que cela impliquait.

— Cela m'est égal, que vous soyez attiré par moi, déclara-t-elle en se persuadant que c'était la vérité, je ne partirai pas.

— Oh que si ! rétorqua-t-il sur le même ton séducteur. Vous pouvez venir de votre plein gré comme une bonne petite nonne obéissante, sinon je vous porterai.

Il fallait qu'elle se montre forte. Sa foi, son devoir et son estime d'elle-même l'y obligeaient.

— Je ne vous permettrai pas de me traîner à travers le village comme une esclave.

— Je n'ai pas dit que j'allais vous traîner. Je vous porterai, comme une mariée à qui l'on fait franchir le seuil.

Elle eut du mal à avaler sa salive et s'efforça de rester digne.

— Je suis une épouse du Christ et ne serai jamais celle d'un homme.

— C'est dommage, décréta-t-il avec une des révérences dont il était familier. Pardonnez-moi. Je crains que votre robe ne m'ait embrouillé l'esprit.

La robe ! Elle pouvait facilement imaginer les commérages qui suivraient si quiconque la voyait dans une telle tenue, et qui pourraient atteindre les oreilles de la mère supérieure. C'était ce qui arrivait lorsqu'on succombait à la vanité et aux désirs matériels.

Le sourire de Gerrard devint ouvertement moqueur.

— Elle est ravissante et vous va très bien, mais ce n'est pas exactement ce que devrait porter une bonne sœur, n'est-ce pas ? Je suis certain que vous aimeriez la retirer. Je serais heureux de vous y aider.

— Je ne doute pas de votre expérience pour aider les femmes à quitter leurs vêtements, répliqua-t-elle en s'efforçant au calme. J'imagine que vous en avez beaucoup moins pour les aider à les remettre, aussi me débrouillerai-je seule, je vous remercie. Vous pouvez retourner au château.

Il redevint le Gerrard sinistre et entêté qu'elle connaissait.

— Pas sans vous, affirma-t-il.

Il était évident qu'il ne la laisserait pas demeurer ici, quoi qu'elle dise. Elle devait céder, au moins cette fois-ci, mais pas sans qu'il ne fasse lui aussi des concessions.

— Si je viens avec vous maintenant, vous devez me permettre de revenir ici dans la journée.

— Comme vous voudrez. J'enverrai une servante et un garde pour rester avec vous.

— Je n'ai pas besoin de protection pendant la journée, protesta-t-elle.

— Celeste… ma sœur, répliqua-t-il, d'un ton plus rude, je ne discuterai plus avec vous. Ma patience est à bout, et je jure sur tout ce qui est sacré que si vous prononcez encore un mot de plus je vous balance sur mon épaule et je vous sors d'ici sur-le-champ.

Elle se cramponna plus fort à sa robe de religieuse et secoua la tête.

— Vous n'oseriez pas !

En deux pas à peine il fondit sur elle et mit sa menace à exécution : il la balança sur son épaule tel un paquet, lui coupant pratiquement le souffle. Elle se retrouva la tête à hauteur de sa taille, les jambes pendantes dans son dos, sa robe noire n'étant plus qu'un malheureux tas par terre.

— Arrêtez, espèce d'animal ! hurla-t-elle en le martelant de ses poings.

Il aurait pu tout aussi bien être en bois, car ses coups ne parurent pas l'affecter le moins du monde. Il sortit de la chambre et la porta jusqu'en bas de l'escalier.

— Arrêtez ! Vous ne pouvez pas… arrêtez ! souffla-t-elle, de plus en plus désespérée.

Arrivé devant la porte de la maison, il finit par s'immobiliser et la reposa. Elle mit un moment à retrouver son équilibre mais, dès qu'elle le recouvra, elle le repoussa en arrière de toutes ses forces.

— Comment osez-vous ? Je ne suis ni une esclave ni un trophée de guerre ! Je suis l'épouse…

— Taisez-vous ! s'écria-t-il d'une voix coupante en levant la main.

— Je parlerai quand même ! Je vais vous dire très exactement…

— Quel genre d'homme je suis ? l'interrompit-il en l'attirant vers lui, plongeant son regard intense dans le sien. Un bon à rien, un barbare, un paresseux, alors que vous êtes l'épouse sacrée et intouchable du Christ ? Je suis peut-être loin d'être un saint, mais en cet instant vous n'êtes certainement pas une épouse du Christ. Pas dans cette robe. Pas avec moi. Et pas après ce baiser dans la cour.

Celeste se débattit pour se libérer et s'enfuit dans la pièce principale. Elle s'empara du chandelier en bronze et le brandit tel un gourdin.

— Ne vous approchez pas de moi, Gerrard ! cria-t-elle quand il apparut sur le seuil.

— Celeste, ne soyez pas stupide ! Posez ça et…

— Taisez-vous ! continua-t-elle. Je ne retournerai pas au château avec vous, ni ce soir ni à un autre moment. Vous n'êtes qu'un débauché ! Je ne pourrais trouver le repos, sachant qu'un homme tel que vous est dans les parages. Je préfère de tout mon cœur prendre le risque d'affronter des voleurs et des brigands, plutôt que devenir la proie de vos appétits lubriques !

— Vous préférez donc vous faire assassiner ?

Il y avait des années, elle avait vu son père traverser le village avec sur le visage l'expression la plus terrifiante que l'on pût voir chez un homme. Jusqu'à aujourd'hui, à cet instant.

Mais elle n'aurait aucun remords, aucun regret pour ses paroles véhémentes. Gerrard n'était plus le garçon dont elle se souvenait ni l'homme qu'elle avait espéré qu'il deviendrait.

— Je prendrai le risque, répondit-elle en s'appliquant à rester impassible. Si vous êtes sincèrement préoccupé par ma sécurité dans cette maison, vous pouvez envoyer des gardes.

Il croisa les bras, comme s'il essayait de se contenir.

— Faites donc à votre idée, ma sœur. Je suis le fils diabolique et débauché de sir Blane de Dunborough, et vous êtes la vierge irréprochable de Sainte-Agatha, lança-t-il, la lèvre retroussée de mépris. Qui s'habille comme une courtisane et embrasse comme une…

— Sortez ! hurla-t-elle avant qu'il puisse terminer et l'insulter plus encore.

— Avec plaisir !

Il lui tourna le dos pour s'en aller, puis la regarda par-dessus son épaule.

— Mais n'oubliez pas de verrouiller la porte derrière moi. Je ne voudrais pas que vous me teniez pour responsable si vous étiez volée. Ou pire.

Il sortit sur ces mots et claqua la porte derrière lui.

Celeste lâcha le chandelier et se hâta d'aller tirer le verrou de la porte, puis elle rassembla ses jupes et se précipita dans la chambre à l'étage. Elle arracha son voile, se débattit pour ôter la robe, puis joignit les mains et commença à prier.

Elle avait été stupide d'essayer cette toilette, comme les pires idiotes vaniteuses.

Elle se destinait à la vie religieuse, c'était là le prix à payer pour la paix intérieure et pour ne pas redouter de voir sa vie détruite par des hommes sans morale, comme cela était arrivé à Esmeralda.

Et à sa pauvre mère.

— Vous, là-bas !

Verdan et Lizabet sursautèrent et se séparèrent vivement quand ils virent Gerrard fondre sur eux.

— Messire ? s'enquit Verdan, se préparant visiblement à une réprimande.

Il était fort contrarié mais il n'en voulait néanmoins ni au soldat, qui n'était pas de garde, ni à la servante en sa compagnie. Si quelqu'un méritait de se faire sermonner, c'était lui. Il n'aurait pas dû aller chercher Celeste lui-même. Il aurait dû envoyer toute une patrouille. Alors peut-être aurait-elle fait preuve de plus de complaisance.

Mais ils l'auraient également vue dans cette robe somptueuse. Elle lui allait à la perfection et mettait en valeur sa taille fine et sa poitrine généreuse. Le décolleté montrait juste ce qu'il fallait pour donner l'envie d'en découvrir plus.

Il ne fallait pas qu'il pense à cette robe.

— Trouve-moi Ralph, le sergent d'armes, ordonna-t-il à Verdan, et dis-lui que je veux que l'on poste deux hommes pour garder la maison des D'Orleau, l'un à la porte de devant, l'autre à l'arrière, toutes les nuits jusqu'à ce que je les relève.

— Oui, messire !

Gerrard regarda Lizabet, qui se recula comme si elle craignait qu'il la frappe. De sa vie, il n'avait jamais levé la main sur une femme. Cependant, étant donné la réputation de sa famille, il n'aurait pas dû être surpris qu'une femme craigne ses réactions quand il était en colère.

C'était déjà assez pénible comme cela que Celeste, et tout le monde apparemment, le prenne pour une créature qui se vautrait dans le péché, incapable de contrôler ses désirs. Mais c'était pire qu'on le pense capable de cruauté, comme son père.

Il s'appliqua à parler posément.

— Puisque sœur Augustine ne souhaite pas revenir, vous irez chez elle le matin et y resterez jusqu'au souper. Vous lui ferez sa lessive, sa cuisine ou quoi que ce soit dont elle aurait besoin. Vous le ferez pendant toute la durée de son séjour ou jusqu'à ce que je vous en dispense.

Lizabet se détendit un peu, et ce ne fut qu'à cet instant que Gerrard réalisa qu'ils se tenaient par la main.

— Pourquoi ne vous êtes-vous pas encore mariés, tous les deux ? demanda-t-il en s'efforçant de prendre un ton jovial. Roland vous a donné sa permission.

— On aimerait bien, messire, répondit Verdan, plus à l'aise. C'est juste que ma mère n'a pas très envie de venir dans le Yorkshire.

Gerrard ne connaissait que trop bien l'influence des parents sur leurs enfants… bonne ou mauvaise.

— Espérons qu'elle change bientôt d'avis. Bien,

maintenant va faire ce que je t'ai demandé, dit-il avant de repartir dans la grande salle, le vent faisant claquer son manteau autour de lui tel un nuage colérique.

— Sacré nom de nom, marmonna Verdan. Qu'est-ce qu'il a ? On aurait dit un ours avec une épine dans la patte.

— Ah oui, il était furieux, mais pas contre nous, Dieu soit loué ! répondit Lizabet en tapotant le bras de son bien-aimé. C'est sans doute sœur Augustine qui l'a irrité, et ce ne serait pas la première fois.

Elle se pencha pour donner un baiser à Verdan.

— Quand tu auras vu Ralph, je te raconterai, à propos de sœur Augustine et Gerrard.

Chapitre 7

Plus tard dans la soirée, bouche bée, Verdan écoutait Lizabet, assise sur ses genoux devant l'âtre des cuisines. Les autres serviteurs s'étaient retirés, aussi disposaient-ils de la pièce éclairée par les braises incandescentes pour eux seuls.

— Non, elle n'a pas fait ça ! s'exclama-t-il.

— Oh ! que si ! Elle lui a bel et bien cassé la clavicule, de sorte qu'il n'a pu tenir ni épée, ni bouclier, ni même une cuiller pendant des semaines. C'est à ce moment-là qu'elle a été envoyée à Sainte-Agatha.

— D'après ce que j'ai entendu sur sir Blane, avança Verdan, ça aurait pu être bien pire que ça pour elle.

— Ce n'est pas lui qui l'a envoyée là-bas. C'est son propre père, et lui aussi, c'était quelque chose ! Sournois et cupide, qui battait sa femme, raconte-t-on.

— Ça a peut-être mieux valu qu'elle parte, alors.

— Peut-être, mais certains couvents sont comme de véritables prisons, souffla Lizabet en frissonnant.

Verdan l'étreignit plus fort.

— Tu n'auras jamais à te soucier de ça, mon amour.

— J'en suis bien contente, crois-moi ! s'exclama-t-elle en lui appliquant un petit baiser sur la joue. Bien contente !

Au lieu de lui retourner son baiser, et même plus, Verdan la relâcha et contempla le feu.

— Sœur Augustine n'avait pas l'air de lui en vouloir quand elle est arrivée, déclara-t-il.

— Ni aujourd'hui non plus, acquiesça Lizabet, mais elle ne voulait absolument pas revenir au château. Tu ne penses pas qu'il s'est passé entre eux quelque chose qui l'a contrariée ?

— C'est possible.

Verdan lui raconta ce qui s'était passé la veille, et de nouveau dans la matinée.

— Hedley pense qu'elle essayait d'empêcher Gerrard d'aller au village la nuit dernière, continua-t-il. Et ce matin, elle n'avait pas l'air ravie de le rencontrer à son retour. Elle le considérait avec un air soupçonneux, comme si elle pensait qu'il était coupable de quelques mauvaises actions.

— Il est possible qu'elle ait appris comment il se comportait avant.

— Dans un couvent ?

— D'autres filles de Dunborough y sont allées après elle, et elles avaient sûrement des histoires à raconter.

— Et moi qui croyais que c'était paisible, ici, soupira Verdan.

Lizabet lui caressa la joue.

— Il est probable que sœur Augustine ne restera pas longtemps. Et moi, je suis là, lui rappela-t-elle avec un sourire enjôleur.

— Et moi aussi, murmura Verdan en souriant avant de l'embrasser.

Quand les premières lueurs de l'aube apparurent, Celeste se leva, les genoux ankylosés, épuisée. Elle avait passé la nuit en prières, à implorer le pardon, dans l'espoir de retrouver la paix intérieure et une conduite digne. Elle doutait d'avoir obtenu l'une ou l'autre quand elle alla ouvrir les volets qui laissèrent entrer le soleil matinal. Elle souhaita presque ne jamais être venue, mais l'espoir de trouver le moyen de se débarrasser de la mère supérieure atténuait ses regrets.

Elle découvrit un soldat à la porte du jardin. Il arborait une cotte de mailles et un manteau portant le blason de Dunborough, qui représentait un sanglier étranglé par un serpent. Il était appuyé sur sa lance, comme s'il était là depuis longtemps.

C'était certainement là l'œuvre de Gerrard. Personne d'autre n'avait l'autorité d'envoyer un soldat monter la garde devant sa maison.

En dépit de tout ce qu'elle lui avait dit, il avait envoyé des hommes pour la protéger. Peut-être y avait-il réellement des voleurs et des brigands qui rôdaient, et peut-être Gerrard était-il meilleur qu'elle ne se l'imaginait.

Ou peut-être avait-il tout simplement voulu faire une démonstration d'autorité.

La dernière supposition était certainement la plus vraisemblable.

Elle s'habilla rapidement sans jeter un regard à la robe écarlate qu'elle avait jetée sur le coffre, puis descendit. Elle se dépêcha d'aller dans la salle principale pour ramasser le chandelier en bronze qui gisait par terre, un peu gênée de l'avoir brandi telle une harpie déchaînée. Mais après tout, Gerrard aurait pu essayer de l'embrasser de nouveau.

A sa surprise, le chandelier était plus loin de la porte qu'elle ne le croyait. Peut-être avait-elle imaginé que Gerrard se tenait si près d'elle ?

Mais quelle qu'ait été sa distance, elle était certaine d'avoir vu un désir charnel dans ses yeux sombres, un besoin impérieux qui semblait obliger à…

On frappa à la porte.

Si c'était Gerrard, que lui dirait-elle ?

Mieux valait peut-être prétendre ne pas avoir entendu.

Cependant, si elle ne répondait pas, il risquait d'entrer de force, comme il l'avait fait la veille.

Elle alla donc ouvrir, d'un geste brusque qui fit sursauter Lizabet, manquant laisser tomber le panier qu'elle portait.

— Oh ! ma sœur, vous m'avez fait peur !

— Je suis désolée. Bonjour, Lizabet. Que puis-je faire pour vous ?

— On m'a envoyée pour que je vous aide, ma sœur. Gerrard a dit que je devais faire la lessive, les repas et tout ce dont vous aurez besoin pendant les quelques jours de votre séjour.

Comment Celeste allait-elle fouiller la maison si Lizabet était là ? Et pour qui se prenait Gerrard, à décider ainsi de la durée de sa présence ici ?

La servante lui adressa un sourire amical.

— Et il a ordonné que deux soldats se tiennent en poste la nuit, pour garder la maison.

La jeune femme se cramponna un peu plus à son panier.

— Et je dois avouer que j'en suis bien contente, ma sœur, ajouta-t-elle. Il y avait une bande de hors-la-loi dans les bois l'été dernier, des hommes affreux, et même si la plupart ont été arrêtés nous ne pouvons pas être sûrs qu'il n'en reste pas qui courent toujours en liberté. De tels individus, s'ils apprenaient que vous êtes ici toute seule, avec ces histoires sur l'argent de votre père, eh bien…

— Oui, je vois.

Ainsi il y avait peut-être réellement des voleurs dans les parages.

Celeste fut envahie de culpabilité et de honte en se souvenant des accusations qu'elle avait proférées à l'encontre de Gerrard. Malheureusement, elle ne pouvait revenir sur ses paroles.

— Je suis reconnaissante à Gerrard de vous avoir envoyée, Lizabet, ainsi que les gardes, lâcha-t-elle en laissant entrer la servante.

Tandis que Lizabet pénétrait dans la maison des D'Orleau, Gerrard siégeait sous le dais dans la grande salle du château en attendant que le sergent d'armes, un homme dans la force de l'âge, termine son rapport sur la garde de la nuit. Il réprimait aussi fortement son envie de bâiller.

Il était resté éveillé presque toute la nuit, se tournant et se retournant dans son lit, à essayer de ne pas penser aux femmes ou à des robes de soie rouge, des lèvres douces et des répliques cinglantes. Il ne regrettait pas d'avoir envoyé les gardes. Il regrettait seulement d'avoir perdu son calme. C'était une faiblesse, et quelque chose qu'il devait apprendre à contrôler.

— Tout était calme ici et à la maison des D'Orleau, continuait Ralph, crispé des pieds à la tête comme s'il se trouvait face au père de Gerrard, alors qu'il grisonnait déjà et n'aurait pas dû être impressionné ainsi par un jeune homme.

— Bien, déclara celui-ci, espérant qu'il ne faudrait pas trop longtemps pour que les hommes comprennent qu'il avait l'intention d'être un seigneur différent de son père ou de son frère aîné, ou même de Roland, qui ne semblait jamais détendu en présence de quiconque. Les hommes sont-ils prêts pour la patrouille ? demanda-t-il en se levant.

Il avait déjà pris son petit déjeuner, et il était temps d'agir.

— Oui, messire. Mais le temps a l'air incertain. Peut-être voudrez-vous la reporter d'un jour ou deux.

Gerrard inclina la tête pour montrer au sergent qu'il avait pris sa remarque en compte, puis se dirigea vers la porte. Si une tempête se préparait, la patrouille ne sortirait pas. Mais, si ce n'était que la pluie qui menaçait, ils partiraient quand même.

Il ouvrit la porte et vit les hommes désignés pour la patrouille qui attendaient à côté de leurs chevaux. Il allait jeter un coup d'œil vers le ciel quand il aperçut un soldat que l'on faisait entrer à la poterne. Il conduisait son cheval par la bride, au lieu de le monter.

Gerrard se tourna vers Ralph, qui s'était installé à une table à tréteaux et avait entrepris de beurrer une épaisse tranche de pain bis.

— Où est Verdan ? lui demanda-t-il.

— Ici, messire ! s'exclama le soldat sur le seuil des cuisines.

Il avait du pain plein la bouche et serrait le quignon d'une miche entre ses mains. Des miettes parsemaient sa barbe et le devant de sa tunique.

Gerrard décida de se montrer clément et de ne pas faire de commentaires sur sa tenue quelque peu négligée.

— Ton frère vient d'arriver de Delac, lui annonça-t-il.

Le soldat essuya ses lèvres grasses du revers de la main, jeta le quignon aux chiens et se hâta de rejoindre Gerrard à la porte.

— Juste à temps pour éviter d'être trempé jusqu'aux os ! s'écria-t-il en riant tandis qu'ils observaient son frère s'approcher accompagné du cliquetis de sa cotte de mailles, au moment où la pluie commençait à tomber.

— Pas de patrouille, à moins qu'il ne cesse de pleuvoir ! cria Gerrard aux hommes dans la cour avant de relayer l'instruction à Ralph derrière lui.

Les cottes de mailles et les armes risquaient de rouiller, mais la pluie fine ne semblait pas destinée à durer.

— Mes salutations, messire ! lança Arnhelm, barbu et sec comme un coup de trique tandis que Gerrard et Verdan s'effaçaient pour le laisser entrer. Et à toi aussi, mon frère !

Il tapota la sacoche à sa ceinture et s'adressa à Gerrard.

— J'apporte un message de sir Roland.

Encore un… En dépit de son désarroi, Gerrard plaqua un sourire sur son visage.

— Comment va mon frère ?

— Il va bien, répondit Arnhelm. Il souffre toujours, mais l'apothicaire assure qu'il sera sur pied d'un jour à l'autre.

— Et sa femme ? Resplendissante, j'imagine ?

— Oh oui, messire ! Aussi belle que jamais, et heureuse comme personne !

Evidemment. Gerrard n'avait jamais vu femme plus comblée d'être mariée que Mavis, alors qu'à peine quelques mois plus tôt il aurait parié une jolie somme qu'aucune femme ne pourrait jamais être heureuse avec Roland.

— Y a-t-il un problème avec ton cheval ?

— Oui, messire. Il a un caillou dans le sabot. Mais ce n'est pas grave.

Arnhelm ouvrit sa sacoche et en sortit un parchemin portant un cachet de cire avec le sceau de Roland, gravé sur la bague qui avait appartenu à leur père et à tous les seigneurs de Dunborough depuis l'époque du Conquérant. Il le tendit à Gerrard.

— Cette fois, je… euh… j'ai reçu instruction de rester jusqu'à ce que vous ayez une réponse à lui envoyer, ajouta-t-il en rougissant.

C'était nouveau, mais nullement surprenant. Roland attendait depuis des jours sa décision concernant le domaine.

Toutefois, Gerrard réagit comme si cet ordre ne le troublait pas le moins du monde.

— Cela peut cependant attendre un jour ou deux, n'est-ce pas ?

Arnhelm fit mine ne pas comprendre ce que Gerrard sous-entendait. Ses efforts pour demeurer impassible furent néanmoins vains quand Peg apparut à l'entrée des cuisines, le sourire sur son visage la rajeunissant de plusieurs années et la rendant encore plus séduisante.

Ce n'était un secret pour personne qu'Arnhelm avait demandé à Roland la permission d'épouser Peg, au même moment que Verdan, quand il avait demandé la main de Lizabet.

Gerrard coinça la lettre dans sa ceinture.

— Allez, tu peux disposer, dit-il aimablement. Toi aussi, Verdan.

Tandis que les frères prenaient congé, Gerrard appela Ralph. Ils iraient inspecter l'armurerie pour voir combien de nouvelles épées il faudrait envisager. Ou de lances, de piques ou de flèches. Le message de Roland et sa réponse pouvaient bien patienter un peu.

Jusqu'au lendemain. Ou au surlendemain.

Arnhelm et Verdan s'installèrent confortablement dans un coin tranquille des cuisines. Arnhelm arborait un petit sourire en regardant Peg s'affairer parmi les autres serviteurs vaquant à leurs occupations. Elle lui lançait de temps à autre un regard faussement courroucé. En dehors de cette agitation domestique, Arnhelm et Verdan étaient aussi tranquilles que s'ils s'étaient installés dans une cellule du donjon, car personne ne leur prêtait attention.

— Alors, maman va bien ? demanda Verdan en s'adossant au mur.

— Bien, comme d'habitude, répondit Arnhelm, tandis que son sourire s'effaçait rapidement. Mais elle ne veut toujours pas venir dans le Yorkshire.

— Elle n'a même pas rencontré les filles ! se désola Verdan.

— Oui, et ça m'a fait réfléchir. Peut-être pourriez-vous venir avec moi tous les trois lorsque je rentrerai. Dès que maman fera leur connaissance, elle va les adorer, et je suis sûr qu'elle quittera Delac.

— Il faudra que Gerrard soit d'accord pour ce voyage, reprit Verdan d'un ton sinistre.

Arnhelm lança un regard étonné à son frère.

— Et pourquoi ne le serait-il pas ?

— Parce qu'il est comme un ours blessé depuis l'arrivée de sœur Augustine.

— Qui est-ce ?

— La sœur d'Audrey D'Orleau, voilà qui c'est.

— Je savais pas qu'elle en avait une.

— Moi non plus, mais c'est comme ça. Enfin, elle avait une sœur. Bref, sœur Augustine est revenue pour s'occuper de vendre la maison et tous les biens. Selon Lizabet, Gerrard et elle se détestent.

Il raconta brièvement à son frère l'histoire des cheveux coupés et de la clavicule cassée.

— Alors ça explique tout, dit Arnhelm, songeur.

— Quoi ?

— Ça explique pourquoi sir Roland avait l'air si soucieux. Je croyais qu'il attendait une réponse aux lettres qu'il a envoyées à Gerrard, mais peut-être a-t-il appris qu'elle venait et a-t-il peur de ce qui risque de se passer entre eux.

Verdan s'esclaffa aussitôt.

— Qu'ils en viendraient aux mains ? Gerrard n'est peut-être pas l'homme le plus chevaleresque d'Angleterre, mais j'ai jamais entendu dire qu'il ait frappé une femme.

— Ce n'est pas à ça que je pense. Gerrard est bel homme et charmant aussi, il sait y faire avec les femmes. Et c'en est une.

Verdan secoua la tête.

— Non. Pas ces deux-là. Il était plutôt furieux quand elle n'a pas voulu revenir au château.

— Qu'est-ce qui s'est passé ? demanda Arnhelm en plissant le front.

— Je sais pas, répondit Verdan avec un haussement d'épaules, mais il était plus enragé qu'un loup-garou, et elle veut pas résider ici.

— Ont-ils été seuls à un moment ou un autre ?

— Comment ça ? Tu veux dire dans la salle privée du maître, un endroit comme cela ?

— Oui. Là où ils auraient pu se disputer sans que personne ne les entende.

Verdan réfléchit un moment en se grattant la barbe.

— Le premier soir, ils étaient ensemble dans la cour, près du gros arbre.

— Qu'est-ce qu'ils faisaient ?

— Ils discutaient, autant que j'ai pu voir.

— De quoi ?

— Je n'écoutais pas, et de toute façon j'étais trop loin pour entendre distinctement leurs paroles, ils ne parlaient pas fort. Ils étaient vers les cuisines, dans la pénombre.

Arnhelm haussa un sourcil.

— Ils discutaient dans le noir, dans un endroit où personne ne pouvait les entendre ?

— C'était la nuit, répliqua Verdan, bien sûr qu'il faisait noir.

— Et c'est tout ce qu'ils ont fait, juste parler ?

— Qu'est-ce qu'ils auraient fait d'autre ? C'est une nonne, Dieu du ciel !

Arnhelm croisa les bras.

— Ce serait pas la première fois que la colère se transforme en son opposé, d'aussi fort. Un sentiment profond conduit à un autre, c'est ce que je dis toujours.

— Je t'ai jamais entendu dire ça !

— Peut-être, mais c'est pourtant la vérité.

— Et depuis quand es-tu un expert ?

Arnhelm adressa à son frère un regard condescendant que seul un aîné lance à son cadet.

— Pas besoin d'être expert pour voir qu'un homme comme Gerrard peut obtenir tout ce qu'il veut d'une femme.

Verdan répondit à son frère en le considérant de la même façon.

— Tu n'as pas rencontré sœur Augustine, conclut-il.

Chapitre 8

Deux jours plus tard, le soleil se levait à peine à l'horizon lorsque Celeste releva la tête, qu'elle avait enfouie entre ses bras en guise d'oreiller. Peu de temps après minuit, elle avait voulu se reposer dans cette position à la table de la cuisine et s'était endormie.

Elle avait passé la majeure partie de la soirée à étudier toutes sortes de parchemins qu'elle avait trouvés dans une boîte rangée dans son ancienne chambre. Des lettres, des factures, des bulletins de livraison, des listes, des feuilles de calculs et de notes s'empilaient désormais sur la table. Elle avait aussi déniché quelques piécettes au fond de la boîte sous les papiers. C'était là une agréable surprise, elle pourrait en faire usage au marché.

Quant aux documents, ils avaient été amassés apparemment sans aucun ordre ni logique, comme si Audrey s'était contentée de les entasser les uns après les autres dans la boîte. Celeste avait essayé d'y comprendre quelque chose en les classant en différents tas, dans l'espoir que cela lui donnerait un indice sur l'endroit où était caché l'argent de son père.

Elle n'avait rien trouvé qui soit utile dans ce sens. Tous ses efforts semblaient indiquer qu'Audrey avait gaillardement vécu à crédit, sans volonté manifeste de rembourser ses dettes.

Celeste tourna la tête en se frottant la nuque pour calmer la douleur qui s'y était installée. Remarquant un rai de lumière sur les dalles de pierre du sol, elle alla à la fenêtre et découvrit une étroite fente dans les volets, qui fermaient par un loquet. Le bois devait avoir joué et séché en se rétractant au fil des ans, laissant grandir l'interstice. Elle ne l'avait pas remarqué plus tôt, car elle n'était jamais allée dans la cuisine au lever du soleil.

Un voleur pouvait fort bien y introduire une lame de couteau, soulever le loquet et ouvrir ainsi les volets.

Lizabet ne le lui avait pas mentionné. Peut-être ne l'avait-elle pas vu non plus parce que, dès que le soleil tournait, la fente n'était plus éclairée. Celeste douta qu'elle fût visible de l'extérieur, même si une bougie était allumée à l'intérieur. Néanmoins, c'était inquiétant, et elle n'en fut que plus heureuse de la présence des gardes. Quand elle vendrait la maison, elle préviendrait le nouveau propriétaire de faire renforcer la fermeture.

Elle entendit un miaulement et alla à la porte. Joseph, comme elle avait baptisé le chat roux en raison de son pelage chatoyant, l'attendait dehors. Elle le fit entrer et referma la porte, puis rassembla les papiers et les remit dans la boîte.

Elle les monterait dans sa chambre et s'efforcerait de dormir un peu avant l'arrivée de Lizabet.

— Fais attention à ce que tu fais, espèce de balourd ! cria Norbert quand la cire déborda du moule pour couler sur la table. Je ne peux pas me permettre de gâcher de la cire d'abeille !

Lewis gratta vite ce qui avait débordé et le remit dans le petit chaudron de cire fondue posé sur un trépied au-dessus d'une flamme, installé sur l'établi.

— Qu'est-ce qui ne va pas avec toi, hein ? continua son père en lui assenant une claque derrière la tête. Pourquoi l'as-tu remise dans le chaudron ? Elle était salie ! Maintenant tout est perdu.

Il saisit la casserole brûlante, hoqueta de douleur et la lâcha.

— Idiot ! hurla-t-il, comme si c'était la faute de son fils s'il s'était brûlé, et il leva de nouveau la main.

Tentant d'esquiver un nouveau coup, Lewis bondit de son tabouret. Il trébucha sur son père, qui manqua lui tomber dessus.

— Sors d'ici ! vociféra-t-il en serrant ses doigts blessés dans son autre main.

Lewis obéit sans se faire prier. Il se précipita hors de l'échoppe, emprunta l'allée qui la longeait et se faufila dans la taverne. On se bousculait à l'intérieur en ce jour de marché, et personne ne le remarqua dans le coin sombre où il s'était glissé.

Il s'adossa au mur et ferma les yeux. Dieu du ciel, il était fatigué ! Ce n'était pas étonnant qu'il ait commis cette bourde à la boutique. Cependant, jamais il n'avouerait à son père qu'il avait passé la majeure partie de la nuit à veiller dans la mansarde à surveiller la maison des D'Orleau, se demandant ce que faisait sœur Augustine et pourquoi il y avait de la lumière dans la cuisine.

Au moins elle n'était pas avec Gerrard. Lewis en était certain, car il ne l'avait pas vu. Comme il aimerait que Gerrard contracte un mauvais refroidissement qui lui serait fatal ! Ou mieux encore, une maladie qui traînerait, l'affaiblirait et le défigurerait. Ce voyou arrogant n'aurait que ce qu'il méritait. Par malheur, les hommes qui devraient le plus être punis pour leurs péchés s'en sortaient généralement. Tels les amis de Gerrard, tout aussi dépravés, qui avaient disparus. Certes, ils étaient devenus des hors-la-loi après que Roland les avait chassés de Dunborough, mais ce n'était quand même pas juste. Des hommes tels que Gerrard ne souffraient jamais assez.

— Qu'est-ce que tu prendras, Lewis ? Du babeurre ?

Il ouvrit les yeux et découvrit Matheus, qui le regardait avec un vilain sourire.

— Sûrement pas, répliqua-t-il en se levant.

Il trouverait un autre endroit où rester au chaud, comme l'écurie vide au fond de la cour de la maison des D'Orleau. Comme ça, il serait aussi près de sœur Augustine.

— Eh bien, ma sœur, voyez-vous quelque chose qui vous plairait ? s'enquit le boucher.

Ses lèvres souriaient, mais ses yeux demeuraient froids. Il pensait sans aucun doute aux cinq marks qu'Audrey lui devait, en se demandant s'il les reverrait un jour, et dans combien de temps.

Offrant au gros bonhomme arborant un tablier sanglant sa mine la plus affable pour cacher sa honte, Celeste sortit sa bourse presque vide de sa manche.

— J'ai besoin d'un morceau de viande à ragoût, je vous prie.

Le boucher hocha la tête, rassembla quelques bas morceaux dans une feuille de chou et les lui tendit après qu'elle eut payé le prix qu'il en demandait.

— Ainsi vous ne repartez pas tout de suite, ma sœur ?

— Pas avant d'avoir vendu la maison et remboursé toutes les dettes d'Audrey, lui assura-t-elle avant de quitter son échoppe, et sans s'attarder car elle craignait de voir une expression sceptique se peindre sur son visage.

Elle dépassa le puits et les femmes qui y étaient rassemblées. Elle leur sourit, et celles-ci lui firent des signes de tête en retour. Cependant, en dépit de leur apparente attitude amicale, elle était certaine qu'elle serait leur sujet de conversation quand elles se remettraient à bavarder. Etre la sœur d'une femme assassinée était bien plus que suffisant pour entretenir ragots et spéculations variés.

Ce serait pire si elle n'était pas en habit de religieuse. Elle ne regrettait pas de l'avoir emporté, et elle supposa que la mère supérieure considérait la perte d'une robe comme un prix infime à payer pour être débarrassée de cette novice qui ne causait que des ennuis et qu'aucune punition ne réussissait à soumettre complètement.

— L'aumône, ma bonne sœur, l'aumône !

Celeste s'arrêta net. Elle n'avait pas remarqué la vieille femme assise par terre à l'entrée d'une ruelle et l'aurait sans doute prise pour un tas de chiffons, pas pour une personne. La femme était menue, et son visage à peine visible sous la pièce de tissu qu'elle s'était enroulée autour de la tête.

Une main sale et osseuse se tendit.

— L'aumône ? répéta la mendiante d'une voix faible et croassante.

Celeste sortit sa bourse. Il ne lui restait plus beaucoup d'argent, mais elle donnerait quelque chose à la pauvre âme, pour qu'elle s'achète un morceau de pain.

Elle trouva un demi-penny et se pencha pour le déposer dans la main tendue.

— Soyez bénie, ma sœur, soyez bénie ! murmura la vieille femme en refermant sa main sur la pièce.

Celeste regarda attentivement le visage crasseux de la femme et faillit en faire tomber sa bourse.

— Eua ?

Cramponnnée à sa pièce, la vieille gouvernante de Gerrard se rétracta contre le mur tel un crabe.

— Non, non, ce n'est pas moi !

— Si, c'est bien vous ! s'écria Celeste en s'approchant de la femme qui avait été une mère pour Gerrard. Que s'est-il passé ? Comment en êtes-vous arrivée là ?

— Allez-vous-en ! cria-t-elle, vous ne m'avez pas vue !

Celeste se baissa pour prendre Eua par le bras et l'aider à se relever. Elle dégageait une odeur épouvantable, mais il lui était impossible de l'abandonner ainsi.

Eua essaya de la repousser avec une force inattendue.

— Ne dites à personne que vous m'avez vue ! Ne lui dites pas !

Celeste n'eut pas besoin de lui demander de qui elle parlait.

— Laissez-moi vous donner de quoi manger.

Et un bain, et des vêtements propres, ajouta-t-elle pour elle-même.

— Non, non, laissez-moi partir ! hurla Eua, hystérique, se sauvant en clopinant dans la rue, juste au moment où Gerrard et ses hommes traversaient le marché et arrivaient dans leur direction.

— Faites donc attention ! s'exclama Gerrard en tirant violemment sur ses rênes.

Alors que son cheval hennissait de protestation et que le reste de la troupe stoppait brusquement à sa suite, Eua poussa un cri et tomba à genoux. Elle leva les bras au ciel et se mit à sangloter en tremblant de tout son corps.

Celeste s'agenouilla à côté de la femme en détresse, essayant de comprendre si elle était blessée, malade ou simplement effrayée.

— Ne lui révélez pas qui je suis ! gémit Eua en se tortillant comme si elle était sur un bûcher.

— Par tous les saints ! s'écria Gerrard, incrédule, en descendant de cheval. Eua ?

La vieille femme se couvrit le visage et tenta de s'esquiver.

— Non, non, ce n'est pas moi, ce n'est pas moi !

Gerrard ne bougea pas d'un pouce.

— Lève-toi, Eua.

— Non, non !

— Si. Tu n'aurais pas dû revenir ici.

— Pourquoi ne devrait-elle pas être à Dunborough ? demanda Celeste, étonnée par la dureté de sa voix. C'est ici qu'elle vit.

— Elle en a perdu le droit.

Celeste le scruta, stupéfaite.

— Qu'a-t-elle fait pour mériter une chose pareille ? Cette femme était comme une mère pour vous.

— Cette femme a permis à l'ancien intendant de Dunborough de s'emparer du domaine, alors qu'il m'avait accusé de voler dans les caisses.

Celeste resta un moment silencieuse. Le vol était un grave délit. Mais cette femme se trouvait complètement démunie, quoi qu'elle eût fait.

— Quand bien même, par charité…, commença-t-elle.

— Verdan ! appela Gerrard.

Un soldat sortit du rang.

— Prends le commandement de la patrouille.

— Oui ! lança Verdan en levant la main pour faire signe aux hommes d'avancer et de les dépasser.

Avec bien plus de douceur qu'elle ne s'y attendait, et sans montrer le moindre signe de dégoût devant cette vieille femme répugnante, Gerrard se baissa pour aider Eua en sanglots à se relever.

— Par charité, et par égard pour sœur Augustine, tu peux passer une nuit au château, souffla-t-il à Eua, tremblante, mais ensuite tu t'en iras.

— Gerrard, vous pouvez certainement…

Il lui lança un regard qui la fit taire aussitôt, du moins sur ce point. Mais elle avait autre chose à lui dire et elle n'aurait sans doute jamais une autre occasion de le faire.

— Je vous remercie pour les gardes, Gerrard, ainsi que pour Lizabet. Je me sens plus en sécurité grâce à leur présence.

Ses yeux s'illuminèrent d'une façon qui la fit rougir, et les coins de ses lèvres remontèrent en un sourire qui n'était ni moqueur ni insolent. Comme si le temps n'avait pas eu de prise sur lui, et qu'il était de nouveau le Gerrard qu'elle admirait autrefois.

Jusqu'à ce qu'il lâche un énorme juron, car Eua s'échappait dans la ruelle devant eux. Il s'élança derrière elle et lui saisit de nouveau doucement le bras.

— Allons, Eua, viens donc et sois gentille, comme

je l'étais avec toi quand j'étais petit garçon. Tu pourras manger quelque chose et avoir un lit chaud pour la nuit.

Elle cessa de protester.

— Bonne journée, ma sœur, déclara Gerrard très poliment avant qu'ils partent en direction du château.

— Bonne journée, Gerrard, murmura-t-elle en le regardant conduire la vieille femme et son cheval blanc.

Quelles autres choses avaient changé pendant son absence ?

— Oh ! quelle bonne surprise ! s'écria Lizabet quand Celeste lui apporta la viande pour le ragoût. Vous avez dû plaire à Ben.

Celeste en doutait fortement, mais ne fit aucun commentaire.

— Avez-vous entendu parler d'une servante du château qui s'appelait Eua ? demanda-t-elle tandis que Lizabet prenait un bol et de la farine.

La jeune femme commença à couper la viande en petits morceaux.

— Elle était là quand lady Mavis est arrivée, mais n'est guère restée longtemps après.

— Lady Mavis l'a renvoyée ?

— Oui. Elle n'a pas vraiment eu le choix, d'ailleurs. Eua se montrait irrespectueuse et clamait partout qu'elle pensait que Gerrard devait avoir Dunborough, et non Roland, quel que soit le premier-né ou la volonté de leur père. Nous avons tous été heureux qu'elle s'en aille. Elle était tellement mauvaise langue !

Et puis on a appris qu'elle aidait Dalfrid, l'intendant du château, à voler dans les caisses. Gerrard l'a retrouvée à York au service de Dalfrid et sa maîtresse, et a compris ce qu'elle avait fait.

— Alors il l'a ramenée ici pour qu'elle passe en justice ?

— Dieu miséricordieux, non ! s'exclama Lizabet tout

en versant de la graisse dans une marmite avant de la mettre sur le feu.

Quand elle se mit à grésiller, elle y versa la viande farinée.

— Il l'a autorisée à rester à York, au service de la maîtresse. Seul Dalfrid a été emprisonné.

— Je l'ai rencontrée au village aujourd'hui. Elle est en piteux état, affamée et en haillons.

Lizabet n'eut pas l'air particulièrement compatissante.

— Pourquoi est-elle revenue ? Je n'en ai pas la moindre idée. La maîtresse de Dalfrid en a peut-être eu assez aussi de sa langue de vipère.

— Je pensais qu'elle était venue demander de l'aide à Gerrard. Elle a toujours été bonne avec lui, et il se montrait généreux envers elle.

— Jusqu'à ce que Dalfrid accuse Gerrard de piller les caisses, alors que c'était lui qui se servait, et Eua le savait. Dalfrid achetait son silence.

Il n'était donc nullement surprenant que Gerrard eût été si froid et sévère avec Eua. Comme il avait dû être blessé d'apprendre que la femme qu'il aimait comme une mère le trahissait pour de l'argent ! Cependant il lui avait offert le gîte et le couvert.

— Il la laisse passer une nuit au château, ajouta Celeste.

Tout en mélangeant le ragoût, Lizabet n'eut pas l'air surprise.

— Tous les mendiants qui viennent au village peuvent passer une nuit dans les écuries, mais une seule, et on leur donne une miche de pain quand ils repartent.

Sir Blane ou Broderick n'auraient jamais fait cela.

— Sir Roland est d'une nature généreuse, fit observer Celeste.

— Oh ! ça ne vient pas de lui, déclara Lizabet en ajoutant de l'eau dans la marmite. C'est Gerrard. Certains disent qu'il essaye de se laver de tous les péchés qu'il a commis.

Joseph sortit de l'ombre et vint frotter sa tête contre la

jambe de Celeste. Elle le prit sur ses genoux et le caressa, le sentant aussitôt ronronner.

Si Gerrard tentait de se racheter, c'était un bon début, songea-t-elle.

Elle espérait y réussir aussi bien quand son jour viendrait, car il viendrait, elle en était convaincue.

Alors que la patrouille continuait sa route, Verdan apostropha son frère.

— Je t'avais bien dit que sœur Augustine, c'était quelque chose, non ? Tu as entendu comment elle a parlé à Gerrard ?

— Oui, répondit Arnhelm, qui resta un moment silencieux, se laissant bercer par le rythme de son cheval. Elle ne ressemble pas beaucoup à une nonne.

— Non, trop jolie pour ça.

— Ce n'est pas seulement ça. Je croyais qu'elles étaient censées être douces et réservées.

— Oui, en effet.

— J'imagine que Gerrard sera soulagé quand elle sera partie. Aucun homme n'aime se faire rabrouer par une femme, en plein marché qui plus est.

Arnhelm sourit soudain jusqu'aux oreilles.

— Te rappelles-tu le jour où maman t'a couru après dans tout le pré communal, alors que tu avais marché sur les draps qu'elle avait mis à sécher sur le bord ?

— Si Gerrard se sent aussi honteux que moi ce jour-là, conclut Verdan, il pourra vraiment se réjouir le jour de son départ !

Florian le cuisinier avait visiblement l'air peu enchanté d'avoir de nouveau Eua dans ses cuisines. Il l'aurait été de toute façon, quand bien même elle n'aurait pas dégagé cette odeur si nauséabonde, hébergeant sans doute des puces. Peg jetait des coups d'œil à l'ancienne servante avec un mélange de dégoût et de désolation. Tom le commis la dévorait des yeux comme si elle était une sorcière venue l'engloutir pour son dîner.

— Merci, Gerrard, marmonna Eua quand il lui tendit une miche de pain. Tu as toujours été un bon garçon.

Un bon garçon qu'elle n'avait jamais réellement aimé, pensa-t-il en essayant de demeurer impassible.

— Tu peux rester pour une nuit, Eua, lui rappela-t-il en posant devant elle une écuelle en bois remplie de ragoût.

Celeste devait sans nul doute le trouver cruel, mais elle ignorait ce qu'Eua avait fait. Le mal qu'elle avait causé, à quel point elle l'avait blessé, et cela pas seulement quand la vérité sur Dalfrid avait éclaté.

Gerrard n'oublierait jamais le moment où il avait compris qu'il aurait l'affection d'Eua tant qu'il l'achèterait avec des compliments et des petits cadeaux. Il avait six ans quand elle avait menacé de révéler à son père qu'il avait tant couru après les poulets que l'un d'eux en était mort. Il l'avait suppliée de ne pas le faire, mais elle était restée inflexible jusqu'à ce qu'il lui promette de lui donner un bracelet en cuivre et émail qui avait appartenu à sa mère. Il l'avait trouvé dans l'herbe, dans le jardin, brillant près d'un rocher, et elle l'avait découvert dans la boîte où il gardait ses trésors. La plupart n'avaient de valeur qu'à ses yeux : une pierre avec une forme intéressante, un morceau de verre coloré, la mue d'un serpent, une boucle de ceinture en cuivre. Le bracelet excepté, ce n'étaient que des babioles d'enfant.

Depuis ce jour-là, il avait compris qu'il devait acheter l'amour dont il avait soif.

Eua mordit dans la miche, puis lui saisit la main et la serra dans les siennes, froides et sales.

— Merci, mon garçon, précieux entre tous.

Il ne voulait pas de ses remerciements. Il voulait qu'elle parte, de la même manière qu'il pensait vouloir le départ de Celeste, jusqu'à ce qu'elle lève les yeux vers lui avec une gratitude sincère et le remercie pour son aide.

Il valait mieux qu'il reste loin de cette femme. Elle souhaitait appartenir à l'Eglise, pas à un homme.

— Une nuit, répéta-t-il d'un ton ferme en se dirigeant vers la porte. Une nuit à l'écurie, Eua, ensuite tu devras partir.

Chapitre 9

Le lendemain, le commandant de la garnison de Dunborough regardait par une fenêtre des derniers étages du donjon, dans la pièce que son père et ses frères utilisaient comme salle de travail, et où étaient conservés les registres du domaine. De cet endroit, il pouvait voir au-dessus des toits du village, jusqu'à la grande maison des D'Orleau. Il l'aurait pu sans le rideau de pluie glacée qui piquait la peau telles des aiguilles.

Il était donc planté là dans cette pièce comme un prisonnier, essayant d'écrire une lettre à son frère.

Et de décider ce qu'il allait répondre à l'offre de Roland.

Il existait d'autres obstacles en plus de sa propre réticence à être redevable à son frère. Tout d'abord, il faudrait que le roi John accepte la proposition de Roland. Celui-ci était convaincu que le roi approuverait sans se faire prier, car cela signifierait pour lui moins de terres et de pouvoir concentrés dans une seule main.

Mais comment Gerrard pourrait-il gouverner un lieu où sa réputation jouait contre lui ? Où il était considéré comme un bon à rien, un ivrogne et un joueur invétéré ? Certes, les soldats l'appréciaient, il leur ressemblait et il devait avouer que la plupart du temps il se sentait comme eux.

Cependant, commander des soldats était différent de diriger un domaine, comme le lui avaient prouvé ces dernières semaines. Peut-être vaudrait-il mieux qu'il soit simple soldat et prenne un nouveau départ ailleurs, pour faire son chemin tout seul dans le monde, sans être redevable à quiconque.

Il soupira et retourna au bureau où il avait préparé un pot d'encre muni d'un couvercle de toile cirée et un morceau de parchemin neuf, afin de rédiger sa réponse au message de Roland. Gerrard choisit trois plumes. Avec un petit couteau, il ébarba les petits duvets près de l'extrémité et tailla les pointes. Quand ce fut fait, il s'assit et relut le message de son frère.

Comme toujours les lettres lui semblèrent écrites dans le mauvais sens, et à l'envers, comme si l'on avait utilisé un code, et il lui fallut longtemps pour déchiffrer chaque mot. Il avait une seule fois confié ses difficultés en lecture à Roland, et celui-ci l'avait regardé comme s'il était le dernier des imbéciles. Gerrard n'était pas loin de le penser lui-même quand il devait lire, ou écrire, ce qui était encore pire.

Dieu merci, il était doué pour d'autres choses, comme se faire aimer des gens.

Il était en cela le seul de sa famille. Broderick avait préféré que tout le monde le craigne, comme leur père. Roland ne semblait pas se soucier de ce que les gens pensaient de lui. Il n'y avait que Gerrard pour désirer que tout le monde l'aime, et il était peiné quand ce n'était pas le cas.

Il étudia de nouveau le parchemin, et les mots s'éclairèrent lentement. Roland commençait par des salutations et espérait que tout allait bien à Dunborough, en dépit des doutes qu'il nourrissait certainement à ce sujet.

Gerrard ne pouvait pas l'en blâmer. Il était tout à fait conscient que son frère avait pris volontairement un gros risque en lui laissant les rênes, et qu'il l'assumait.

Il y avait un mois à peine, personne, y compris lui-même, n'aurait pensé que cela aurait pu arriver. Il était persuadé que Roland allait le chasser, tout comme la majorité des habitants du domaine.

Au lieu de cela, son frère avait décidé de se rendre à Delac afin d'informer lord Simon qu'aucune alliance ne se ferait entre eux, ni par mariage ni par traité, et il avait temporairement laissé le commandement des soldats et la direction de Dunborough à Gerrard.

A sa grande surprise, non seulement Roland était revenu avec la fille du seigneur de Delac en tant qu'épouse, mais en plus Mavis aimait sincèrement Roland et l'admirait, tout en l'accusant lui, Gerrard, de se comporter en enfant gâté.

Il n'oublierait jamais comment elle lui avait fait remarquer que son insolence vis-à-vis de son frère, désormais seigneur du domaine, compromettait le respect des gens à l'égard de l'un comme de l'autre. Ses paroles l'en avaient d'autant plus blessé lorsqu'il avait compris qu'elle avait raison.

Ensuite il avait découvert les machinations de Dalfrid, Roland avait été attaqué par Duncan MacHeath et avait failli y laisser la vie.

Gerrard se passa la main dans les cheveux. S'il acceptait l'offre de Roland, peut-être finirait-il par apprendre à diriger un domaine correctement. Il s'efforcerait de se montrer patient, plus réfléchi, il appréhenderait les aspects financiers de sa tâche et, s'il n'y parvenait pas, il trouverait un intendant qui l'aiderait.

Il avait grande envie de se libérer de sa mauvaise réputation et de toute incertitude quant à son avenir. Il pourrait aussi oublier son amertume, tirer un trait sur son passé, et les mauvais souvenirs qui l'entachaient. Les moments heureux de son existence n'étaient que peu nombreux.

Et il y en aurait encore moins quand Celeste retournerait au couvent.

Bon sang, qu'avait-elle à voir dans sa décision ?

Rien. Absolument rien.

Rester et se sentir redevable, ou partir et être libre, mais sans terres ni titre. Comment décider ?

Il ne pouvait pas. Pas aujourd'hui.

Il regarda par la fenêtre et se rendit compte que la pluie s'était arrêtée. L'eau dégoulinait du toit, et le sol serait détrempé, mais Roland pouvait encore attendre un jour ou deux. Arnhelm serait sans nul doute heureux de prolonger son séjour à Dunborough, et Gerrard avait mieux à faire.

Enfin, si ce n'était pas mieux, c'était du moins plus divertissant.

Celeste mit la morue salée qu'elle avait achetée chez le poissonnier dans son panier et, contournant une flaque de boue, se hâta de passer devant la boutique du marchand de bougies. Elle ne voulait pas voir Norbert, ni qu'il l'aperçoive. Il était déjà venu à la maison lui demander quand elle allait vendre, et…

— Sœur Augustine !

Trop tard.

Elle se tourna vers le marchand.

— Bonjour, Norbert. Le temps s'améliore, n'est-ce pas ? Et il fait chaud pour un mois de novembre.

— Il ne reste plus beaucoup de jours où il fait bon voyager.

L'homme ne s'embarrassait pas de subtilités. Il était vraiment chaussé de gros sabots ! s'amusa Celeste.

— Non, vous avez certainement raison.

— Qu'est-ce que tu mijotes, Norbert ? s'exclama Ewald en faisant son apparition derrière lui. Tu harcèles notre bonne sœur, j'en suis sûr !

— Je ne fais rien de la sorte, nous parlions du temps, se récria Norbert, son long visage semblant se tendre plus encore sous l'air contrarié qu'il arbora.

— Il va faire froid, et il neigera dans peu de temps,

tout sera détrempé. Nous aurons un hiver humide. Les routes vont être boueuses.

Apparemment, Ewald n'était guère plus subtil que son ennemi.

— J'espère repartir dans quelques jours, déclara Celeste en essayant de réprimer un soupir mêlé d'impatience, d'exaspération et de découragement.

Elle n'avait pas besoin qu'ils lui rappellent qu'elle devait vendre rapidement la maison si elle voulait quitter Dunborough avant les rigueurs de l'hiver. Elle l'aurait déjà vendue, aurait soldé les dettes de sa sœur et serait partie sans attendre si elle avait mis la main sur le trésor de son père.

Malheureusement pour tout le monde, ce n'était pas le cas, et elle commençait à craindre de ne jamais y parvenir. Et à douter qu'il eût jamais existé. Peut-être était-ce un mensonge de son père pour tourmenter leur malheureuse mère.

Celeste devrait-elle se résigner à ne jamais le retrouver ? Elle avait passé toutes ses nuits à chercher en vain et elle était au bord de l'épuisement.

Par bonheur, personne du couvent n'était venu la rechercher.

— Comme je l'ai dit, je vous ferai une bonne offre, prononça Ewald d'une voix si forte que la moitié des gens qui étaient au marché se retournèrent pour les regarder.

— J'en ferai une meilleure, déclara Norbert, et je ne vous obligerai pas à libérer les lieux. Vous pourrez partir au moment qui vous conviendra le mieux.

— A t'entendre, on dirait que je serais prêt à la jeter dehors, grommela Ewald.

— Ce n'est pas ce que tu ferais ?

— Doux Jésus, non ! Espèce de petit…

— Je vous en prie, ne vous querellez pas, les supplia Celeste, à bout de patience. Je vendrai quand je serai prête à le faire, et pas avant.

Elle s'éloigna d'eux, mais pas assez rapidement pour ne pas les entendre continuer à se disputer à grand renfort d'insultes. Elle avait soupé des querelles autrefois, mais au moins Roland et Gerrard étaient des enfants, à l'époque !

Elle décida que Norbert et Ewald pouvaient encore attendre. Elle ne renoncerait pas tout de suite. Elle chercherait encore une semaine et, si elle ne parvenait pas à mettre la main sur le trésor, elle vendrait la maison, rembourserait les dettes et trouverait un autre couvent qui voudrait bien la prendre.

— Bonjour, ma sœur, laissez-moi vous aider !

Elle sursauta en réalisant que Lewis se trouvait juste à sa hauteur.

Même si elle n'avait pas besoin de ses services, elle vit que le jeune garçon était si désireux de bien faire qu'elle n'eut pas le cœur de le renvoyer.

Elle le laissa donc prendre le panier qui contenait du beurre, des pommes séchées et la morue.

— Merci.

— Je suis désolé pour mon père, commença-t-il en lui emboîtant le pas. Il ne devrait pas vous ennuyer ainsi avec la maison.

— Il faut la vendre.

— Mais pas tout de suite, répliqua Lewis. Cela doit être difficile pour vous de vous occuper de tout mettre en ordre.

— En effet.

— Je suis certain que vous en tirerez un bon prix quand vous vous déciderez. Je vous ai entendue marchander avec le vendeur de poissons. Vous êtes plus dure en affaires que mon père ! Je dois dire que vous pourriez très bien vous en tirer même à Londres !

Celeste sourit au jeune homme, même si ce compliment lui rappelait de mauvais souvenirs.

— J'ai appris cela auprès de mon père, rétorqua-t-elle.

Elle avait aussi entendu les insultes murmurées et les

jurons quand la négociation était terminée et que son grippe-sou de père ne se trouvait plus dans la pièce.

Elle aperçut Gerrard, qui traversait le marché, et se dissimula instinctivement sous le porche le plus proche. Elle avait encore honte et était gênée de la façon dont elle s'était comportée le jour où elle avait rencontré Eua, et elle ne voulait pas le croiser.

Elle était surprise qu'il soit seul, ce qui était très rare. De toute évidence, il appréciait la compagnie des soldats de la garnison et était à l'aise avec eux, comme jamais Broderick ni Roland ne l'avaient été. Il ne les commandait pas avec une distance hautaine. C'était un chef respecté et un bon camarade, une combinaison peu commune.

— Je ne l'aime pas non plus, marmonna Lewis en fronçant les sourcils au passage de Gerrard. Il se comporte comme s'il était le seigneur, alors qu'il n'est que le commandant de la garnison. Et il ne le serait même pas s'il n'avait pas découvert les forfaits de Dalfrid et ne l'avait pas ramené pour qu'il soit jugé.

Dalfrid… l'intendant avec qui Eua s'était acoquinée.

— C'était l'intendant de Dunborough, et Gerrard a découvert qu'il volait pour entretenir une maîtresse à York, précisa Celeste.

De toute évidence, Lewis n'imaginait pas qu'elle puisse être au courant.

— Lizabet m'en a parlé, continua Celeste. Je suis surprise que quiconque ait eu l'audace de voler le seigneur de Dunborough. Sir Blane aurait condamné à mort le voleur, sur-le-champ, même s'il ne disposait que de minces soupçons.

— Pas Roland.

Ni Gerrard, en dépit de son caractère impétueux, songea-t-elle.

— Dalfrid a été emmené à York pour son procès. Il devrait avoir lieu dans peu de temps, lui annonça Lewis.

Dès que Gerrard eut disparu dans la foule, Celeste reprit son chemin vers sa maison.

— Vous dites que c'est Gerrard qui a découvert que l'homme volait dans les caisses ? reprit Lewis sur un ton méprisant. Ça s'est plutôt fait par hasard. Il était parti pour York après une nouvelle dispute avec Roland, en jurant qu'il ne reviendrait jamais. Il se trouvait dans une taverne quand il a entendu des hommes parler de Dalfrid et, d'après leurs commentaires sur son train de vie et son aisance manifeste, il a compris que quelque chose n'allait pas. Bien évidemment, il fallait que ce soit dans une taverne, fit remarquer Lewis avec dédain. Quand on se souvient des hommes qu'il appelait ses amis ! ajouta-t-il quand Celeste ne releva pas. Tous des bons à rien et des joueurs, des profiteurs ! Ses derniers compagnons étaient les pires de tous.

— Son frère ne devait pas être très content qu'il fréquente de tels individus, avança Celeste.

— Roland les a chassés, et ils sont devenus des hors-la-loi.

— Est-ce pour cela que Gerrard part en patrouille tous les jours ?

Lewis haussa les épaules.

— Les brigands de la bande que ses amis avaient rejoints sont tous morts ou dispersés. Gerrard aime simplement se promener sur son beau cheval blanc et parader en commandant tout le monde pendant que Roland réside au domaine de sa femme. Roland et son épouse semblent très heureux ensemble, et ce n'est pas grâce à Gerrard. Il leur a causé un tas d'ennuis quand il l'a ramenée à Dunborough avec lui.

Celeste se sentit le cœur lourd. Malheureusement, elle se représentait très bien Gerrard envieux du mariage de son frère avec la fille d'un noble et savait sans nul doute qu'il n'avait pas pris la peine de le dissimuler.

— Mais il n'a quand même pas osé tenter de la séduire,

même s'il l'a certainement voulu. Roland l'aurait tué, continua Lewis.

Celeste sentit un frisson la parcourir, qui ne devait rien au vent glacé. Oh oui, Roland aurait probablement agressé Gerrard s'il avait essayé de faire une chose pareille ! Néanmoins elle avait envie de croire que c'était autre chose que la peur qui avait retenu Gerrard de se livrer à ce genre de tentative.

— Il a fini par rencontrer une femme qui ne l'aimait pas, ajouta Lewis avec un petit rire mesquin. Lady Mavis a vu en lui le vaurien qu'il est, qu'importent ses efforts pour faire croire qu'il a changé depuis que Roland a été blessé et l'a laissé commander la garnison. Gerrard ne fait pas que boire et jouer, confia-t-il en baissant la voix. Il y a un endroit au village, au fond d'une ruelle, avec des femmes qui…

— Je n'ai pas besoin de tout savoir sur les vices de Gerrard, coupa Celeste.

Elle en avait déjà entendu plus qu'assez. Par bonheur, ils étaient arrivés devant la porte de son jardin.

— Je suis désolé si je vous ai contrariée, ma sœur.

Et elle, de l'avoir laissé paraître.

— Il est toujours troublant d'apprendre les péchés des hommes, affirma-t-elle en guise d'explication.

Elle reprit le panier et sourit à Lewis.

— Merci encore, ajouta-t-elle.

— Puis-je faire quoi que ce soit d'autre pour vous, ma sœur ? demanda le jeune homme avec ferveur.

— En fait oui, il y a quelque chose.

— Oui ? s'exclama le jeune homme, les yeux brillants.

— J'ai plusieurs robes qui appartenaient à ma sœur, qu'il faudrait vendre. Voyez-vous quelqu'un qui…

— Absolument, ma sœur ! s'écria-t-il. Bartholomew et Marmaduke. Ce sont des marchands de tissus, ils en vendent même qui viennent de Londres.

— Serait-ce trop vous demander de les prier de venir chez moi aujourd'hui, s'ils n'ont pas d'autres engagements ?

— Je vais les quérir tout de suite !

— Seulement s'ils le peuvent ! lança-t-elle au jeune homme qui avait déjà détalé.

Voilà un garçon qui s'excite bien vite, pensa-t-elle en entrant chez elle. Enthousiaste, avec un bon cœur, cependant capable de faire preuve de mépris et d'agressivité. En cela il n'était pas si différent du jeune Gerrard, qui était si prometteur, et aujourd'hui… ?

Il fallait qu'elle essaye de le voir comme il était réellement, et non comme elle désirait qu'il soit.

Chapitre 10

— Je suis désolée de vous déranger, ma sœur, appela Lizabet au pied de l'échelle qui conduisait au grenier, Marmaduke et Bartholomew sont là.

Entourée de vieilles caisses en bois et de meubles poussiéreux, Celeste éternua puis se releva et se frotta les mains.

— J'arrive !

Elle se dirigea vers l'échelle et commença à descendre avec prudence.

— Il y a quelques meubles là-haut, déclara-t-elle à la servante en arrivant en bas de l'échelle. Une fois qu'ils seront nettoyés, je pourrai les vendre. Pour le reste, ce n'est que poussière et toiles d'araignée.

Et aucun signe que quiconque soit monté là-haut depuis des années.

Lizabet hocha la tête et retourna à la cuisine tandis que Celeste allait à la rencontre des hommes auprès de qui Audrey avait sans doute le plus de dettes, à en juger par sa garde-robe. Ils attendaient dans la pièce principale. La tache était désormais dissimulée par le tapis qui se trouvait dans la chambre d'Audrey, et les meubles avaient été remis en place. La broderie inachevée avait été emballée dans un sac en cuir pour que Celeste l'emporte, et le cadre à broder sur laquelle elle était tendue, démonté. Le chandelier avait été placé au centre de la table, sans doute par Lizabet qui avait pris soin de le polir.

L'un des hommes était grand et maigre, l'autre petit et rond. Tous deux étaient fort bien vêtus. Le grand avec une longue tunique en fine laine bleue, ornée d'une large ceinture en cuir, tandis que l'autre arborait une tunique jaune courte sur un pantalon vert, et tenait le chapeau assorti rayé de jaune et de vert le plus incroyable que Celeste ait jamais vu. Les couleurs étaient si vives qu'elles faisaient presque mal aux yeux.

— Bonjour, ma sœur, commença le plus petit. Je suis Bartholomew, et voici Marmaduke. Nous serions bien venus exprimer nos condoléances pour la perte de votre chère sœur un peu plus tôt, mais nous avons pensé que vous auriez besoin d'encore un peu de temps pour… pour…

— Pour faire votre deuil, termina Marmaduke.

— Oui, votre deuil, continua Bartholomew. Enfin, voilà, Lewis nous a dit que vous souhaitiez nous voir au plus vite.

Leur désir d'attendre qu'elle les convoque, ainsi que le comportement compatissant et respectueux qu'ils témoignaient, si différent de celui de la plupart des marchands qu'elle avait déjà vus, firent qu'elle les apprécia immédiatement.

— Nous n'avons pas eu l'occasion de bien connaître votre sœur, reconnut Bartholomew en tripotant son chapeau, mais j'aime à penser que nous étions ses amis. N'est-ce pas, Marmaduke ?

— En vérité ! Elle avait beaucoup d'amis et d'admirateurs. Quelle femme charmante ! Et elle était toujours tellement bien vêtue !

— Audrey aimait les jolies choses, déclara Celeste.

— Tout à fait, dit Marmaduke.

— Et chères, ajouta Bartholomew en rougissant et en se raclant la gorge.

Celeste se hâta de les mettre à l'aise, au moins sur ce point.

— J'imagine qu'elle vous devait de l'argent pour certaines de ses robes.

— En fait, commença Bartholomew, tandis que Marmaduke regardait obstinément ses chaussures, il est en effet question des trois derniers coupons d'étoffe qu'il lui restait à payer.

— Naturellement, vous devez récupérer votre argent, ou les coupons, s'empressa de les rassurer Celeste. Malheureusement, je n'en ai pas trouvé, il n'y a que des robes. Je n'ai nul usage de pareils vêtements, ainsi les accepterez-vous peut-être en guise de paiement ?

Les deux hommes échangèrent des regards embarrassés.

— Nous ne faisons pas commerce de robes d'occasion, déclara enfin Marmaduke après un silence tout aussi embarrassé.

— Elles ont à peine été portées, insista Celeste. Il y a aussi des voiles de soie, des étoles. Leur valeur devrait être amplement suffisante pour couvrir vos pertes, j'en suis sûre. Ne voulez-vous pas monter et voir par vous-mêmes ?

Les hommes échangèrent de nouveau des regards inquiets.

— Je dois vous avouer, messieurs, continua Celeste avec réticence, que, si cela ne vous satisfait pas, vous risquez de n'obtenir aucune compensation. Audrey avait de nombreux créanciers, et même avec la vente de la maison il pourrait ne pas y avoir assez…

— Non, non, ce n'est pas cela, l'interrompit Bartholomew.

Les deux hommes devinrent aussi rouges que des pommes mûres avant que Marmaduke se penche vers elle pour chuchoter :

— Je crains que ce ne soit pas convenable, pour nous qui sommes des hommes, voyez-vous, et vous une femme, de monter ensemble à l'étage.

— Je suis une religieuse, répliqua-t-elle en souriant, appréciant qu'ils soient soucieux de sa réputation, d'autant plus que d'autres ne l'étaient guère.

Elle fit un signe de tête en direction de la cuisine.

— Il y a une autre femme dans la maison, donc je ne vois pas de mal à cela.

Les deux hommes se détendirent aussitôt.

— En ce cas, nous serons heureux de voir cela avec vous, acquiesça Bartholomew.

Ils suivirent Celeste dans l'escalier, jusque dans la grande chambre.

Bartholomew se rua immédiatement vers le lit.

— Par saint Dorcas le très saint ! s'exclama-t-il en caressant le tissu. Regardez-moi ce dessus-de-lit ! De la soie vénitienne, aussi vrai que je m'appelle Bartholomew !

— Et cette tapisserie ! couina Marmaduke. Elle doit être italienne ou peut-être française.

— Cela devra aussi être vendu, précisa Celeste tout en ouvrant le grand coffre.

Elle vit du coin de l'œil les deux hommes échanger des regards entendus, et en déduisit que les rideaux et le dessus-de-lit ainsi que la tapisserie étaient déjà vendus, s'ils s'accordaient sur un prix.

Elle saisit la robe écarlate et refusa d'éprouver des regrets. Quel usage en aurait-elle ? Et la seule fois où elle l'avait portée, cela avait été un désastre.

— Oh ! mon Dieu ! hoqueta Bartholomew.

— C'est ravissant, tout simplement ravissant, s'écria Marmaduke en se précipitant pour déployer la robe tandis que Bartholomew étudiait soigneusement les broderies.

— Je n'ai jamais vu travail aussi superbe, murmura-t-il avec révérence.

— Je crois que c'est Audrey qui l'a faite, déclara Celeste avec une pointe de fierté. Elle était douée pour les travaux d'aiguille.

Bartholomew la détailla des pieds à la tête.

— Je pense qu'elle vous irait, affirma-t-il.

— Oh oui, certainement ! renchérit Marmaduke,

soudain très excité. Et la couleur vous siérait à ravir. Vous auriez l'air d'une reine, n'est-ce pas, Bartholomew ?

— C'est exactement ce que j'allais dire !

Celeste se recula, en secouant la tête avec véhémence.

— Je n'ai aucun désir de ressembler à une reine.

— Ah, oui, pardonnez-moi, ma sœur, s'excusa Bartholomew, contrit.

— Je ne suis pas offensée, le rassura-t-elle très vite. Prendrez-vous ces vêtements pour vous payer ?

— Bien que j'aie affirmé que nous ne vendions pas de vêtements d'occasion, répondit Bartholomew, je crois que dans ce cas précis nous pourrions faire une exception. Qu'en penses-tu, Marmaduke ?

Son compagnon hocha la tête.

— Tout cela vaut davantage que la dette de votre sœur. Si vous y ajoutez le dessus-de-lit, les rideaux et la tapisserie, nous vous donnerons…

Bartholomew jeta un coup d'œil à Marmaduke avant de la regarder de nouveau.

— Vingt marks, annonça-t-il.

— C'est très généreux de votre part ! s'exclama-t-elle, sincèrement reconnaissante.

— Malheureusement nous n'avions pas prévu une telle transaction, et je dois m'occuper d'une livraison de Londres avant la fin de la journée, expliqua Bartholomew. Nous pouvons revenir demain.

— Rien ne presse, assura-t-elle. Je n'ai pas l'intention de repartir avant d'avoir vendu la maison.

Et pas avant d'avoir retrouvé l'argent de mon père, que je dois encore chercher dans tous les endroits possibles, ajouta-t-elle intérieurement.

— Excellent ! Nous avons encore un peu de temps pour voir les autres robes, ma sœur, si cela est possible.

— Bien sûr, allez-y, je vous en prie.

Elle prit une chaise et regarda les deux hommes sortir

robes, chemises, bonnets et voiles des coffres d'Audrey. Ils s'exclamaient sans cesse, visiblement aux anges.

Cependant cela avait été les affaires de sa sœur. Les robes, bonnets, voiles et étoles qu'Audrey avait portés. Des effets ravissants, qu'elle devait beaucoup aimer.

Si seulement elle avait pu passer plus de temps avec Audrey pour mieux la connaître ! Elle se souvenait d'elle comme bien plus âgée, et plus mûre, même si elles n'avaient que quelques années de différence.

Le chat roux entra dans la pièce et vint se frotter contre la chaise. Une larme roula sur la joue de Celeste quand elle se pencha pour le caresser.

Au même moment elle se rendit compte que Bartholomew et Marmaduke étaient silencieux. Ils la considéraient de nouveau avec tristesse et sympathie, et elle s'essuya vite la joue.

— Nous sommes désolés, ma sœur, si nous vous avons contrariée, déclara Bartholomew. Etant donné les circonstances, nous aurions dû vous laisser plus de temps pour réfléchir.

— Non, non, tout va bien, les rassura-t-elle en recomposant bien vite le visage de calme impassibilité qu'elle avait appris à montrer. C'est simplement difficile de penser à Audrey.

— Nous comprenons, et si vous préférez que nous partions…

— Pas encore, l'interrompit-elle en joignant les mains, avant de leur lancer un regard implorant. Je sais si peu de choses sur la vie de ma sœur depuis que je suis partie pour le couvent. J'aimerais tant croire qu'elle était heureuse et admirée avant de… mourir.

— Admirée ? Ah, pour ça, elle l'était ! s'exclama Marmaduke.

— Absolument ! Elle avait tant de prétendants ! Et des offres de mariage aussi, sans doute. Je croyais que sir Roland l'épouserait. Cependant, en y repensant, il me semble qu'il vaut mieux que cela ne se soit pas fait. Il est tellement austère, et votre sœur… eh bien, Gerrard lui aurait bien mieux convenu.

Ces paroles lui firent l'effet d'une douche glacée dans le dos.

— A-t-il demandé sa main ?

Bartholomew parut accablé, comme s'il s'était montré grossier.

— Pas à ma connaissance, et je ne crois pas qu'elle aurait accepté.

— Ni à la mienne, renchérit Marmaduke. Votre sœur était, euh… une femme ambitieuse.

Gerrard n'avait en effet ni fortune ni titre, et Audrey voulait les deux. Même si elle avait eu des sentiments pour lui, elle ne l'aurait jamais épousé.

Quant à ce que Gerrard aurait éprouvé pour Audrey…

Cela ne serait pas allé très loin. Audrey n'aurait pas risqué le moindre commérage sur une liaison avec Gerrard, de peur que cela ne compromette ses chances d'attirer un mari riche et puissant.

Celeste leur adressa un petit sourire triste.

— Ma sœur voulait faire un beau mariage, je le sais. Je dois admettre que je suis aussi surprise que tout le monde qu'elle ne se soit pas mariée, à moins que…

Les deux marchands se penchèrent vers elle.

— Cela se savait-il qu'elle était endettée ?

Ils se reculèrent aussitôt.

— Nous l'ignorions, répondirent-ils à l'unisson, et avec tant de fermeté qu'elle les crut sur-le-champ.

Cependant ils étaient peut-être au courant d'autres détails la concernant, ainsi que sa maisonnée.

— Avez-vous jamais pensé que Duncan MacHeath pourrait s'en prendre à elle ? Ou qu'elle aurait dû le craindre ?

— Non, avouèrent-ils.

— C'était clairement un être rude et plutôt sauvage,

ajouta Bartholomew, mais nous n'avons jamais imaginé qu'il lui ferait le moindre mal.

— Et il a payé un prix terrible pour son crime, surtout s'il s'est suicidé, ajouta Marmaduke.

Gerrard n'avait pas précisé que MacHeath avait mis fin à ses jours.

— On m'a raconté qu'il était tombé dans la rivière après avoir été blessé par Roland.

— Eh bien, c'est possible, reprit très vite Bartholomew. Personne ne sait exactement ce qui lui est arrivé. Il a été blessé par sir Roland, et son corps a été retrouvé dans la rivière. C'est la seule chose dont on est certains. Il aurait pu y tomber accidentellement et ne pas s'y jeter, qui sait ?

— Il n'était pas du genre à éprouver des remords, fit remarquer Marmaduke, mais quand on repense à ce qu'il a fait…

Bartholomew posa la main sur l'épaule de son associé et le poussa vers la porte.

— Quelle que soit la façon dont il est tombé à l'eau, il s'est noyé, conclut-il d'un ton ferme. Maintenant vous devez vraiment nous excuser, notre livraison doit sûrement être arrivée. Bonne journée, ma sœur !

— Si nous pouvons faire quoi que ce soit d'autre, il vous suffit de nous le demander, ajouta Marmaduke par-dessus son épaule.

Après leur départ, Celeste s'affala sur le lit. Que lui avait-on encore caché ? Elle avait le droit de tout savoir sur la mort d'Audrey et le destin de l'homme qui l'avait tuée. Ce ne serait que justice.

Elle réfléchit à ce qu'elle savait sur Audrey, Duncan MacHeath et ce jour horrible.

Audrey était ambitieuse, désireuse de trouver un mari fortuné et titré. Duncan MacHeath, qui n'était ni l'un ni l'autre, lui avait déclaré sa flamme et l'avait assassinée lors d'une crise de jalousie quand elle l'avait repoussé. Ensuite il s'en était pris à Roland, persuadé qu'il était son amant. Au terme d'une bataille sanglante, Roland avait blessé l'Ecossais, qui avait été retrouvé mort dans la rivière.

A première vue, cela avait toutes les apparences d'une histoire terrible, dont l'issue s'était avérée fatale, mais elle commençait à se poser des questions. Pourquoi Audrey n'avait-elle pas compris que MacHeath représentait un danger, alors qu'elle avait côtoyé cet homme rongé de désir pour elle pendant des années ?

Pourquoi MacHeath avait-il avoué ses sentiments justement ce jour-là ? Etait-il possible que quelqu'un l'ait incidemment encouragé à confesser son amour ?

Ou quelqu'un l'avait-il provoqué ?

Si Audrey avait repoussé un autre homme, qu'il s'était senti offensé par son rejet et qu'il ait eu connaissance des sentiments de MacHeath, aurait-ce été bien difficile pour lui de presser l'Ecossais à se déclarer lui aussi, en supposant qu'il serait également éconduit et se vengerait avec violence ? Cela serait tombé à point nommé pour cette personne si Duncan MacHeath était mort juste après.

Peut-être le garde du corps n'était-il pas tombé dans la rivière par accident et ne s'était-il pas suicidé. L'avait-on poussé ?

Qui savait à Dunborough ce que l'Ecossais éprouvait pour Audrey ? Et qui d'autre aurait voulu la mort d'Audrey ?

Celeste alla jusqu'à la fenêtre et contempla la masse imposante du château qui s'assombrissait dans le crépuscule. Elle ne pourrait quitter Dunborough sans les réponses à ces questions. Et s'il fallait pour cela rencontrer Gerrard afin de les obtenir, elle le ferait.

Chapitre 11

— Bella, ma jolie Bella ! beugla Gerrard en titubant alors qu'il poussait la porte de la maison galante, plus tard dans la soirée, où es-tu, Bella ?

Le tenancier se précipita pour l'aider à franchir le seuil. Edric ne voulait pas qu'il tombe, ni réveille les voisins. Tout le monde à Dunborough et sur des miles à la ronde connaissait l'existence de son commerce qui encourageait la débauche. On voulait bien fermer les yeux sur ses activités tant que l'établissement restait calme.

Pour le moment du moins. Edric doutait que Roland le laisse continuer à mener son affaire, même si les soldats avaient besoin de ce genre de distraction.

Quelques soldats du château étaient d'ailleurs présents ce soir, et même s'ils ne manquaient pas d'être un peu surpris de voir débarquer leur commandant, qu'y pouvait-il ? L'argent de cet homme valait bien le leur. Il n'était ni marié ni fiancé, aussi fut-ce avec un sourire que le propriétaire referma la porte derrière lui et installa Gerrard sur une chaise.

Un Gerrard très ivre. Edric n'eut nul besoin de sentir l'odeur de bière pour le savoir. Sa voix tonitruante et ses yeux vitreux lui suffisaient.

— Où est Bella ? demanda-t-il encore, avec un clin d'œil et un sourire hébété. Est-elle occupée ?

— Elle n'est jamais occupée quand il s'agit de vous, répondit vivement Edric. Restez là, je vais la chercher.

— Voilà ce que je veux entendre, déclara Gerrard à la cantonade, du respect !

Bella apparut, rajusta son corsage, rayonnante, ses cheveux bruns en désordre. Elle replaça une boucle derrière son oreille et se hâta de rejoindre Gerrard. Elle n'était pas particulièrement svelte et loin d'être aussi jolie que Celeste, mais assez attirante dans son genre.

— Ah ha ! s'écria-t-il en l'attirant sur ses genoux, tu m'aimes bien, n'est-ce pas, Bella ?

— On peut le dire, répondit-elle en plantant un baiser sur sa bouche.

— Je t'ai manqué ?

— A ton avis ?

Elle se leva et le prit par la main pour le conduire vers l'une des petites pièces où ses collègues et elle se livraient à leur commerce.

Gerrard ne protesta pas et se laissa entraîner dans la chambre. Elle ne comportait guère qu'un lit et une table de toilette. Les draps n'étaient pas des plus nets, mais au moins n'y avait-il pas de puces.

Il s'assit lourdement sur le lit en désordre et se massa les tempes.

— Je crois qu'il me faut encore du vin.

Bella ôta son corsage et s'assit à côté de lui.

— Tu en as eu assez pour ce soir à mon avis, mon chéri.

Il se tourna vers elle, affichant soudain une gravité inhabituelle.

— Tu m'aimes vraiment bien, Bella ?

— Bien sûr !

— Si je ne te payais pas, tu m'aimerais quand même ?

— Bien sûr ! Qu'est-ce qui t'arrive ? lui demanda-t-elle en lui caressant la joue. Tu n'es pas aussi sérieux normalement.

— Je crains, Bella, ma chère, de n'avoir acquis une con… con… conscience. Tout ça ne me paraît plus très convenable.

— Quoi ? s'écria Bella en se reculant, incrédule.

Gerrard entreprit de se lever, vacillant comme sur le pont d'un navire fendant les flots.

— Ça ne lui plairait pas, à elle. Ni à Roland, et à moi non plus. Pas vraiment. Ce n'est pas pareil s'il faut payer.

Bella se leva, laissant éclater sa colère.

— Qu'est-ce que tu racontes ?

Il lui tapota la joue.

— Désolé, ma douce. Ces jours sont révolus. Maintenant sois gentille et va me chercher du vin, veux-tu ?

— Va le chercher toi-même ! éructa Bella avant de le pousser vers la porte.

La lune était déjà haute dans le ciel quand Verdan bâilla en quittant l'écurie avec son frère pour retourner dans la grande salle. Ils étaient encore allés voir le cheval d'Arnhelm, car celui-ci n'aurait pu fermer l'œil de la nuit avant d'être sûr qu'Oaken allait bien. Verdan, qui en savait plus sur les chevaux que son frère, avait accepté de l'accompagner.

— Alors, toujours pas de lettre à emporter, hein ? lui demanda-t-il alors qu'ils contournaient une flaque d'eau. Ça laissera plus de temps à Oaken pour guérir. Et toi, tu en auras plus avec Peg, ajouta-t-il avec un sourire narquois.

— Eh oui, répliqua Arnhelm, mais sur un ton où la bonne humeur à laquelle Verdan s'attendait était totalement absente.

— Quoi ? Il n'y a pas de problème entre vous, j'espère ?

— Peg et moi ? Pas du tout !

— Tu as peur que maman ne veuille jamais venir ?

— Oui, il y a ça aussi.

— Mais alors, qu'y a-t-il d'autre ?

— Je n'arrive pas à comprendre pourquoi Gerrard tarde tant à répondre à son frère. C'est quand même simple pour eux, ils savent écrire !

— Gerrard est un homme occupé. Il n'a peut-être pas encore eu le temps.

Arnhelm regarda Verdan d'un air surpris quand ils arrivèrent devant la porte.

— Il a tout le temps qu'il veut. On dirait plutôt qu'il préfère sortir à cheval ou superviser l'entraînement. Je comprends cela, mais pas si son frère attend une réponse.

— Quelle est la question ?

— Tu crois que je le sais ? sir Roland va pas me confier ce genre de choses, ou à qui que ce soit, à part sa femme.

— Alors peut-être est-ce une question qui demande réflexion, suggéra Verdan.

Ils entendirent en même temps un bruit étrange de l'autre côté de la muraille du château.

— Qu'est-ce que c'est que ça, par Dieu ? s'écria Arnhelm en se tournant vers la poterne.

Verdan plissa les yeux, comme si cela pouvait l'aider à mieux entendre.

— Quelqu'un est en train de chanter.

— Si on peut appeler ça chanter, marmonna Arnhelm tandis que le jeune Hedley, qui était de garde, s'avançait pour ouvrir le portillon.

Un homme tituba sur le seuil et attrapa l'épaule de Hedley pour se retenir, tout en massacrant un air d'une voix avinée.

— Oh ! oh, oh, je lui ai avoué que je l'aimais, et elle m'a craché à la figure !

— En vérité, c'est Gerrard ! hoqueta Verdan.

— Soûl comme une barrique, renchérit Arnhelm.

Les deux frères se hâtèrent vers la poterne alors que Gerrard continuait à se cramponner à Hedley comme s'il risquait de s'écrouler sans son aide.

Ce qui était probablement le cas.

— Ah, Arnhelm ! Et Verdan ! s'exclama Gerrard en les voyant. Bonsoir, messieurs ! J'étais en train de dire à notre Hedley à l'œil de lynx que la nuit est glaciale. Assez pour vous geler les orteils, comme Roland quand il est courroucé. Et elle aussi, sauf qu'elle est pire !

Arnhelm n'avait pas la moindre idée de qui il voulait parler, mais il huma une odeur de crottin fort déplaisante qui semblait émaner de la botte gauche de Gerrard. Il fit de son mieux pour l'ignorer et le prit par l'épaule pour le soutenir.

— Allez, messire, c'est l'heure d'aller se coucher.

— Se coucher ? hurla Gerrard en le repoussant, avant de tanguer tel un arbre dans la tempête. Me coucher, moi ? Mais il est encore tôt ! Se coucher ? Ce n'est pas pour de joyeux drilles tels que nous !

Il fronça les sourcils et considéra Arnhelm et Verdan.

— Ah, des frères soudés comme les doigts de la main ! Des amis pour la vie. Pas comme mon frère et moi.

Il s'agrippa à Arnhelm, puis se pencha et lui exhala son souffle en pleine figure tout en lui tapotant la poitrine. Arnhelm se recula autant que possible pour échapper à l'haleine avinée de Gerrard.

— Et voilà que vous avez des bonnes amies, aussi ! continua Gerrard en bafouillant. Heureux hommes ! Certains d'entre nous n'ont pas autant de chance. Et moi, je ne l'aurai jamais non plus.

Après avoir henni une sorte de rire qui n'avait rien de joyeux, il se remit à chanter.

— Je lui ai dit que je l'aimais, et elle m'a craché à la figure !

Il fit un pas en avant et tomba face contre terre.

Comme un seul homme, Arnhelm et Verdan se précipitèrent et remirent sur ses pieds le commandant de la garnison.

— Dieu du ciel, il empeste ! grommela Verdan. Quelle quantité de vin a-t-il donc ingurgitée ?

— Bien trop, ça c'est sûr, répondit son frère, et je ne veux pas savoir ce qu'il a fait d'autre.

— Je n'ai rien fait du tout, protesta Gerrard en se

dégageant, puis en tentant de se redresser tout seul. Plus de filles de joie pour moi, je vous le dis. Ces jours-là sont révolus. Même si certaines personnes ne voudront jamais le croire, alors qu'elles mettent des robes rouges et se comportent comme Dalila.

Les frères échangèrent un regard perplexe avant d'essayer de soutenir de nouveau Gerrard.

— Allons, messire, il est de plus en plus tard, lui murmura Arnhelm.

— Tard ? Ah oui, trop tard ! approuva Gerrard alors que ses jambes ne semblaient plus pouvoir supporter son poids, et qu'il commençait à pencher dangereusement vers le sol. Trop tard pour changer, quelle que soit la bonne volonté qu'on y…

Il ne termina pas sa phrase et s'affala de plus belle, manquant de justesse d'atterrir dans une flaque.

— Oh ! que Dieu nous vienne en aide, il a perdu connaissance ! marmonna Verdan, désemparé.

— Cela vaut peut-être mieux, grogna Arnhelm tandis qu'ils faisaient de leur mieux pour déplacer ce poids mort.

Ils passèrent leurs épaules sous ses bras et le portèrent autant qu'ils le traînèrent dans la grande salle, puis jusque dans sa chambre. Après l'avoir couché sur son lit et lui avoir ôté ses bottes malodorantes, ils contemplèrent le jeune homme maculé de boue, qui ronflait.

— Je croyais vraiment qu'il avait changé, déclara Arnhelm avec regret.

— Oui, moi aussi. Tu crois qu'on devrait en parler à sir Roland ?

Arnhelm se frotta la barbe.

— Je pense. Si Gerrard se remet à boire comme ça, il ne pourra pas rester commandant de la garnison.

— Oui, acquiesça Verdan avec un soupir tandis qu'ils quittaient la pièce.

En proie à un violent mal de tête, la gorge sèche comme le désert, Gerrard ouvrit un œil pour découvrir un faible rayon de soleil qui filtrait à travers les volets entrouverts. Il regarda autour de lui sans bouger la tête.

Il était couché dans son lit, dans sa chambre, et c'était le matin.

Il referma les yeux avec un gémissement sourd. Il se souvenait être allé au Cock's Crow, dans la maison close ensuite, et que Bella s'était mise en colère contre lui. Mais ne se rappelait guère le reste de la soirée.

— Espèce d'imbécile dégénéré ! s'insulta-t-il.

Quand il se redressa, il découvrit qu'il était encore tout habillé, ses bottes exceptées. Elles gisaient par terre, au fond de la pièce. Quelqu'un avait dû le ramener et les lui retirer. Sans cela, elles seraient probablement encore à ses pieds.

Il se leva avec précaution et alla à sa table de toilette. Il porta le broc d'eau glacée à sa bouche desséchée, en avala de grandes goulées puis versa le reste dans la cuvette et se lava le visage.

Il prit appui sur le bord de la table, se demandant qui l'avait ramené, et qui d'autre l'avait vu dans un état pareil. Dieu ait pitié de lui, pas Celeste ! Elle avait déjà une assez piètre opinion de lui comme cela.

Il renifla. Bon sang, était-ce… ?

Ça ne provenait pas de ses vêtements, même s'ils étaient souillés et boueux. Il avait tout de même échappé au pire.

Il regarda autour de lui, constata l'état de ses bottes et comprit l'origine de l'odeur.

Par tous les saints, à quel point avait-il été ivre ?

Etait-ce important ? Il entendait déjà les ragots, s'imaginait la tête des gens. Et celle de Celeste aussi.

Sa présence ici équivalait à celle de Roland. Comme son frère, elle lui donnait envie de boire jusqu'à oublier tout ce qui le tourmentait et ne plus avoir l'impression d'être un bon à rien.

Non, elle le faisait se sentir pire encore. Non seulement stupide, mais aussi irrécupérable. La vertueuse et intouchable sœur Augustine, qui le poussait à s'enivrer.

Il secoua la tête. Non. Fini de blâmer les autres. C'était sa faiblesse, et sa seule faiblesse qui était en cause. Peut-être valait-il mieux qu'il s'en aille et refasse sa vie dans un endroit où nul ne le connaîtrait. Peut-être sous un autre nom, comme Celeste, quoique pour une tout autre raison.

Après avoir changé de tunique, de pantalon et repêché de vieilles bottes sous son lit, Gerrard décida qu'il se sentirait certainement mieux s'il mangeait un peu de pain. Cela remettait d'habitude son estomac en place après ses nuits de beuverie. Et beuverie signifiait aussi...

Dieu lui vienne en aide, avait-il plus à regretter ? Il saisit la bourse qu'il portait à la ceinture et compta fébrilement les pièces.

Dieu merci, la plus grande partie était encore là. Une mince victoire, mais une victoire quand même, suffisante pour qu'il ne se sente pas complètement abattu en descendant dans la grande salle.

Quelques soldats au repos et des serviteurs prenaient encore leur petit déjeuner.

Et une femme en habit de religieuse attendait sous le dais.

Chapitre 12

Que faisait Celeste ici ? Oh ! Vierge Marie, si elle l'avait vu la nuit dernière…

Gerrard ajusta sa tunique, redressa les épaules et se rappela que Celeste n'était nullement habilitée à lui faire la morale.

Peut-être était-elle venue lui annoncer qu'elle rentrait à Sainte-Agatha. Cela devrait être une bonne nouvelle, et, s'il pensait le contraire, c'était qu'il était encore sous l'effet du vin.

— Bonjour, sœur Augustine, dit-il en essayant de prendre un ton engageant. Qu'est-ce qui vous amène de bon matin ?

Ses yeux et son front se plissèrent tandis qu'elle le dévisageait avec attention.

— Etes-vous souffrant ? lui demanda-t-elle.

— Pas du tout, mentit-il.

Sa tête l'élançait comme si des milliers de petits démons enragés le piquaient de leurs tridents acérés.

— Et vous-même ? s'enquit-il à son tour, car elle était plus pâle que dans son souvenir, avec des cernes sombres sous les yeux.

— Simplement fatiguée. Je n'ai pas très bien dormi la nuit dernière, avoua-t-elle.

Oh ! Jésus Marie Joseph ! Elle l'avait donc peut-être vu !

En dépit de sa honte et de ses remords, il sourit en lui faisant signe de s'asseoir, puis s'écroula sur une chaise.

Sans tenir compte de son invitation, elle resta debout aussi raide qu'un piquet, les mains glissées dans les manches de sa robe.

— J'aimerais m'entretenir avec vous, Gerrard. Seule.

Seule ? Voilà qui était inattendu.

Conscient de la présence des soldats et des serviteurs qui se tenaient non loin, il haussa un sourcil, mais garda un ton égal quand il prit la parole.

— Et de quoi pourrions-nous bien avoir à discuter qui réclame une certaine intimité ?

— Du meurtre de ma sœur.

Ainsi ce n'était pas de la nuit dernière. Mais ce sujet-là le perturbait tout autant.

— Je ne vois pas ce que l'on peut en dire de plus.

— Et moi je crois qu'il y a encore des choses à éclaircir, répliqua-t-elle d'un air déterminé, souligné par son expression têtue habituelle.

Elle n'abandonnerait pas avant d'avoir obtenu ce qu'elle désirait.

— Nous pouvons parler dans la salle de travail, reprit-il en se levant et en se dirigeant vers la sortie.

Il ne vérifia pas si elle le suivait. Ce n'était pas nécessaire. Le léger froufrou de son habit la trahissait. Il préférait qu'elle soit vêtue ainsi. Tout plutôt que cette magnifique robe écarlate dont le décolleté avait révélé le galbe sensuel de ses seins.

C'est une nonne, alors ne pense même pas à elle dans cette robe…

Gerrard s'efforça plutôt d'imaginer ce qu'elle voulait savoir de plus sur la mort d'Audrey alors qu'il sortait dans la cour et avançait vers l'escalier extérieur du donjon. C'était la partie la plus ancienne du château, inaccessible depuis la grande salle qui avait été construite plus tard. Son père l'avait conçue ainsi.

Il ouvrit la porte et entra le premier, afin de dissimuler

la lettre de Roland sous d'autres documents posés sur la table.

Au moment où elle entra à son tour, il contourna le bureau afin de prendre soin d'élever un obstacle entre eux.

— Bien, j'imagine que quelque chose vous trouble à propos de la mort de votre sœur ?

Cette fois Celeste prit un siège, même si elle arborait toujours le même air résolu.

— Pas seulement la mort de ma sœur. Celle de Duncan MacHeath également, répondit-elle. Vous m'avez dit qu'il était tombé dans la rivière. Est-ce ce qui s'est réellement passé ?

Gerrard hocha la tête. Où voulait-elle en venir ?

— Oui. Il y avait ses empreintes sur la berge.

— Et aucune autre ?

— Non, répliqua-t-il, soufflé, pourquoi posez-vous cette question ?

— On m'a suggéré qu'il aurait pu se suicider.

— Qui vous a raconté ça, bon sang ? s'exclama Gerrard en fronçant les sourcils.

— Est-ce possible ? insista-t-elle.

Convaincu d'avoir raison, Gerrard fit un signe de dénégation.

— Non. Ce n'était pas le genre de MacHeath.

— Je trouve également difficile à croire que même un criminel risquerait le salut de son âme de cette manière.

Il s'efforça de ne pas s'énerver, car le salut de l'âme d'un criminel lui paraissait une préoccupation inutile, et s'assit derrière le bureau.

— Je veux dire qu'il n'était pas du genre à éprouver des regrets ou des remords, précisa-t-il.

— Vous êtes-vous déjà demandé ce qui l'a conduit à attaquer Audrey ce jour-là en particulier ?

Voilà qui était également inattendu et lui déplaisait fort. Moins Celeste fouillerait dans le passé d'Audrey, mieux cela vaudrait, même si ses questions ne portaient pas sur les rapports qu'il avait entretenus avec sa sœur.

— J'imagine qu'elle a dû lui dire qu'il n'avait aucune chance avec elle.

— Cependant Audrey a eu des prétendants et des admirateurs pendant des années, et elle était habile à les éconduire sans les offenser. Elle aurait été fort capable de refuser les avances de MacHeath sans le faire enrager au point qu'il la tue, avança Celeste.

Gerrard n'avait pas envisagé la situation sous cet aspect-là.

— Peut-être a-t-il fait plus que simplement demander. Si elle l'a repoussé, cela a-t-il déclenché une réaction violente chez MacHeath ? Un homme tel que lui… cela aurait été naturel pour lui de se servir de ses poings ou de ses armes.

Celeste se pencha en avant, les yeux étincelants et le regard vif.

— Ou peut-être Duncan n'était-il pas le seul homme qu'Audrey aurait éconduit. Peut-être cet homme était-il furieux ou désirait-il se venger en la punissant, mais n'était pas du genre à recourir à la violence physique, encore moins à risquer l'emprisonnement et l'exécution. Et si cet homme avait compris les sentiments de MacHeath, pour utiliser la jalousie et la sauvagerie de l'Ecossais à ses propres fins ? Qui sait ce que pareille personne aurait pu dire au garde du corps, les idées qu'il lui aurait mises en tête ? Il n'en fallait peut-être pas beaucoup pour mettre MacHeath en colère avant qu'il parle à ma sœur ce jour-là.

Gerrard considéra Celeste avec incrédulité.

— Vous pensez que quelqu'un s'est servi de Duncan pour assassiner votre sœur ?

— Oui.

Il se leva brusquement.

— Mon Dieu, Celeste ! Croyez-vous réellement qu'un homme pourrait être aussi sournois et pervers ?

— Pas vous ? lui demanda-t-elle en se levant à son tour pour le dévisager comme s'il était un enfant qui ne comprenait rien à une leçon facile. Etes-vous vraiment aussi innocent ?

— On ne m'a pas considéré comme tel depuis très longtemps.

— Naïf, si vous préférez, si vous ne réalisez pas que certaines personnes sont capables de toutes les horreurs pour atteindre leurs objectifs, surtout lorsqu'il s'agit de vengeance. Et qu'elles peuvent en rejeter la faute sur quelqu'un d'autre.

Comme il l'avait fait parfois avec Roland, songea Gerrard.

Faisait-elle clairement allusion à ses propres agissements en prononçant ces mots ou bien était-ce un pur hasard ?

— Quel genre de couvent est donc Sainte-Agatha pour que vous en arriviez à nourrir pareille hypothèse ? demanda-t-il avec attention.

— Un couvent comme un autre, répondit-elle, où les femmes sont confinées avec peu de choses pour les empêcher d'échafauder des vues d'esprit. Où elles ont tout leur temps pour ruminer et comploter.

— Douce Sainte Vierge ! C'est aussi affreux que cela ?

— Il n'y a que de rares sœurs et novices de cette sorte. Une bonne mère supérieure s'en rend compte très vite et s'en occupe, en leur montrant leurs erreurs ou en les envoyant dans un autre couvent si nécessaire. Ou bien, si elles sont vraiment incapables de trouver la paix, elle les renvoie dans leurs familles en suggérant que la vie religieuse ne leur convient pas. Maintenant, en ce qui concerne les prétendants de ma sœur, continua-t-elle, avez-vous entendu parler de quiconque se serait disputé ou querellé avec elle ? Ou qui l'aurait critiquée ouvertement ?

— Non, répondit Gerrard avec franchise.

Ses hommes parlaient et plaisantaient sur les femmes

qu'ils fréquentaient, mais Audrey n'en avait jamais fait partie.

— Aucun ragot parmi les soldats ? insista-t-elle.

— Pas sur votre sœur.

— Il existe certainement des gens qui savent quelque chose. Sa servante, peut-être, ou le prêtre du village.

— Martha n'est pas très bien depuis… depuis que ça s'est passé. C'est elle qui a trouvé le corps de votre sœur.

Le visage de Celeste s'adoucit, elle se signa et murmura : « Pauvre femme. »

Mais son air déterminé revint aussitôt.

— Et le prêtre ?

— Audrey n'était pas une nonne.

A la différence de Celeste, Audrey était matérialiste, prête à utiliser tous les moyens en possession d'une belle femme pour obtenir ce qu'elle voulait.

— Certes, mais le prêtre n'était pas non plus un prétendant, objecta Celeste, aussi s'était-elle peut-être sentie libre de lui parler de tout problème qui l'aurait affectée.

Gerrard fronça les sourcils. Il ne pensait pas que s'entretenir avec le père Denzail puisse leur apporter grand-chose. En outre, Celeste risquait d'apprendre des choses déplaisantes sur sa sœur.

— Etes-vous certaine de vouloir le faire ? Duncan MacHeath s'est confessé auprès de Roland, puis il a succombé à ses blessures. Est-il vraiment important de connaître les circonstances exactes de sa disparition ?

— J'ai besoin de savoir s'il y avait derrière la mort de ma sœur un homme furieux et jaloux, répliqua-t-elle avec fermeté. Et ne devriez-vous pas tenter de découvrir s'il y a quelqu'un à Dunborough enclin à pousser au meurtre ? Qui pourrait prévoir de quelles autres exactions un homme pareil serait capable ?

Si un tel homme existait, ce dont Gerrard doutait fort.

Néanmoins, il était également certain que Celeste n'abandonnerait pas jusqu'à ce qu'elle ait parlé au prêtre et à Martha, aussi serait-il inutile de continuer à argumenter avec elle.

Il vaudrait mieux qu'il l'accompagne, surtout pour rendre visite à la servante d'Audrey. Il était persuadé que Celeste s'y rendrait sans escorte, sans se soucier de la distance, et il ne voulait pas qu'elle se promène seule sur les chemins.

— Très bien, céda-t-il. Nous irons d'abord voir le père Denzail, ensuite je vous conduirai chez Martha.

La messe avait déjà commencé quand Celeste et Gerrard arrivèrent à l'église. Celeste s'agenouilla rapidement avec les villageois et essaya de ne pas regarder Gerrard pendant l'office. Il s'était adossé à un pilier, l'air impénétrable, bras croisés et yeux baissés. Comme le reste de sa famille, il ne semblait pas pratiquer. Quel dommage qu'il n'ait jamais eu l'occasion d'apprendre le réconfort que cela pouvait apporter, et l'autre famille que l'on pouvait se créer au sein de l'Eglise.

Malheureusement, le père Denzail n'était sans nul doute pas la personne idéale pour l'encourager à emprunter cette voie. Les cheveux grisonnants, il semblait avoir dans les quarante-cinq ans. Il était plus petit que Gerrard, comme la plupart, légèrement voûté, comme s'il avait passé des jours et des jours au-dessus de l'écritoire d'un scriptorium à copier des manuscrits. Peut-être était-ce le cas, et avait-il plus l'habitude de fréquenter plumes, encre et parchemin que d'inspirer ses ouailles.

Après la fin de la messe et le départ des fidèles, Celeste resta agenouillée en prières. Elle ne désirait pas plus attirer l'attention sur elle en montrant qu'elle était en compagnie de Gerrard. Qu'ils soient arrivés ensemble était bien suffisant pour délier les langues.

Mais, quand elle vit que le prêtre était sur le point de partir, elle se leva et l'appela.

— Mon père !

Le prêtre lui adressa un sourire avenant. Mais elle décela aussitôt qu'il ne semblait pas enchanté de la voir, avant même qu'il ait lancé un rapide coup d'œil inquiet en direction de Gerrard.

— Je suis désolée de vous retarder, mon père. Je suis sœur Augustine, la sœur d'Audrey D'Orleau.

— Ah, oui, j'ai entendu parler de votre arrivée, répondit-il. Cela fait un moment que j'attendais de vous voir à la messe.

Celeste serra les mains et se demanda avec tristesse si mentir à un prêtre était un péché encore plus grave que les autres. Cependant, elle n'avouerait pas que c'était parce qu'elle se sentait coupable de se faire passer pour une religieuse qu'elle s'était tenue à l'écart.

— J'ai été très occupée par la préparation de la vente de la maison, et fort affectée par la mort de ma sœur.

Le visage de l'homme s'adoucit.

— J'ai beaucoup prié pour elle, et des messes ont été dites.

— Je vous remercie, mon père. Je voulais vous demander si Audrey ne vous avait jamais fait part de craintes éventuelles.

— J'aurais préféré qu'elle en eût, répondit-il avec gravité. J'aurais souhaité qu'elle craigne pour le salut de son âme.

Gerrard s'écarta de son pilier et s'approcha du prêtre, l'air farouche.

— On m'a dit que vous rendiez souvent visite à Audrey. J'aimerais savoir pourquoi.

Le prêtre redressa ses épaules voûtées.

— J'essayais de lui faire reconnaître ses erreurs et de la rapprocher de Dieu.

— De Dieu ou de vous-même ?

— Gerrard ! s'écria Celeste.

— Vous voulez la vérité, n'est-ce pas ? lui demanda-t-il en haussant un sourcil.

— Peut-être le père Denzail et moi devrions-nous nous entretenir en privé, répliqua-t-elle, exaspérée par l'hostilité de Gerrard.

Voilà qui n'encouragerait pas le prêtre à lui communiquer des informations.

— Venez, mon père, allons à la sacristie. Nous pourrons y parler seul à seul.

— Ce n'est pas la peine, ma sœur, rétorqua-t-il en se passant la langue sur les lèvres tout en tripotant nerveusement son crucifix. Je n'ai rien à révéler que cet homme ne puisse entendre. Oui, je rendais visite à votre sœur. Je tentais de l'aider à mener une vie plus sérieuse et plus rangée. Elle ne m'a pas écouté, c'est regrettable. En dépit de sa réticence, j'ai fait tout ce que j'ai pu pour être sûr qu'elle trouve le chemin du ciel. Finalement.

— Vous n'avez jamais rien remarqué de bizarre entre elle et Duncan MacHeath ?

— Non, même si je lui ai suggéré qu'un barbare pareil n'était pas pour elle un serviteur convenable. Elle s'est moquée de moi quand j'ai essayé de la mettre en garde, ajouta-t-il sur un ton où perçait la colère.

— Du moins avez-vous essayé, déclara Celeste pour l'apaiser. Personne d'autre n'a agi ainsi.

— J'avoue que j'ignorais que vous étiez si perspicace, mon père, fit remarquer Gerrard, si tant est que vous ayez réellement osé dire une chose pareille à Audrey, ce dont je doute.

Il n'avait nul besoin d'être aussi insolent. Cependant, avant même que Celeste pût lui en faire la réflexion, le père Denzail se montra plus ferme qu'elle ne s'y serait attendue.

— Et je crains que toutes les prières du monde ne sauvent point votre âme souillée, Gerrard !

Le prêtre commença à s'en aller, mais Celeste le retint vivement par le bras.

— Je vous en prie, mon père, j'essaye d'en savoir plus sur ma sœur et sur sa vie. Avez-vous eu vent de querelles qu'elle aurait eues avec d'autres hommes ?

— Ma préoccupation était le salut de son âme, pas les rumeurs et les commérages, rétorqua-t-il.

La dernière remarque de Gerrard ne contribua pas à faire retomber la tension.

— Si vous ne prêtiez pas l'oreille aux commérages, comment avez-vous su que le salut de son âme était compromis ?

Celeste lui lança un autre regard noir, prit le prêtre par le bras et le conduisit un peu à l'écart.

— A propos du salut des âmes, mon père, pensez-vous que Duncan MacHeath se soit suicidé ?

Le prêtre la dévisagea avec surprise.

— L'homme était clairement en commerce avec le diable, mais je n'ai jamais… Je pense qu'il aurait pu, puisque son âme était déjà damnée, comme d'autres que je pourrais nommer, déclara-t-il en regardant Gerrard d'un air mauvais. C'est tout ce que j'ai à dire sur votre sœur ou l'Ecossais. Et quant à vous, jeune vaurien, ajouta-t-il en pointant le doigt vers Gerrard, vous êtes vraiment le fils de votre père !

Sur cette repartie cinglante, le prêtre détala comme un lapin et disparut par la porte de la sacristie.

Gerrard s'était mal comporté, c'était évident, il avait manqué de respect et de courtoisie. Mais le comparer à l'affreux sir Blane était une terrible insulte. Gerrard était encore très loin d'être aussi épouvantable que son père, si jamais il le devenait un jour.

— Il n'aurait pas dû vous traiter ainsi, lui dit Celeste en espérant atténuer quelque peu la dureté de la remarque. Je suis certaine que c'est l'orgueil du père Denzail qui a parlé. Mais vous avez été grossier envers lui et l'avez mis en colère en sous-entendant que ses visites à Audrey obéissaient à des motivations charnelles.

Les yeux noirs de Gerrard qui plongèrent dans les siens auraient tout aussi bien pu être ceux de Roland tant ils étaient de glace.

— Je ne crois pas que ses motivations aient été totalement pures. Un prêtre peut mentir, et vous n'étiez pas présente lors de leurs entretiens. Le temps qu'il a passé auprès de votre sœur lui en a fait négliger d'autres, qui auraient eu besoin de son ministère.

— Tout comme je suis sûre qu'il est possible que le père Denzail ait tenté de l'aider.

Les coins de la bouche de Gerrard se relevèrent en une mimique ironique.

— Comme le prétend une femme qui a vécu dix ans dans un couvent ! lança-t-il. Combien d'hommes avez-vous rencontrés là-bas ? Un ? Deux ?

— De nombreux prêtres sont passés par le couvent durant ces années, cela m'a donné assez d'expérience pour déceler lesquels avaient des intentions malhonnêtes, ceux qui étaient réellement inspirés par Dieu, et ceux qui tentaient d'être vertueux.

Son compagnon croisa les bras, se campa en faisant porter le poids de son corps sur une jambe et prit un air interrogateur.

— Et donc, d'après cette longue expérience, où placeriez-vous le père Denzail ?

L'attitude condescendante de Gerrard commençait à lui faire perdre patience, tout comme son acharnement à dénigrer l'homme d'Eglise.

— Il n'est peut-être pas complètement vertueux, mais ce n'est pas non plus un débauché. Même s'il soupirait après Audrey, cela devait le tourmenter, le conduire à jeûner, prier, peut-être entreprendre un pèlerinage. Son tourment aurait été intérieur et ne se serait pas exprimé vis-à-vis de quelqu'un.

Gerrard fit passer son poids sur son autre jambe, et son expression perdit de son insolence.

— Vous en semblez tout à fait certaine.

— Je pense que nous pouvons tous deux nous accorder sur le fait que je comprends mieux les prêtres que vous, rétorqua-t-elle.

— Je pense mieux comprendre les hommes en général.

— Je suis d'accord sur le fait que vous soyez plus susceptible de comprendre les hommes gouvernés par leurs passions que moi, ironisa-t-elle.

— Vous parlez de la passion comme si c'était une mauvaise chose.

— Comment serait-ce possible autrement, alors qu'elle conduit au péché ? répliqua-t-elle. Regardez à quoi cela a mené MacHeath. Regardez ce que les hommes soumis à leurs désirs d'argent et de pouvoir ont fait pour les obtenir. Les vies que l'avidité a détruites. La souffrance qu'ils infligent à leurs familles et à tout leur entourage.

— Comme mon père. Et comme le vôtre.

Elle ne voulait évoquer personne en particulier. Néanmoins il avait raison.

— Oui, comme nos pères.

— Cependant tous les désirs ne sont pas mauvais, continua Gerrard. Le désir d'une vie meilleure peut être une bonne chose. Où en serions-nous si tous les hommes manquaient d'ambition ou de la volonté d'améliorer leurs vies, de se simplifier les tâches ?

Il s'approcha tout près d'elle.

— Ce n'est pas la passion qui est mauvaise, Celeste, souffla-t-il d'une voix basse et rauque, ni le désir. Cela fait partie de l'amour.

Celeste sentit les pulsations de son cœur l'assourdir. Son corps fut envahi d'une vague de chaleur et d'excitation, accompagnée de crainte. Il était trop près, ses lèvres à quelques centimètres des siennes, avec ses yeux noirs qui semblaient fouiller jusqu'au tréfonds de son âme.

Et dans ses pensées les plus intimes, ses rêves, ses désirs.

Elle recula d'un pas.

— Vous avez dit vouloir m'emmener chez la servante d'Audrey.

— Aujourd'hui ?

— Oui, aujourd'hui.

Quoi que Celeste ait cru voir dans les yeux de Gerrard un instant plus tôt, cela avait déjà disparu.

— Vos désirs sont des ordres, ma sœur, déclara-t-il d'un ton vif en s'inclinant. Attendez-moi ici, je vais chercher des chevaux.

— C'est donc aussi loin pour que nous ayons besoin d'y aller à cheval ?

— Si nous voulons revenir avant le coucher du soleil.

— Alors rejoignez-moi chez moi, je vous prie. Il faut que je finisse d'emballer les robes d'Audrey. Bartholomew et Marmaduke me les ont achetées. Toutes, ne put-elle se retenir de préciser.

— Quel dommage ! lâcha Gerrard d'un ton égal et nonchalant avant de la laisser dans l'église glaciale.

Chapitre 13

Sir Melvin enfila son manteau et se hâta d'aller accueillir dans la cour la visiteuse qui venait d'arriver dans une imposante carriole. « Une grande dame ! » avait annoncé le garçon d'écurie, et un seul regard sur la femme élancée au maintien très digne qui en descendit ne contredit pas cette description.

Une seule chose exceptée.

Le vêtement noir de la femme, son voile sombre et le crucifix doré visible dans l'échancrure de son manteau bordé de renard roux signifiaient que c'était une religieuse.

Son regard autoritaire et sa bouche légèrement dédaigneuse révélaient que ce n'était pas une nonne ordinaire. Et étant donné son âge, que trahissaient ses rides au coin des yeux et de chaque côté de sa bouche, il devina qu'elle était haut placée.

— Je vous salue ! s'exclama-t-il. Bienvenue en mon domaine. Je suis heureux de vous offrir l'hospitalité.

En dépit de cette invitation chaleureuse, la femme le regarda comme s'il n'était qu'un vulgaire crapaud.

— Je suis la mère supérieure de Sainte-Agatha.

Elle se tut ensuite, comme si elle attendait une réponse.

— Ah bon ? fut la seule qui vint à l'esprit de sir Melvin.

— Oui, c'est ainsi, répliqua la femme en se renfrognant.

— Voulez-vous entrer ? proposa-t-il, commençant à sentir le froid à travers son manteau un peu trop fin.

Elle inclina la tête et passa devant lui, le laissant trotter derrière elle comme un chiot obéissant.

Arrivé dans la salle principale, sir Melvin héla la première servante qu'il croisa.

— Allez prévenir ma femme que nous avons une révérende mère chez nous et faites apporter du vin, murmura-t-il de manière impérieuse. Du bon vin, et du pain s'il est prêt. Peut-être aussi du fromage. Ou des pommes. Non, les deux ! ajouta-t-il avant d'ôter son manteau.

La mère supérieure portait encore le sien. En fait, elle donnait l'impression de s'être drapée dedans comme pour se protéger de toute contagion.

Se frottant les mains, et un peu plus sûr de lui maintenant qu'il était dans sa maison, sir Melvin s'approcha d'elle avec son sourire avenant habituel.

— Puis-je prendre votre manteau ? demanda-t-il.

— Pas encore.

— Voulez-vous vous asseoir ? proposa-t-il, un peu refroidi, en lui indiquant leur plus belle chaise, installée près de la cheminée.

Elle y prit place et le détailla avec les yeux les plus noirs et les plus froids qu'il ait jamais vus.

— Mes servantes et moi souhaiterions votre hospitalité pour la nuit.

— Ah ? Oui, bien sûr, vous êtes les bienvenues ici. Je suis certain que mon épouse et moi ne serons que trop…

— J'ai aussi besoin d'informations. J'ai appris qu'une femme vêtue d'un habit de religieuse était venue ici récemment. Elle était sur la route de Dunborough, je crois.

— Je… euh… c'est-à-dire…

Sir Melvin n'était pas homme d'intrigues, car il était profondément honnête. Néanmoins, il n'avait guère envie de lui répondre, même s'il était à peu près sûr de savoir de qui il s'agissait.

— Nous offrons souvent le couvert aux gens qui sont sur la route de Dunborough, commença-t-il. Nous avons récemment eu l'honneur d'offrir l'hospitalité au nouveau seigneur et à sa charmante épouse, sir Roland, vous avez peut-être entendu parler de lui ? Sa femme est ravissante, ravissante ! Charmante et belle ! Et gentille ! Il a vraiment beaucoup de chance.

— Je ne me suis pas arrêtée ici pour discuter des mérites de sir Roland et de sa femme, répliqua la mère supérieure dun ton cinglant. Je désire savoir si vous avez hébergé une voleuse, qui prétend être une religieuse.

Il avait pensé que la jeune beauté était une fugitive, et en cet instant plus que jamais il sympathisait avec quiconque aurait cherché à échapper à cette horrible femme. Mais une voleuse… c'était différent.

Cependant il hésitait toujours à répondre.

La mère supérieure se leva.

— Si vous l'avez fait et que vous refusez de me l'avouer, ce sont les flammes de l'enfer qui vous attendent, menaça-t-elle.

— Vous devez accorder votre pardon à mon mari, comme je suis certaine que Dieu le fera, intervint lady Viola en pénétrant dans la pièce. Il fait preuve d'une grande compassion envers les êtres en détresse.

Sir Melvin avait rarement été aussi soulagé de voir son épouse, d'autant plus qu'elle avait sorti sur-le-champ toutes ses griffes face à cette visiteuse autoritaire et impolie. S'il existait quelqu'un qui pouvait mater une harpie, c'était bien sa Viola.

— Qu'a volé cette personne, au juste ? s'enquit-elle.

— Cela ne vous regarde pas vraiment, répliqua l'abbesse. Le vol est le vol, et c'est un péché. Elle doit être retrouvée et châtiée.

— Eh bien, il est donc regrettable que nous ne sachions pas où elle est allée, répondit Viola avec calme.

Sir Melvin faillit s'étrangler.

— Elle nous a dit qu'elle se rendait à Dunborough, mais je doute qu'un voleur en fuite révèle où il se rend.

Ce serait stupide, n'est-ce pas ? continua Viola. Et cette jeune femme était loin d'être stupide. Elle a également affirmé être la sœur d'Audrey D'Orleau. J'imagine qu'elle a menti aussi là-dessus. Si elle était réellement sa sœur, elle se serait rendue à Dunborough dès qu'elle eût appris le décès de celle-ci, et non des semaines plus tard. A moins, bien sûr, que quelque chose ou quelqu'un ne l'eût empêchée d'avoir connaissance de son terrible destin.

Le visage de la mère supérieure devint tellement cramoisi que sir Melvin eut envie d'applaudir. Cette horrible femme avait bien mérité de se faire remettre à sa place, elle qui avait sans doute caché la mort de sa sœur à cette charmante et douce jeune fille.

L'abbesse se drapa dans son manteau.

— Maintenant que j'ai obtenu l'information que je désirais, je vais reprendre ma route.

— Oh ? vous ne resterez donc pas cette nuit ? demanda Viola mollement, pour l'unique raison que les règles de l'hospitalité l'y obligeaient.

— Certainement pas ! lança la mère supérieure avant de se diriger vers la sortie.

Quand elle fut dans la cour, on l'entendit hurler pour demander que sa carriole soit avancée sur-le-champ.

Une servante apparut avec un plateau chargé de vin, de pain et de pommes. Sir Melvin s'empara d'un gobelet et avala une grosse goulée réconfortante du précieux nectar.

— Dieu miséricordieux, je suis bien content qu'elle soit partie !

— Et Dieu vienne en aide à sœur Augustine, ou qui qu'elle soit, ajouta Viola en le rejoignant devant la cheminée, après avoir pris un morceau de pain.

— Peut-être devrions-nous envoyer un message à Dunborough. Un cavalier rapide pourrait y arriver aujourd'hui. Avec sa carriole, cette femme mettra encore une bonne journée.

— J'oserais suggérer que notre visiteuse n'ignorait

pas que la mère supérieure la pourchasserait ou enverrait quelqu'un pour la retrouver. Je pense qu'elle a déjà dû s'enfuir.

— Tu as raison, comme toujours, ma chérie.

— Je crois en revanche qu'une lettre à l'évêque en charge de Sainte-Agatha s'impose. Il n'y a aucune excuse pour garder secrète la mort d'un membre de la famille aux sœurs d'un couvent. Et j'imagine que cette harpie est loin d'être tendre avec les novices qui lui sont confiées.

— Très bonne idée, ma chère, approuva sir Melvin en tapotant la main de sa femme bien-aimée.

Celeste leva la tête en entendant quelqu'un se racler légèrement la gorge. Elle était en train d'emballer dans le grand coffre la dernière robe d'Audrey, celle en soie écarlate, ainsi que la tapisserie et les rideaux de lit. Quand ce serait fait, elle n'aurait plus jamais à les voir.

— Lewis est en bas, et il souhaite vous parler, annonça Lizabet depuis le seuil.

Ce n'était donc pas Gerrard, conclut Celeste en refermant le coffre. Elle s'était demandé combien de temps cela lui prendrait d'aller de l'église aux écuries du château pour y faire seller deux chevaux. Apparemment, plus longtemps qu'elle ne le pensait.

A moins que quelque chose ne se soit produit là-bas qui aurait empêché Gerrard de revenir. Peut-être avait-il décidé de ne pas l'emmener chez la servante, finalement, ou que c'était inutile. Ou qu'ils ne disposaient pas d'assez de temps pour faire l'aller-retour avant la nuit. Si tel était le cas, il aurait pu la faire prévenir, c'était la moindre des choses.

— Ces coffres et ces boîtes sont prêts pour Bartholomew et Marmaduke, annonça Celeste en se redressant. Ils devraient venir les chercher un peu plus tard.

— Vous ne serez donc pas là, ma sœur ?

— Peut-être pas. Gerrard et moi avons prévu d'aller voir Martha.

Lizabet ouvrit de grands yeux, comme si aller voir l'ancienne servante d'Audrey lui semblait une idée déplacée.

— Y aurait-il une raison pour que je n'y aille pas ? demanda Celeste.

— Je pense que ça ne pourra pas lui faire de mal, assura Lizabet, mais la pauvre femme ne va pas bien depuis la mort de votre sœur. Elle ne reviendra jamais à Dunborough, même l'appât du gain n'y suffirait pas.

Celeste fut soulagée d'entendre que l'hésitation de Lizabet était due à sa sollicitude pour la servante et n'avait rien à voir avec Gerrard.

— Je prendrai soin de la ménager, promit Celeste à Lizabet.

— Puis-je faire autre chose pour vous, ma sœur ?

— Vous pouvez nettoyer et ranger un peu, si vous voulez, et préparer un potage. Je ne sais pas quand nous rentrerons, lui répondit Celeste avant de descendre voir ce qui amenait Lewis.

— Bonjour, ma sœur, dit-il avec un sourire timide en avançant de quelques pas.

Il lui tendit un petit paquet de forme allongée, enroulé dans une pièce d'étoffe.

— Je vous ai apporté des bougies.

— Comme c'est gentil !

Elle commença à déballer le paquet.

— Oh ! Lewis, elles sont de trop bonne qualité pour moi ! s'exclama-t-elle en découvrant cinq bougies en cire d'abeille joliment façonnées.

C'était la meilleure qualité que l'on puisse se procurer, bien trop chères pour qu'elle les accepte, même si elles éclaireraient bien mieux qu'une chandelle et l'aideraient dans ses recherches nocturnes pendant le court laps de temps qui lui restait.

Le garçon rougit et rayonna à la fois.

— Pas du tout, ma sœur ! se récria-t-il.

— Remerciez aussi votre père, je vous prie, ajouta-t-elle, persuadée que le présent venait aussi de sa part, et elle soupçonna Norbert de chercher ainsi à s'attirer ses faveurs.

Cependant, en entendant ces mots, Lewis se renfrogna et prit un air buté.

— Elles sont de ma part, ma sœur. Mon père n'offrirait rien de cette sorte à quiconque.

Elle resta un instant perplexe, cherchant que répondre à cela.

— Alors merci à vous, Lewis, déclara-t-elle.

Il balaya la pièce du regard.

— Allez-vous aussi vendre les meubles ?

— Oui, il faut que je rembourse les dettes d'Audrey, y compris ce qu'elle devait à votre père, et je n'aurai pas besoin de meubles là où j'irai.

— Vous retournez donc vraiment au couvent ?

— Oui.

Le regard du jeune homme se fit plus intense.

— Mon père voulait épouser votre sœur. Il s'est mis très en colère quand elle a refusé. Après sa mort, il a dit ne pas être surpris qu'elle eût été assassinée, qu'elle l'avait bien cherché, après avoir joué ainsi avec le cœur des hommes. Selon lui, il n'y en avait pas un seul qu'elle n'eût tenté de séduire, même le père Denzail.

C'était exactement ce qu'avait soupçonné Celeste. Duncan MacHeath n'était pas le seul homme de Dunborough à nourrir des griefs vis-à-vis de sa sœur. Il avait peut-être simplement été le seul à recourir à la violence. Et il semblait que Gerrard eût raison à propos du père Denzail.

— Je n'aurais jamais raconté une chose pareille et je l'aurais crue encore moins, si je n'en avais pas été témoin, continua Lewis.

Afin de s'accorder un moment de réflexion, Celeste

entreprit de placer une bougie dans le chandelier et de le disposer au centre de la table.

— Ewald voulait l'épouser aussi, mais elle l'a également éconduit. D'autres encore ont demandé sa main, des hommes indignes de seulement effleurer l'ourlet de sa robe.

Celeste allait lui demander qui étaient ces hommes quand Norbert, visiblement courroucé, apparut sur le seuil.

— Lewis ! Que fais-tu ici ? aboya-t-il.

Le jeune homme sursauta comme si une flèche venait de lui transpercer la poitrine.

Celeste s'interposa et se plaça devant cet homme qui avait apparemment médit sur Audrey alors qu'il était tout miel avec elle.

— Il est venu m'offrir un présent, expliqua-t-elle.

Norbert évalua d'un coup d'œil les bougies sur la table et celle dans le chandelier.

— Tu lui as donné…

Il inspira profondément mais, en dépit de ses efforts pour recouvrer son calme, son visage trahissait l'étendue de sa rage, rappelant douloureusement à Celeste la tyrannie dont un père ou un mari était capable.

— Je lui en suis extrêmement reconnaissante, reprit Celeste pour essayer de l'apaiser. Je rapporterai celles que je n'aurai pas utilisées au couvent et les offrirai à notre ordre.

— Je vous en prie, répliqua Norbert avec un sourire pincé, le regard furibond. Viens, Lewis, nous ferions mieux de retourner à la boutique.

— Un moment, ajouta-t-elle, vous ne m'avez jamais dit combien vous devait Audrey.

— Dix marks, à peu près, répondit Norbert. Bien évidemment, si vous me vendiez la maison…

Jamais ! Jamais elle ne vendrait la maison à cet homme.

— Je ne dispose pas encore de cette somme, mais je l'aurai avant de quitter Dunborough.

Sans un mot, Lewis, visiblement très embarrassé, se

coula vers la porte et se faufila dehors, tandis que Norbert lui adressa un signe de tête en lui souhaitant une bonne journée. Puis il prit congé.

Elle aurait voulu récurer le sol à l'endroit où il s'était tenu.

Comment avait-il pu s'imaginer qu'Audrey l'épouserait ? La seule chance qu'il aurait eue avec elle, ça aurait été d'être roi, et encore, ce n'aurait été qu'une maigre chance, même en dépit de l'ambition démesurée d'Audrey. Tous les hommes étaient-ils fats et égoïstes ? C'est ce qu'il lui semblait. Elle serait heureuse de retourner à la sérénité d'une vie quotidienne de prières, de contemplation et de service au couvent.

Un cri de douleur s'éleva du jardin.

Celeste se précipita à l'extérieur et découvrit Norbert le poing levé, au-dessus de Lewis, recroquevillé sur le sol, le bras sur la tête afin de se protéger des coups de son père.

— Arrêtez ! cria-t-elle en se précipitant vers eux.

Rouge de colère, Norbert abaissa son bras.

— Je ne devrais pas avoir à faire la leçon à mon fils, se défendit-il, et il ne devrait pas prendre des choses sans permission. Il n'avait pas non plus l'autorisation de quitter la boutique. Il y a beaucoup de monde aujourd'hui, et il devrait être là-bas.

— S'il y a tant de clients, n'est-ce pas plutôt vous qui devriez tenir votre commerce ? fit remarquer Celeste en aidant le jeune homme à se relever, écœurée par cette violence.

Lizabet était sortie pour apporter son manteau à Celeste. Une famille en route pour le marché s'arrêta pour les regarder, et divers passants sur le chemin ralentirent pour assister à la scène qui se déroulait dans le jardin.

Celeste ignora les spectateurs et reporta son attention sur Norbert.

— Puisque Lewis m'a offert les bougies à votre insu, et sans votre approbation, je serai heureuse de vous les retourner ou de les payer en même temps que les dettes d'Audrey.

Norbert jeta un coup d'œil au rassemblement de badauds curieux qui augmentait et prit un air contrit.

— Non, non, ma sœur, ce ne sera pas nécessaire. Vous pouvez les garder, comme un cadeau de ma part.

— Et quant à vous, Lewis, reprit-elle à l'intention du jeune homme, à l'avenir je vous suggère de demander la permission avant de faire ce genre de choses.

— Mais je l'ai fait ! affirma-t-il à la surprise de Celeste, et ce vieux grippe-sou a refusé.

— Oh ! toi… ! s'écria son père en levant de nouveau la main sur lui.

Celeste s'interposa vivement pour l'empêcher de le frapper. Mais le coup l'atteignit rudement à l'épaule, et elle tomba un genou à terre.

A cet instant, la voix de Gerrard retentit dans le jardin.

— Portez encore une fois la main sur elle et, par Dieu, je vous la coupe moi-même !

Chapitre 14

Son épée se balançant contre sa hanche, Gerrard les rejoignit à grandes enjambées. Le marchand de bougies parut soudain au bord l'évanouissement et à raison recula de plusieurs pas, car l'apparition du commandant de la garnison visiblement ulcéré était plus que terrifiante. Lewis tituba mais ne chercha pas à intervenir, ni aucun badaud d'ailleurs.

Fou de rage, Gerrard tira son épée du fourreau et en appuya la pointe contre la poitrine du marchand tremblant.

— Alors, Norbert, assena-t-il d'un ton implacable, qu'est-ce qui vous a donné le droit de frapper cette femme ?

— Je ne voulais pas la frapper, gémit celui-ci, écartant les bras en signe de reddition, elle s'est interposée.

— Parce qu'il allait encore frapper son fils et que je ne le permets pas, expliqua Celeste en s'approchant.

Elle était furieuse contre Norbert, mais essayait de garder son calme, de crainte d'enflammer Gerrard plus encore.

— Il a volé dans ma boutique ! couina Norbert en direction des spectateurs de la scène pour tenter de gagner leur soutien. Si un père ne peut plus avoir d'autorité sur son propre fils…

Personne n'intervint en sa faveur, ni ne le considéra avec sympathie. Certains commencèrent à quitter les lieux, d'autres restèrent en retrait, de toute évidence curieux d'assister à la suite. Norbert se tut quand il comprit qu'il n'obtiendrait aucun soutien et vit l'air impitoyable de

Gerrard. Le marchand n'avait peut-être pas entendu parler de la façon dont sir Blane disciplinait ses fils. Celeste, quant à elle, ne l'ignorait pas et n'était nullement étonnée que Gerrard intervienne alors que Norbert s'apprêtait à frapper son fils.

Tremblant, Norbert leva les mains en un geste de supplication.

— J'étais furieux, ce garçon doit apprendre qu'il ne peut pas se servir à volonté dans la boutique, plaida-t-il.

Gerrard baissa lentement son épée, mais ne la rangea pas dans son fourreau.

— Dois-je le jeter dans les geôles du donjon et le faire traduire devant la justice du roi ? demanda-t-il froidement à la ronde.

Lewis devint blanc comme un linge.

— Gerrard, je vous en prie, murmura-t-elle en posant sa main sur son bras, dans l'espoir qu'il ne pensait pas vraiment ce qu'il disait.

Il se tourna vers elle et la dévisagea comme si elle n'était qu'un gnome minuscule qui aurait osé ouvrir la bouche, et pas la femme qu'il avait embrassée avec passion. Ou une nonne.

Les sourcils froncés et la bouche pincée, il reprit la parole.

— Si Norbert souhaite donner une leçon à son fils, pourquoi ne pas lui montrer les conséquences légales d'un vol ?

— Je veux bien payer les bougies, intervint-elle.

Mais l'expression de Gerrard ne bougea pas, et il ne sembla même pas remarquer la pression de sa main sur son bras.

— Je suis certaine qu'il a retenu la leçon, et vous pouvez vous montrer clément, implora-t-elle en le serrant un peu plus fort, ce qui lui fit ressentir toute la force de ses muscles contractés.

Gerrard ne lui répondit pas, mais s'adressa à Lewis.

— As-tu compris qu'il est mal de voler ?

— Oui ! s'écria le garçon en se mettant à genoux, presque en larmes. Oui, je vous promets que oui !

— Et vous, Norbert ? ajouta Gerrard en foudroyant l'homme du regard, avez-vous compris que vous ne devrez jamais recommencer à frapper une femme tant que vous vivrez à Dunborough ?

Le marchand hocha aussitôt la tête et se recula de quelques pas.

— Oui !

— Bien, déclara Gerrard, parce que si vous recommencez vous vous retrouverez au fin fond du donjon de Dunborough.

Norbert était au bord du malaise.

Celeste lâcha le bras de Gerrard.

— Et s'il frappe son fils ? demanda-t-elle.

Gerrard garda son expression de dureté impénétrable.

— Son fils est son affaire, jusqu'à ce qu'il soit en âge d'être indépendant.

— Mais vous, plus que tout autre…

Il leva la main pour la faire taire et, quand il reprit la parole, ce fut en dévisageant avec attention le pâle jeune homme.

— Evidemment, si Lewis décide de quitter la maison de son père et de chercher à assurer ailleurs sa subsistance, aucune loi ne peut l'obliger à rester, reprit-il d'un air moins dur et adoptant un ton plus compatissant, comme le Gerrard qu'elle désirait qu'il soit. Le commandant du château serait heureux d'avoir un homme tel que lui à son service.

Lewis se redressa, rayonnant, comme si on lui avait tendu les clés du paradis. Celeste eut l'impression que le héros de son enfance était revenu, même si aujourd'hui il ressemblait plus à son frère qu'au garçon de ses souvenirs.

— Je serais heureux d'être un soldat de votre garnison, messire ! s'écria Lewis, très excité.

Gerrard le détailla des pieds à la tête, puis finit par rengainer son épée.

— Sais-tu lire et écrire ?

— Euh… oui, messire.

— Bien. J'ai plus besoin d'un serviteur versé dans ces choses-là que d'un nouveau soldat.

Sa déception avait beau se lire sur son visage, Lewis hocha la tête.

— Je serai heureux de vous servir au mieux.

Norbert, même s'il était toujours apeuré, et peut-être parce qu'il s'était reculé à bonne distance, ne put néanmoins s'empêcher de réagir.

— Que vais-je faire, sans mon fils pour m'aider ?

— Cela ne me concerne pas, répliqua Gerrard, de nouveau de glace. Je vous suggère de retourner dans votre boutique et de vendre vite quelques bougies, au cas où vous vous rendriez compte qu'il vous faut de l'argent pour payer un employé.

Il éleva la voix afin que les quelques badauds encore présents puissent l'entendre.

— Si j'apprends qu'une femme ou un enfant est maltraité dans le village de Dunborough, le responsable aura affaire à moi.

Norbert s'étouffait de rage. Néanmoins, il ne dit mot en quittant le jardin, bousculant les spectateurs qui se tenaient à la porte.

Gerrard se détendit, relâchant la tension dans ses épaules.

— Rends-toi aux cuisines du château, Lewis, déclara-t-il d'un ton calme mais toujours ferme, et va trouver Peg. Explique-lui qu'il te faut un endroit où dormir et des couvertures pour la nuit. Et sache ceci : si jamais tu oses me voler, tu le regretteras !

— Jamais je ne vous volerai ! s'écria-t-il en rougissant.

— Alors tu peux partir.

— Oui, messire. Merci.

Lewis se tourna vers Celeste et lui adressa un sourire heureux.

— Merci, ma sœur. Si vous n'étiez pas intervenue…

— Il n'est nul besoin de me remercier, protesta-t-elle, distraite par la présence du puissant guerrier à ses côtés, qui s'était montré charitable et juste.

Mais elle avait également perçu toute la rage qui l'habitait et savait comment un homme peut tyranniser sa maisonnée.

— Mais si, je veux vous remercier ! s'exclama Lewis, je…

Il se tut brusquement et devint écarlate avant de détaler en direction du château, à travers la foule qui se dispersait.

— Vous tous, vous feriez mieux d'aller vaquer à vos occupations ! lança Gerrard à ceux qui restaient et qui quittèrent aussitôt les lieux sans se faire prier.

Celeste aperçut alors le cheval blanc de Gerrard attaché à un poteau de la clôture, à côté d'un cheval de selle à la robe de couleur bai. Pour elle, sans aucun doute.

— Avons-nous encore le temps d'aller voir Martha aujourd'hui ? demanda-t-elle avec prudence.

— Oui, si vous le voulez toujours, répondit-il, impassible, sans rien trahir de ses pensées.

Elle n'avait pas particulièrement envie de chevaucher, et la journée avait déjà apporté son lot d'événements, mais plus vite elle verrait la servante, plus vite elle obtiendrait les réponses qu'elle souhaitait.

— Oui, bien sûr, affirma-t-elle.

Gerrard repartit vers la porte du jardin, et Lizabet se hâta de passer le manteau de Celeste sur ses épaules. Celle-ci dut ensuite courir pour le rattraper, car il n'avait pas pris la peine de l'attendre.

— Voici Daisy, le cheval de votre sœur, expliqua-t-il quand elle le rejoignit, sur un ton qui laissait à penser que rien ne s'était passé à l'instant.

Il flatta l'encolure de l'animal placide à côté de sa monture fringante, qui s'impatientait.

— J'ai pensé que vous préféreriez monter son cheval.

Daisy semblait très calme, surtout si elle la comparait au cheval de Gerrard, qui ne tenait pas en place ; cependant Celeste avait très peu monté dans sa vie. Et ces quelques rares occasions ne suffisaient pas à lui donner assez confiance en elle. Néanmoins, elle y était obligée.

— Avez-vous besoin d'aide ? demanda Gerrard.

— Oui, se résolut-elle à avouer, même si cela signifiait que Gerrard devrait la toucher.

Elle s'était rendu compte qu'à chaque fois que leurs corps se trouvaient en contact son cœur se mettait à battre plus vite, et qu'une sensation certainement de l'ordre du péché l'envahissait. Il fallait qu'elle contrôle ses sentiments déplacés, car elle craignait de ne pouvoir monter en selle sans son assistance.

Par bonheur, il ne la toucha pas. Il se plaça à côté de la jument et joignit les mains en coupe pour lui ménager un marchepied. Puis, quand elle saisit le pommeau de la selle, il la souleva. Et elle réalisa aussitôt que ce n'était pas si simple d'enfourcher un cheval en levant haut la jambe par-dessus sa croupe.

Elle y parvint néanmoins et, une fois installée, reprit sa respiration.

— J'imagine que vous n'avez pas beaucoup monté, dit-il en caressant le cou de la jument.

De nouveau elle fut incapable de deviner ce qu'il pensait vraiment, à son grand désarroi.

— N'ayez crainte, Daisy est une jument très douce.

— Je suis soulagée de l'apprendre, répondit-elle en essayant d'être aussi calme que sa monture et impassible que Gerrard. Nous y allons ?

Elle prit les rênes et, quand Daisy partit au pas, Gerrard enfourcha son étalon et vint chevaucher à sa hauteur.

La dernière fois qu'elle avait emprunté cette route,

c'était pour se rendre à Dunborough, et elle était installée à l'arrière d'une carriole appartenant à un fermier. Certains détails du paysage lui étaient familiers : la petite colline sur sa droite ; la forêt de pins sur la gauche, qui embaumait l'air ; le ruisseau étroit et le chemin qui y conduisait. Elle avait froid, était inquiète mais surtout bouleversée par la mort de sa sœur et se demandait ce qu'elle trouverait à Dunborough, plutôt que de se préoccuper de son propre confort.

Et elle n'avait pu s'empêcher de penser à Gerrard. Se trouvait-il encore là ? Etait-il encore le gai compagnon au grand cœur si généreux dont elle se souvenait ou le débauché lascif et égoïste qu'avait décrit Esmeralda ? Et était-il toujours aussi beau ?

Celeste coula un regard oblique à l'homme à ses côtés. Oh oui, il était encore plus magnifique que dans son souvenir ! Et elle ne put s'empêcher de prêter attention au mouvement de ses hanches accordé au rythme des pas de son cheval, la conduisant vers des pensées bien éloignées du monde spirituel.

Ce en quoi elle avait tort.

Ne venait-elle pas d'avoir un exemple du genre de détresse qu'un homme en colère pouvait engendrer ? Mieux valait le couvent que la férule d'un homme.

Ils savaient tous deux ce que c'était que d'avoir des parents cruels. Au moins, elle avait eu Audrey, et lui Roland, même si les deux frères se querellaient sans cesse. Lewis était seul.

— Vous avez fait preuve d'une grande bonté en offrant à Lewis une place au château.

Cette fois, quand Gerrard répondit, elle put constater qu'il était toujours furieux.

— Je n'apprécie pas les hommes qui battent leurs fils, et Norbert est un vilain bonhomme.

Celeste faillit rapporter à Gerrard l'opinion de Norbert

sur Audrey, puis se ravisa. Elle ne voulait pas l'énerver plus encore aujourd'hui.

— Certes, mais c'était généreux de votre part, et je veux vous en remercier.

— Je ne suis pas si généreux que vous le pensez. J'ai besoin d'un secrétaire.

— Quels que soient vos besoins, vous l'avez quand même tiré des griffes de son père.

Comme ils auraient aimé avoir un protecteur de cette sorte quand ils étaient petits ! songea Celeste.

— Je suis certaine qu'il vous est réellement reconnaissant, tout comme moi, ajouta-t-elle.

Gerrard fit un bref sourire.

— Alors je suis d'autant plus heureux de l'avoir fait.

Elle sourit aussi et se détendit à ses côtés. Trop, peut-être, quand elle se souvint du but de leur sortie. Elle n'aurait pas dû se sentir soudain guillerette, alors qu'ils allaient chercher à élucider les raisons de la mort de sa sœur.

— Les jours de notre enfance vous manquent-ils ? lui demanda-t-il abruptement.

— Parfois, avoua-t-elle.

Gerrard se rappelait-il aussi avoir joué dans ces bois qu'ils longeaient ? Audrey et elle y avaient souvent trouvé refuge, et elle s'y plaisait encore plus lorsque Gerrard les rejoignait.

— Audrey me manque beaucoup. J'imagine que vous trouvez cela étrange, alors que je suis partie depuis tant d'années, mais lorsque je pensais à elle au couvent la solitude était moins difficile à supporter.

Il hocha la tête et prit un air pensif.

— Même lorsque j'étais persuadé de haïr Roland, je l'aurais terriblement pleuré s'il avait rencontré un sort funeste.

— Vous êtes réellement amis aujourd'hui ?

— Plus amis qu'ennemis, répondit-il, sans cela il ne

m'aurait pas nommé commandant de la garnison et ne m'aurait pas offert…

Elle se demanda pourquoi il s'était interrompu si brusquement, jusqu'à ce qu'il se tourne vers elle pour terminer.

— Il m'a offert Dunborough, murmura-t-il.

Chapitre 15

Celeste fut tellement stupéfaite qu'elle tira trop fort sur les rênes et fit hennir Daisy.

— Faites attention ! la prévint Gerrard en se penchant pour saisir la jument par la bride, Daisy est douce, mais elle peut se montrer imprévisible.

Celeste fut heureuse qu'il l'eût retenue. Elle avait failli tomber, à la fois à cause de sa surprise et de l'écart de la jument.

— Ai-je bien entendu ? Roland vous a offert Dunborough ?

Gerrard hocha la tête.

— Oui. Il possède le domaine de Delac, grâce à sa femme, aussi est-il désireux de me laisser Dunborough. Le roi doit encore donner son approbation, mais Roland pense qu'il sera certainement ravi de s'assurer ainsi que mon frère disposera de moins de terres et donc de moins de pouvoir.

D'après ce qu'elle avait entendu dire du roi, elle trouva cet argument plus facile à croire que le fait que Roland cède de son plein gré ses droits sur le domaine de leur famille.

Gerrard la regarda d'un air solennel.

— C'est la pure vérité, je vous l'assure.

Elle finit par le croire, et sa joie remplaça ses doutes.

— Vous aurez donc ainsi ce à quoi votre cœur aspire depuis toujours, Gerrard ! Je suis heureuse pour vous.

— Je n'ai pas encore décidé si j'acceptais l'offre de Roland.

Elle tira de nouveau sur ses rênes et, quand il arrêta Snow également, elle le considéra avec incrédulité.

— Pourquoi ne l'accepteriez-vous pas ?

— Cela signifierait lui être redevable pour le reste de ma vie.

— C'est donc votre orgueil qui vous en empêche ?

Il reprit aussitôt un air inflexible.

— Mon orgueil, comme vous le qualifiez, est l'une des seules choses que je possède.

— Mais… Dunborough, Gerrard !

— Oui, Dunborough, grommela-t-il en mettant son cheval au pas, et tout ce qui va avec.

Ils dépassèrent encore des bosquets d'arbres, des rochers et des sentiers au départ de la route qu'elle reconnaissait. C'était la fin de la forêt de pins, et bientôt la lande s'étendrait devant eux.

— J'en déduis donc que vous ne vous querellerez plus avec votre frère, reprit-elle enfin.

Il soupira et à sa grande surprise se mit à rire doucement, d'un rire bas et grave aussi séduisant que sa voix.

— Je pense que nous nous disputerons toujours à propos de quelque chose. Provoquer Roland est la seule manière de lui faire avouer ce qu'il a sur le cœur. Sans cela, il est telle une forteresse impénétrable, si vous vous en souvenez.

Elle se rappelait en effet la réserve de Roland, et la réponse de Gerrard éclairait soudain bon nombre de leurs disputes. Néanmoins…

— Il y a certainement une autre manière pour qu'il exprime ses opinions, objecta-t-elle.

— S'il existe une autre façon de lui faire révéler ses pensées, il me reste encore à la découvrir.

— Vous trouverez un jour, j'en suis convaincue.

— Cela semble compter pour vous.

— Mais oui. Je voudrais que vous et Roland soyez apaisés et viviez en bonne intelligence l'un avec l'autre.

Il lui coula un regard en biais.

— Roland est très heureux. Grâce à sa femme.

— Alors, peut-être que lorsque vous serez marié…

Elle se tut et regarda droit devant elle. Elle ne voulait pas se figurer Gerrard marié, avec une épouse à chérir.

— Je connaîtrai la même félicité ? termina-t-il pour elle. Autant que vous lorsque vous serez retournée dans votre couvent ?

— Je serai très bien là-bas, trancha-t-elle d'un ton ferme.

Parce que ce serait ainsi, une fois que la mère supérieure serait partie, songea-t-elle.

Néanmoins, elle préféra changer rapidement de sujet.

— Sommes-nous encore loin de chez Martha ?

— C'est au prochain tournant.

Ils chevauchèrent en silence, perdus dans leurs pensées respectives, jusqu'à ce qu'ils se trouvent devant un jardin clôturé où était blotti un petit cottage en pierre avec un toit en ardoise. Il y avait un banc à côté de la porte, et quelques poulets grattaient la poussière près d'un modeste poulailler.

— C'est ici, annonça Gerrard, avant de froncer les sourcils. Je dois vous avertir que Martha a tendance à s'énerver très vite.

— Alors il serait peut-être préférable que je m'entretienne seule avec elle, suggéra Celeste.

Gerrard se renfrogna plus encore.

— Je ne crois pas que ce serait vraiment judicieux. Elle peut aussi se montrer plutôt… véhémente.

— Vous pensez qu'elle pourrait tenter de m'agresser ? demanda Celeste, incrédule.

— Qui peut dire de quoi est capable une femme dans cet état ? dit-il en haussant les épaules.

— Très bien, acquiesça Celeste en hochant la tête. Nous lui parlerons ensemble.

Gerrard descendit de sa monture et passa les rênes de Snow autour du poteau de la porte du jardin.

Celeste resta en selle. La dernière fois qu'elle avait monté elle était encore enfant, et c'était son père qui l'avait prise dans ses bras pour lui faire mettre pied à terre.

Gerrard la dévisagea d'un air interrogateur.

— Avez-vous changé d'avis ?

— Je ne sais pas trop comment descendre, avoua-t-elle.

Si Gerrard trouva cela amusant, Dieu merci il ne le montra pas.

— Posez vos mains sur mes épaules et penchez-vous sur moi le plus possible, se contenta-t-il simplement de lui indiquer.

Elle s'exécuta, et il la prit par la taille.

— Maintenant laissez-vous glisser, je vais m'assurer que vous atteigniez le sol sans encombre.

Il la maintint fermement jusqu'à ce qu'elle se retrouve sur la terre ferme.

Il devait même être encore plus fort qu'elle ne l'imaginait.

Elle avait toujours les mains sur ses épaules, et lui les siennes autour de sa taille. Ils étaient assez proches pour un baiser.

Elle avait envie de l'embrasser. Et lui semblait partager ce désir, mais attendait visiblement la permission.

— Celeste, je…, commença-t-il d'une voix douce, presque implorante.

— Gerrard, murmura-t-elle, je vous en prie… non.

S'il l'embrassait de nouveau, elle ne pourrait résister. Qu'adviendrait-il ensuite ? Il ne lui avait rien demandé, ni rien promis.

Il se recula brusquement, aussi cramoisi qu'elle imaginait l'être elle-même en raison de la honte brûlante qui l'avait envahie.

Il ouvrit la porte sans un regard vers elle, et un énorme chien noir hirsute déboula aussitôt vers lui du fond du jardin en aboyant bruyamment, tout en montrant les dents comme s'il était prêt à attaquer.

Avec un petit cri, Celeste se précipita derrière Gerrard, qui dégaina son épée.

Un vieil homme vêtu d'une tunique en laine et d'un pantalon maintes fois rapiécés, chaussé de bottes déformées, apparut à la porte du cottage.

— Blackie, assis ! cria-t-il.

Le chien cessa aussitôt d'aboyer et s'assit sur-le-champ.

— Je vous demande pardon, messire, il est prompt à réagir, notre Blackie.

— C'est une qualité appréciable pour un chien de garde, répondit Gerrard en replaçant son épée dans son fourreau.

Le soldat ombrageux était de retour, le tendre soupirant avait disparu, peut-être pour toujours.

S'il doit en être ainsi, songea Celeste alors qu'ils traversaient le jardin, Gerrard faisant rempart de son corps entre le chien et elle.

— Voici la sœur d'Audrey D'Orleau..., commença Gerrard.

— Oh ! la petite Celeste, n'est-ce pas ? s'exclama le vieillard avec un grand sourire édenté. Tu ne te souviens pas de moi ?

Bien sûr qu'elle se souvenait de lui ! C'était l'un des charretiers de son père, qui livrait entre Dunborough, York et Londres. Il lui rapportait toujours une petite gâterie au retour de chacun de ses voyages.

— Oh ! Jack, quel plaisir de vous revoir ! s'écria-t-elle en se précipitant vers lui pour appliquer un baiser sur sa joue ridée.

La servante d'Audrey devait donc être sa fille. Celeste se rappelait Martha maintenant, une jeune fille timide et plutôt insignifiante.

— Nous aimerions parler à Martha, si c'était possible, demanda Gerrard.

Jack frotta son menton mal rasé.

— Eh bien, je ne sais pas. Elle n'est pas dans son meilleur jour.

— Nous essayerons de ne pas la perturber, promit Celeste.

— Et Celeste, sœur Augustine aujourd'hui, doit bientôt retourner dans son couvent, ajouta Gerrard.

Il avait raison, évidemment, cependant elle aurait préféré qu'il ne le lui rappelle pas.

— Très bien, alors entrez, acquiesça Jack en s'effaçant pour les laisser pénétrer dans la petite pièce unique et mal éclairée du cottage.

L'endroit était propre et plutôt bien rangé, mais leur regard fut immédiatement attiré vers la femme affaissée sur une chaise près des braises rougeoyantes du foyer. Ses cheveux châtains étaient emmêlés, sa robe mal ajustée mais bien nette. Elle avait également les joues creuses, comme si elle ne mangeait pas souvent à sa faim. Celeste réalisa que ce n'était pas la pauvreté qui était responsable de son état, car son père était bien nourri, et elle remarqua un jambon fumé et des paniers de haricots bien rangés sur des étagères.

— Regarde donc, Martha ! s'exclama Jack avec une gaieté un peu forcée. Voici Celeste, qui est venue te voir tout spécialement de Sainte-Agatha. Tu te souviens de Celeste.

Martha leva la tête, un air de surprise joyeuse sur le visage, jusqu'à ce qu'elle découvre Gerrard. Elle se leva d'un bond en renversant sa chaise et se colla dos au mur comme si elle avait vu un fantôme.

— Je crois, euh… que vous feriez mieux d'attendre dehors, messire, souffla Jack dans sa barbe.

Gerrard avait une expression si fermée et sévère que Celeste craignit qu'il ne proteste.

— Attendez dehors, Gerrard, je vous prie, lui ordonna-t-elle calmement.

De toute évidence, Martha avait peur de lui, et ils ne tireraient rien d'elle si elle était dans un état pareil.

L'air fortement contrarié, Gerrard quitta néanmoins la pièce.

— Voilà, Martha, maintenant tout va bien, la rassura Jack sur le ton que l'on aurait employé avec un cheval ombrageux. Retourne t'asseoir près du feu. Celeste veut juste bavarder un peu avec toi, c'est tout.

Il prit sa fille par la main et la reconduisit jusqu'à la chaise, où elle s'assit avec l'obéissance d'une petite fille.

— Je suis désolée si nous vous avons effrayée, déclara Celeste sur un ton apaisant, en se souvenant de la manière dont sœur Sylvester parlait aux jeunes filles en détresse qui arrivaient au couvent. Si vous préférez, je pourrai revenir un autre jour.

— Il a dit…, commença Jack.

Celeste le fit taire d'un signe de tête.

— J'ai tout mon temps, répliqua-t-elle.

Elle s'agenouilla à côté de Martha.

— Je voudrais que nous parlions de ma sœur. Je suis partie depuis si longtemps, comprenez-vous ?

Elle n'aborderait pas le sujet du meurtre d'Audrey, du moins pas tout de suite.

Cependant, il était évident que c'était ce qui occupait toutes les pensées de Martha alors qu'elle tordait ses mains maigres abîmées par le travail sur ses genoux.

— Je savais que ça ne tournait pas rond dans sa tête, marmonna-t-elle. On pouvait le deviner rien qu'à sa façon de la regarder. Comme un chien qui mendie un os.

Elle se pencha en avant et se couvrit le visage de ses mains.

— Oh ! Dieu me vienne en aide ! Il y avait tellement de sang ! Il avait… il avait…

Celeste enlaça la femme éplorée. Gerrard avait raison, elle n'aurait pas dû venir. La pauvre Martha était trop perturbée pour répondre à ses questions.

— Qu'importe ce qu'il a fait, ce que vous avez vu. C'est fini maintenant, et il est parti pour toujours.

La femme se dégagea et la regarda fixement.

— Vraiment ? Vous en êtes sûre ? s'écria-t-elle, de plus en plus agitée. Ou est-ce seulement un racontar ? On dit qu'il s'est noyé, qu'il est mort dans la rivière. Il y en a qui racontent qu'il est tombé, d'autres qu'il s'est tué. Peut-être qu'on l'a poussé, qui sait ? Comment son âme peut-elle trouver le repos ? Et si son esprit revenait nous hanter ?

Elle sursauta et regarda par la fenêtre.

— Et s'il revenait me chercher ?

Jack se hâta de verser du vin dans une timbale.

— Tiens, Martha, bois ça, lui intima-t-il en la lui approchant des lèvres.

Elle l'avala comme si elle avait erré dans le désert pendant des jours.

Jack lança un regard malheureux à Celeste par-dessus l'épaule de sa fille, comme s'il savait que ce n'était pas le meilleur moyen de la calmer, mais qu'il n'avait rien d'autre à sa disposition.

Celeste était certaine que sœur Sylvester aurait eu un meilleur remède et quand elle retournerait à Sainte-Agatha, si effectivement elle y retournait, elle lui demanderait de lui en envoyer une certaine quantité.

— Allons, Martha, va donc t'allonger comme une bonne fille, suggéra son père.

— Je vais vous laisser en paix, déclara Celeste en se dirigeant vers la porte.

— Non ! cria Martha en écartant son père. Je veux que vous sachiez, au cas où… au cas où je mourrais ! Duncan convoitait votre sœur, et elle ne s'en est jamais rendu compte. Elle n'avait jamais voulu le voir, car elle courait après des hommes plus riches, comme ce Broderick, ce Roland et même ce Gerrard. Mais Gerrard ne l'aurait jamais épousée. Lui, il voulait la femme de son frère, comme il voulait tout ce qu'avait Roland.

Celeste poussa un petit cri et porta la main à sa joue comme si on l'avait frappée.

Parce que Martha avait raison. Gerrard avait toujours désiré tout ce que possédait Roland et trouvait toujours un moyen de l'obtenir ou de le prendre. Pourquoi cela aurait-il été différent quand il s'agissait d'une femme ?

Elle voulait croire qu'il avait changé, mais peut-être se trompait-elle. Peut-être avait-elle laissé son propre désir obscurcir son jugement, comme d'autres femmes avant elle.

— Tant d'avidité ! De machinations démoniaques ! gémit Martha. C'était une vraie catin, votre sœur, et elle est morte comme une catin !

— Tout va bien, Martha, chuchota son père à son oreille, tout en lui passant le bras autour de l'épaule, il vaut mieux que tu ailles te reposer.

Quand il leva les yeux, Celeste était partie.

Lorsque Gerrard vit Celeste arriver à grands pas, son manteau voletant autour d'elle et le visage d'une pâleur de cire, il regretta de l'avoir amenée. Il aurait dû refuser, prétendre que Martha était trop bouleversée pour tenir des propos cohérents, ou même qu'elle était partie de Dunborough.

Et il ne devait plus jamais toucher Celeste, ni même trop s'approcher d'elle. Elle représentait une tentation trop forte, était trop désirable. Elle avait beau sembler attirée par lui aussi parfois, s'il profitait de ces instants, il serait certainement damné pour l'éternité, telle la créature dépravée qu'avait été son père.

Mais il pouvait au moins essayer de lui offrir du réconfort après sa conversation sans nul doute éprouvante avec Martha.

— Martha est dans tous ses états depuis la mort de votre sœur, déclara-t-il quand elle le rejoignit.

— Et elle a de bonnes raisons pour cela, si vous voulez mon avis, lança-t-elle, bouche pincée et crispée des pieds à la tête.

Celeste n'était pas bouleversée, elle était furieuse. Le portrait craché de son père ou de ses frères quand ils le réprimandaient.

— Que vous a dit Martha ? demanda-t-il.

Pendant un moment, il crut qu'elle n'allait pas répondre.

Puis elle haussa le menton, le dévisagea avec dédain et le défia du regard.

— Elle a dit que vous convoitiez la femme de Roland.

— Et vous l'avez crue ? s'exclama-t-il.

Il sentit la fureur l'envahir aussitôt, mais en réalité cette accusation le blessa profondément, d'autant plus qu'elle semblait y accorder foi.

Et, s'il avait eu le moindre doute là-dessus, ils s'évanouirent quand elle reprit la parole.

— Vous avez toujours convoité tout ce qu'avait Roland.

Gerrard croisa les bras et lui avoua froidement la vérité.

— Plus aujourd'hui, et jamais Mavis. J'ai vu tout de suite ce qu'il y avait entre eux. Elle était visiblement très éprise de Roland, et lui d'elle. J'ai eu beau l'envier, je n'aurais jamais tenté de lui prendre son épouse, affirma Gerrard, très énervé. Vous n'aviez pas pour habitude de croire tout ce que vous entendiez. Seriez-vous devenue naïve ?

— J'ai appris que dans les rumeurs réside souvent un fond de vérité.

— Mais la plupart du temps, c'est faux, rétorqua-t-il.

Mécontent et pressé de repartir, il mit ses mains en coupe pour l'aider à monter en selle. Sans un mot, l'air aussi fâchée que lui, elle attrapa le pommeau de la selle, plaça son pied dans ses mains, puis enfourcha sa monture avec un peu plus de facilité que lors de sa précédente tentative.

Elle fit faire demi-tour à la jument et la talonna avec plus de force qu'il n'était nécessaire.

Avant qu'il puisse lui en faire la remarque, l'animal surpris bondit en avant et partit au galop.

Il eut à peine le temps d'enfourcher Snow que Daisy et sa cavalière avaient plongé dans les bois, sur un sentier étroit.

Puis il entendit un cri.

Chapitre 16

Gerrard éperonna Snow pour le lancer au galop à la poursuite de Celeste. S'il lui arrivait quelque chose…

Si elle était tombée…

S'il y avait des bandits dans les bois… Il était certain d'avoir capturé tous les hors-la-loi qui avaient menacé Mavis, et que ceux qui ne l'avaient pas été s'étaient enfuis, mais si…

Ah, enfin ! Celeste était par terre, près d'un tronc d'arbre affaissé sur le sol, couchée sur le côté et appuyée sur un coude. Sa coiffe et son voile penchaient sur le côté, son habit était maculé de boue. Elle se tenait la cheville de l'autre main et se mordait les lèvres comme pour s'empêcher de pleurer.

Il sauta de son cheval et se précipita vers elle.

— Etes-vous blessée ?

Evidemment, elle l'est ! songea-t-il, furieux de proférer pareilles inepties.

— L'êtes-vous aussi à un autre endroit que la cheville ?

Elle fit un signe de dénégation.

— Je suis tombée dans ce buisson de sureau, répondit-elle en lui montrant le buisson bas, dont quelques branches s'étaient brisées.

— Dieu merci, vous n'avez pas atterri là-dessus ! dit-il avec soulagement en indiquant le haut d'un petit arbre qui s'était cassé en laissant une pointe acérée.

— Oui, Dieu soit loué ! ajouta-t-elle sur un ton de prière.

Gerrard s'agenouilla devant elle, sans se soucier de la boue.

— Il va falloir que je regarde votre cheville. Je ferai aussi doucement que possible.

Elle ouvrit de grands yeux et secoua la tête avec vigueur cette fois.

— Non !

Il s'accroupit et la considéra d'un air frustré.

— Si votre cheville est cassée, il faut l'immobiliser le plus possible jusqu'à ce que nous rentrions à Dunborough. Sinon cela pourrait s'aggraver. Et vous risqueriez des séquelles à vie. Si ce n'est qu'une entorse, il faudra faire attention, mais ce ne sera pas aussi sérieux.

— Ce n'est qu'une entorse, j'en suis certaine, répondit-elle aussitôt en haussant le menton, comme s'il venait de lui faire une proposition indécente.

— Vous avez donc de l'expérience en la matière ? ironisa-t-il, contrarié. Ou seriez-vous médecin ?

Elle pinça les lèvres.

— Si c'était cassé, je le saurais, répliqua-t-elle.

Elle était la personne la plus têtue, la plus exaspérante...

— Vous préférez risquer d'être estropiée toute votre vie plutôt que me laisser vous toucher ?

— Et vous, êtes-vous médecin, Gerrard ? lui lança-t-elle en le considérant avec mépris, en dépit des efforts qu'il faisait pour l'aider. Ou avez-vous passé un certain temps à travailler dans un hôpital ? D'après ce que j'ai entendu dire, vous avez passé vos loisirs ailleurs.

De toute évidence, il serait pour toujours précédé de sa mauvaise réputation. Et, quoi que Martha ait pu révéler, cela avait encore plus terni l'opinion qu'elle avait de lui. Il était néanmoins déterminé à évaluer la gravité de sa blessure et à lui porter secours s'il le pouvait, de peur qu'elle ne se retrouve infirme à jamais.

— Non, je ne suis ni médecin ni apothicaire, mais j'ai vu mon lot de blessures à l'entraînement et pendant les tournois, du moins suffisamment pour distinguer une fracture d'une entorse. Et vous pouvez être rassurée pour votre vertu. Je préférerais aller agacer un ours plutôt que prendre de nouveau des libertés avec vous. Maintenant je vais examiner votre cheville.

— Bon, très bien, concéda-t-elle en se détournant, vous avez toujours été obstiné.

— Moi ? rétorqua-t-il. Qui a insisté pour regarder ce blaireau sanguinolent et a failli tourner de l'œil ? Qui nous a retenus si longtemps au feu de joie que nous nous sommes fait prendre à la relève de la garde, parce qu'elle voulait encore danser ? Qui était persuadée de mieux connaître les règles du jeu que…

— Qui est censé regarder si ma cheville est cassée ? coupa-t-elle.

Il se tut à grand-peine et lui prit doucement le pied.

Il ne réfléchirait pas à ce qu'elle venait de dire. Il ne se remémorerait pas le passé, ni ne prêterait attention à la petite boucle brune qui s'était échappée de son voile, ou encore ne s'imaginerait pas sa chevelure cascadant sous le voile diaphane qu'elle avait porté avec cette robe écarlate. Il se concentrerait sur sa cheville uniquement.

Il fit tourner son pied avec prudence de chaque côté. Elle hoqueta légèrement quand il le fit bouger de bas en haut, et elle grimaça de douleur. S'il y avait eu une fracture, elle aurait réagi bien plus violemment. Et elle l'aurait même sans doute frappé.

— Ce n'est pas cassé, conclut-il en reposant son pied avec précaution sur le sol.

— Dieu merci ! soupira-t-elle. Mais comment allons-nous rentrer à Dunborough, puisque Daisy s'est sauvée ?

— Nous monterons Snow tous les deux.

Celeste se drapa bien serrée dans son manteau et le considéra avec une froideur hautaine.

— Cela ne serait pas convenable, décréta-t-elle.

Bon sang ! D'abord des pudeurs de jeune fille, ensuite un entêtement stupide !

— C'est ainsi ou il faudra attendre que quelqu'un au château se rende compte que je ne suis pas rentré et organise des recherches. D'ici là, la nuit sera tombée, il fera bien plus froid, et le danger sera plus important pour ceux qui seront à notre recherche.

Elle haussa un sourcil.

— Pourquoi ne retournez-vous pas au château demander de l'aide ?

— Parce que même si c'est très tentant de vous laisser ici, gronda-t-il à travers ses dents serrées, de plus en plus énervé, l'humidité est en train de tomber, et que je n'ai pas envie de mettre votre vie en péril. Si cela vous ennuie tant de partager Snow, vous pourrez le monter, et je le mènerai par la bride, à pied.

— Vous avez bien laissé Esmeralda se rendre toute seule dans les bois pour un rendez-vous avec vous.

Que Dieu lui donne la force ! Serait-il jamais lavé de l'accusation d'avoir mal agi cette nuit-là ? Et toujours considéré comme l'instigateur diabolique de cette affaire, alors qu'il ne l'avait jamais touchée, ni jamais au grand jamais n'avait voulu qu'il lui arrive aucun mal ?

— Je ne pensais pas qu'elle s'y rendrait ! répliqua-t-il, furieux. Je croyais qu'elle aurait trop peur ou que son père la surprendrait et l'empêcherait de sortir. Si j'avais su qu'elle s'aventurerait seule en forêt, je serais allé la retrouver.

— Ainsi vous l'auriez tout simplement séduite, rétorqua Celeste, avec amertume. Un destin légèrement préférable à celui qui a été le sien, je vous l'accorde, cependant votre comportement s'est avéré loin d'être honorable.

— Esmeralda était une jeune fille égoïste et volage, qui s'intéressait bien plus à moi, que moi à elle. Elle voulait aussi plus qu'un simple baiser, même si je n'étais pas d'accord. Alors je lui ai dit que je la retrouverais dans les bois. Puis je lui aurais expliqué qu'il était vain de me courir après. Mais je n'ai jamais cru qu'elle viendrait. Je me suis maudit des milliers de fois après avoir appris ce qui lui était arrivé. J'aurais voulu de tout mon cœur ne jamais lui avoir donné ce rendez-vous. Si je pouvais changer le cours des événements, je le ferais sur-le-champ. Mais c'est impossible, et maintenant vous semblez croire, ainsi qu'une bonne moitié du village d'ailleurs, que j'ai tendu une embuscade pour faire violer la pauvre fille. Si même vous…

Il soupira profondément et se détourna.

— Je devrais refuser l'offre de Roland et quitter Dunborough, marmonna-t-il dans sa barbe. Si je reste, ces maudites rumeurs me poursuivront éternellement.

Son discours, son ton, le désespoir dans sa voix et ses yeux eurent raison de l'angoisse et du désarroi de Celeste. Elle pouvait désormais le croire sur parole. Il n'avait pas convoité l'épouse de Roland. Il n'était pas le débauché fainéant et bon à rien qui alimentait les ragots, ou s'il l'avait été un temps, son désir de s'amender était profond et sincère.

Il était réellement désolé de ce qui était arrivé à Esmeralda et, même s'il portait une certaine part de responsabilité pour l'avoir invitée à le retrouver, la plus grande faute revenait aux hors-la-loi qui avaient violenté et battu la malheureuse fille.

Si Celeste nourrissait encore quelques doutes sur sa loyauté, l'aveu de son envie de quitter Dunborough et sa disgrâce les levèrent définitivement.

Et si elle-même provoquait son départ à cause de l'un de ses propos, le faisant ainsi renoncer à ce qu'il avait toujours espéré, surtout après avoir fait la paix avec son frère, elle le regretterait toute sa vie.

Evitant de faire porter le poids de son corps sur sa cheville, elle se redressa pour lui faire face, le cœur serré en constatant autant de souffrance dans son regard.

— Dunborough est votre foyer, et en être le seigneur a toujours été votre plus cher désir. Pourquoi ne pas rester et prouver à tous que vous êtes digne du cadeau que vous fait votre frère ?

Il se détourna.

— Pourquoi devrais-je rester là où mon passé me suit partout telle une ombre sinistre ? demanda-t-il avec amertume. Mieux vaut recommencer quelque part où personne ne me connaît, ni ne connaît mon nom. De plus, Dunborough appartient à Roland, et même si…

Il s'interrompit brusquement et secoua la tête comme s'il voulait s'éclaircir les idées.

— Il vaut mieux que je parte, conclut-il.

Tout comme elle devrait le faire. Son avenir était tracé, et il ne pouvait pas en faire partie.

Il leva les yeux et se tourna vers son visage, lui lançant un regard intense et implorant à la fois.

— Et vous, vous allez retourner au couvent.

— Oui, Gerrard.

Il lui toucha la main, et elle la serra très fort.

Il lui prit alors l'autre main.

— J'essaye d'être un autre homme, Celeste, reprit-il avec ferveur. Je veux être un homme bien, que l'on pourra admirer et respecter.

— Vos hommes vous estiment, je l'ai vu.

— Mes soldats, certes, parce que je suis comme eux : bruyant, bravache, et prompt à tirer mon épée. Mais il y a les autres, poursuivit-il doucement en l'attirant contre lui, ses yeux sombres emplis de désir. D'autres dont je recherche bien plus l'approbation et la haute opinion qu'ils auront de moi.

Elle ne devait pas faiblir. Rester forte. C'était un noble, elle allait être nonne. C'était ce qu'elle voulait. Etre en sécurité, vivre en paix. Pourtant elle dut faire appel à toutes ses forces pour lui répondre avec un calme apparent.

— Si vous continuez à vous comporter avec honneur

et d'une manière chevaleresque, vous gagnerez ce respect et serez bien considéré.

— Et si ce n'est pas seulement ce que je veux ? demanda-t-il, son visage tout près du sien, leurs corps presque collés l'un contre l'autre. Toute ma vie, j'ai cru que Dunborough était tout ce que je désirais, tout ce dont j'avais besoin. Qu'il me procurerait tout ce que la vie peut offrir : pouvoir, considération, richesse. Je sais désormais que cela ne suffit pas, ajouta-t-il avec un regard plus profond encore, et d'une voix de plus en plus voilée. Je veux être aimé, Celeste, comme est aimé Roland. Je veux aimer quelqu'un en retour. Ne le désirez-vous pas, Celeste ? Aimée, et chérie pour l'éternité ?

Elle sentit une grosse boule se former dans sa gorge et s'efforça de se souvenir de ce qu'elle désirait, de ce dont elle était certaine d'avoir besoin.

— Je veux l'amour de Dieu, Gerrard, la paix et la sécurité. La vie dans un couvent en tant qu'épouse du Christ m'apportera tout ce que je recherche.

— Mais les sens qui s'enflamment, Celeste, et la passion ? Souhaitez-vous réellement une vie exempte de ces choses-là aussi ? Et les enfants. Vous abandonneriez l'espoir d'en avoir ?

Il lui rappelait en quelques phrases tous les doutes qui la faisaient hésiter sur la décision de s'engager dans la vie monacale. Mais il ne lui offrait rien en retour, si ce n'est passion et désir.

Elle s'écarta de lui. Lui tournant le dos, prêtant à peine attention à la douleur dans sa cheville, elle trouva la force de poursuivre :

— Nous devrions rentrer à Dunborough.

Mais il était trop tard pour cacher ses hésitations et ses doutes ! Gerrard posa ses mains sur ses épaules et l'obligea à lui faire face.

— Vous voulez des enfants, n'est-ce pas, Celeste ? Et un mari qui prendrait soin de vous ? Si vous étiez aimée, sincèrement aimée, cela vous apporterait aussi paix et sécurité, n'est-ce pas ? Vous pourriez avoir tout ce que vous souhaitez.

Troublée, indécise, tentée au-delà de toute mesure par ces paroles sincères, sa présence imposante et le désir qu'elle lisait dans ses yeux, autant que par le souvenir de ses bras l'enserrant et de ses lèvres sur les siennes, elle se mit à bredouiller :

— Oui… non… je veux rentrer !

— A Sainte-Agatha ou à Dunborough, votre foyer ?

Où se trouvait aussi son château, là où autrefois elle avait rêvé d'être son épouse et d'y partager sa grande salle, sa chambre, son lit.

Un désir désespéré l'envahit soudain, et elle ne parvint pas à le contenir plus longtemps. Son entorse oubliée, elle se cramponna à ses épaules et l'attira vers elle. Sa bouche trouva la sienne, et elle l'embrassa avec toute la passion qu'elle avait tenté de nier avec tant de véhémence.

Ici, dans les bois, comme dans l'Eden du mythe, elle se laissa porter par toutes les sensations qu'il éveillait en elle. Elle entrouvrit les lèvres en une invite silencieuse, sachant cette fois ce qu'il allait faire et le désirant de tout son être, tandis qu'elle se pressait contre lui. Elle ne recula pas quand ses mains la caressèrent fébrilement. Elle éprouva à son tour son dos musclé et ses épaules, comme elle l'avait si souvent imaginé.

En cet instant, elle n'était plus sur le point de devenir une religieuse. Et ne voulait plus d'une vie paisible, dépourvue de passion. Elle était une femme, seule avec l'homme qui était l'objet de ses rêveries romantiques, jour et nuit, et ce depuis le tout début de son adolescence.

Elle le désirait tant qu'elle se sentit chanceler, aussi n'eut-il aucun mal à la conduire vers un arbre pour qu'elle puisse s'y adosser. Même si elle ne comprit par pourquoi il le fit, elle lui fut reconnaissante de ce soutien.

Sa main se glissa sous son manteau et sa robe, pour

entourer son sein. Elle ne put étouffer un gémissement et l'étreignit plus fort, tout en laissant les mains de Gerrard s'aventurer à leur gré, même entre ses cuisses. Il la caressa tout doucement d'abord, puis accéléra son geste tout en augmentant sa pression, lui faisant découvrir un monde de sensations nouvelles. Il l'embrassa dans le cou, son autre main appuyée contre l'arbre. Haletante, les yeux fermés, elle sentit la tension monter inexorablement alors qu'il la caressait toujours.

Jusqu'à ce qu'elle se rompe brutalement, telle une branche qui se brise. Elle se cramponna à Gerrard comme s'il pouvait la sauver de la noyade dans une mer déchaînée et enfouit son visage dans son cou tandis que son corps tout entier vibrait.

Il la serrait toujours doucement contre lui mais, lorsque les vagues du plaisir commencèrent à refluer, elle réalisa que lui aussi éprouvait cette tension, même si elle avait été seule à cheminer vers le plaisir.

Puis elle fut abasourdie par l'étendue du péché commis. Elle s'était abandonnée à la lubricité et, pire, avait encouragé cette étreinte de Gerrard et ce qu'il avait fait ensuite. Au lieu de se montrer vertueuse, elle avait été dépravée et immorale, en l'entraînant lui aussi dans cet égarement.

Alors qu'elle s'écartait de lui, écrasée de honte et repentante, la douleur dans sa cheville se rappela violemment à elle, comme si son corps autant que sa conscience cherchaient à la punir.

Avant qu'elle puisse prononcer un mot ou même réfléchir un instant à ce qu'elle allait dire, il écarta les mains.

— Celeste, je…

— Taisez-vous, Gerrard, l'interrompit-elle d'une voix tremblante. Il n'y a rien à dire, si ce n'est que je regrette ce qui vient de se passer. Ramenez-moi, s'il vous plaît.

— Ce que nous avons fait n'est ni un grand péché ni une honte, continua-t-il tout doucement avec gravité. Nous sommes des êtres humains, avec leurs besoins naturels et leurs désirs. Ce n'est pas mal d'y céder, si c'est en toute liberté, et qu'on en éprouve l'envie.

— Je ne suis pas libre, répliqua-t-elle en secouant la tête. J'appartiens à Dieu, et à l'Eglise.

— Vous pouvez la quitter.

Comment déserter l'Eglise et l'avenir paisible qu'elle y projetait ? Qu'y avait-il d'autre ici pour elle ? Il n'avait pas un seul instant évoqué le mariage.

— Et que ferais-je ? Quelle vie mènerai-je si je quitte le couvent ? Non, Gerrard, je ne peux abandonner l'Eglise et toutes ses promesses pour un avenir incertain.

Il devint aussitôt distant et glacial.

— Vous n'êtes pas libre ainsi que vous le prétendez, tant que vivre en sécurité, hors du monde, est ce que vous désirez le plus.

Son sourire moqueur réapparut, et il lui servit l'une de ses révérences exagérées.

— J'implore votre pardon pour cela, et pour mes innombrables péchés, sœur Augustine.

Il lui indiqua un tronc d'arbre couché par terre.

— Si vous pouvez monter là-dessus, vous n'aurez pas besoin de moi pour enfourcher Snow. Et je promets ne plus jamais vous parler de désir ou de quoi que ce soit d'autre.

Ce qu'il fit, pendant tout leur trajet vers Dunborough, elle sur son cheval et Gerrard à pied, qui le conduisait par la bride.

Chapitre 17

Lizabet se hâta d'ouvrir la porte de la cuisine à sœur Augustine, lourdement appuyée contre le chambranle.

— Ma sœur, vous êtes blessée ! s'écria-t-elle quand Celeste franchit le seuil en boitant. Que s'est-il passé ?

Celeste s'écroula sur la chaise devant l'âtre et se frotta la jambe avec une expression de souffrance.

— Je suis tombée de cheval et je me suis foulé la cheville.

— Peut-être y a-t-il du liniment dans le garde-manger, suggéra la servante.

Celeste la laissa chercher, même si elle était certaine qu'il n'y en avait pas. Elle avait exploré ces étagères avec tant de méticulosité qu'elle en connaissait chaque sac, panier, pot, et boîte par cœur.

Mais elle voulait disposer d'un peu de temps pour se calmer, rassembler ses pensées et décider de ce qu'elle allait faire. Il était très clair qu'elle ne pouvait rester à Dunborough ou n'importe où à proximité de Gerrard si elle aspirait à la vie paisible qu'elle avait prévue depuis si longtemps.

Cet homme constituait une tentation et un danger permanents, et elle était incapable de contrôler ses pulsions charnelles quand elle était avec lui. Quant au mariage, à un foyer et des enfants, même s'il en avait parlé d'une façon qui lui avait rendu cet avenir séduisant, il n'avait jamais fait la moindre allusion à une quelconque envie de l'épouser. Elle ne voulait aucun autre homme comme mari ou père de ses enfants. Et elle était certaine qu'il n'y en aurait jamais.

Elle vendrait donc la maison à Ewald, rembourserait toutes les dettes de sa sœur ou ce qu'elle pourrait en acquitter, tant pis si ce n'était pas la totalité, elle n'y pouvait rien. S'il ne lui restait plus de quoi verser un pot-de-vin à l'évêque pour faire déguerpir la mère supérieure de Sainte-Agatha, elle irait dans un autre couvent. Avant de quitter Dunborough, elle écrirait à Roland pour lui faire part de ses préoccupations concernant la mort de Duncan MacHeath et lui suggérerait de poser plus de questions sur ce qui s'était passé le jour de la mort d'Audrey et de son garde du corps, en particulier à Norbert.

Lizabet revint les mains vides, comme Celeste s'y attendait.

— Je n'en ai pas trouvé, ma sœur.

— Ça ne fait rien, je vais très bien. J'aimerais que vous passiez chez Norbert et Ewald en retournant au château, et que vous les informiez que j'ai décidé de vendre la maison et tout ce qu'elle contient demain. S'ils veulent se porter acquéreurs, qu'ils se présentent ici après les laudes. Dès que la vente sera conclue, je rentrerai à Sainte-Agatha. Est-ce que Bartholomew et Marmaduke…

— Oui, ma sœur. Ils sont venus prendre les coffres. Vous avez prévu de rentrer demain au couvent ? Avec une cheville foulée ?

— Puisque la jument d'Audrey m'appartient désormais, je pourrai partir à cheval.

— Où est Daisy ? Je ne l'ai pas vue.

— Elle s'est enfuie quand je suis tombée, mais je suis sûre qu'elle reviendra au château, ou ici. Gerrard m'a ramenée sur son cheval.

Celeste ne voulait pas en révéler davantage sur son équipée, aussi pressa-t-elle le mouvement.

— Demandez s'il vous plaît à un garçon d'écurie de

la ramener demain si elle est rentrée au château et dites à Gerrard que je ne veux pas de gardes ce soir. Je préfère être seule, pour la dernière nuit que je passerai dans la maison de ma famille.

Parce que ce serait sa dernière chance de continuer ses recherches. Elle ne voulait pas avoir à se soucier qu'un garde voie de la lumière à l'intérieur et se demande ce qu'elle faisait, ou, pire, vienne frapper à sa porte pour lui poser la question.

— Gerrard ne va pas aimer cela, ma sœur, prévint Lizabet, inquiète.

— Que ça lui plaise ou non, tel est mon souhait, répliqua Celeste, perdant patience. S'il envoie des gardes, je les renverrai, autant de fois qu'il le faudra. Maintenant allez-y et faites ce que je vous ai demandé.

La lèvre inférieure de la servante se mit à trembloter, et ses yeux gris s'emplirent de larmes.

— Et votre souper, ma sœur ? demanda-t-elle dans un souffle.

Celeste s'en voulut de la bousculer ainsi, mais elle désirait vraiment se retrouver seule !

— Je peux m'en occuper moi-même, répondit-elle.

Lizabet hocha la tête, prit son manteau suspendu près de la porte et se précipita dehors.

Celeste tenta de se lever, mais elle s'écroula de nouveau sur sa chaise et couvrit son visage de ses mains. Elle souffrait terriblement.

Mais pas à cause de sa cheville.

La porte de la grande salle s'ouvrit à toute volée et cogna violemment le mur de pierre qu'elle avait heurté sur le passage de Gerrard. Il ôta son manteau et le lança sur un crochet, sans se soucier de le ramasser quand il atterrit sur le sol au lieu du support qui lui était destiné.

Peg, Arnhelm et les autres serviteurs et soldats présents

dans la salle se levèrent d'un bond, se demandant ce qu'annonçait cette fureur.

— Du vin ! hurla Gerrard en envoyant aussitôt Peg se précipiter vers la réserve sans même la regarder, avant de faire demi-tour et de repartir vers l'entrée. Qu'on l'apporte dans la salle de travail, ordonna-t-il.

Il ouvrit la porte avec autant de fougue que l'instant précédent, et sortit dans l'air glacé sans manteau.

Arnhelm regarda les soldats, qui se préparaient aussi à quitter la salle sans avoir la moindre idée de ce qu'ils allaient faire.

— Qu'est-ce qui se passe ? On est plus de service ? s'enquit-il.

Hedley le prit à part tandis que les hommes rassemblaient leurs casques et leurs gantelets avant d'aller mettre leurs manteaux.

— Ils agissent ainsi par prudence, voilà tout, lui expliqua-t-il calmement. Par habitude aussi, j'imagine. Quand sir Blane était d'une humeur massacrante, il nous infligeait toutes sortes de punitions pour négligence de nos devoirs ou n'importe quoi qui lui passait par la tête. Mieux vaut se faire oublier dans ces cas-là.

— C'était Gerrard, pas son père.

— Quand même, deux précautions valent mieux qu'une, répéta Hedley. Je vais aller vérifier si ma cotte de mailles est en parfait état.

Convaincu qu'il valait mieux se tenir prêt pour parer à toute éventualité plutôt qu'avoir des regrets de ne pas l'avoir fait, Arnhelm quitta également la salle.

Quelqu'un frappait-il à la porte ou bien y avait-il un rat quelque part ?

Gerrard prêta de nouveau l'oreille et en conclut qu'une personne se tenait derrière la porte.

Bon sang, pourquoi ne pouvait-on le laisser tranquille ?

Ils laissaient bien Roland bouder en silence. Personne ne pensait donc jamais que lui aussi désirait être seul, afin de réfléchir sur ses agissements ?

Sur des choses qu'il se reprochait d'avoir faites. Celles qu'il ne recommencerait jamais, et d'autres qu'il mènerait à bien.

Les coups continuèrent à l'instar d'un pivert agaçant, et il abandonna l'espoir que l'importun s'en irait jamais. Au moins il pouvait être certain que ce n'était pas Celeste. Elle n'aurait jamais été capable de marcher jusqu'ici ce soir, pas avec une cheville enflée comme la sienne.

— Qu'est-ce que c'est ? grommela-t-il en ouvrant la porte.

Sur le seuil, Lizabet se tordait nerveusement les mains.

— Que faites-vous ici ?

Elle aurait dû se trouver auprès de Celeste, d'autant plus qu'avec sa cheville celle-ci aurait beaucoup de mal à se débrouiller seule.

— Ne devriez-vous pas être avec sœur Augustine ? reprit-il.

— Elle… c'est elle qui… qui m'a envoyée ici, messire, bredouilla la jeune femme.

— Entrez, lui dit-il d'un ton sinistre.

Mieux valait entendre tout de suite ce que lui voulait Celeste et en finir rapidement.

Il ouvrit grand la porte pour laisser entrer Lizabet et ne la referma pas. Il préférait attraper un refroidissement à cause du courant d'air, plutôt que courir le risque de ragots sur une éventuelle conduite contraire aux bonnes mœurs dans l'intimité de cette pièce.

En dépit de cette précaution, la jeune femme avança à pas méfiants, comme si elle craignait qu'il ne fasse d'elle son souper.

— Alors, quel message m'envoie donc sœur Augustine ? demanda-t-il en essayant de ne pas laisser transparaître son irritation.

Après tout, ce n'était pas la faute de Lizabet s'il était furieux. Il n'aurait jamais dû faire irruption de la sorte dans la grande salle, même s'il était hors de lui. Ni ressortir tout aussi brutalement, sans tenir compte du spectacle qu'il donnait ainsi aux serviteurs et aux soldats.

Dieu du ciel, pourquoi ne parvenait-il pas à contrôler ses actes et ses sentiments ? Pourquoi ne pouvait-il être plus maître de lui-même et de ses désirs ? Il aurait dû laisser partir Celeste immédiatement, même si c'était elle qui l'avait embrassé la première et si cet intermède passionné avait été tel un rêve devenu réalité.

— Sœur Augustine m'a chargée de vous dire qu'elle va vendre la maison demain, puis rentrer à Sainte-Agatha, et qu'elle ne veut pas de gardes ce soir.

— Quoi ? hurla-t-il.

Les grands yeux de Lizabet se remplirent de larmes.

— Je suis désolée, messire, c'est le message qu'elle veut que je vous transmette.

Une fois de plus Gerrard se maudit d'avoir agi sans réfléchir. Comment s'étonner que Celeste souhaite partir au plus vite ? A cause de lui, elle pensait ne pouvoir être en sécurité que confinée dans un couvent. Et comment lui reprocher de vouloir s'en aller, alors qu'il y songeait lui-même ? Une fois la maison vendue, elle n'aurait plus la moindre raison de rester.

Cependant, s'agissant des gardes, c'était là une tout autre affaire. Il était toujours dangereux pour elle ou pour n'importe quelle femme de rester seule dans cette maison.

— Elle a précisé aussi que si vous postiez des gardes, elle les renverrait, aussi souvent qu'il le faudrait.

— Alors je ne le ferai pas.

Il savait mieux que personne que cela ne servirait à rien de l'obliger à accepter. Il trouverait un autre moyen d'assurer sa sécurité tant qu'elle était à Dunborough.

Lizabet sembla rassembler tout son courage et redressa les épaules avant de reprendre la parole.

— J'espère que vous le ferez quand même, messire, en dépit de ce qu'elle a dit. Elle ne connaît pas le monde et sa dureté.

— Ne craignez rien, Lizabet. Je m'assurerai de sa sécurité et je vous félicite pour votre sollicitude.

Ainsi que d'avoir eu le courage de lui tenir tête.

La servante avait l'air encore dubitative, aussi décida-t-il d'être plus explicite.

— Je veillerai personnellement à ce qu'elle ne coure aucun danger et je préférerais que cela reste entre nous, ne l'ébruitez pas si vous le voulez bien.

Lizabet se détendit enfin, et son visage s'illumina d'un sourire.

— Merci, messire !

— Bien, j'imagine que vous devriez aller voir où est Verdan. Ne lui révélez rien non plus. Je l'aime bien, mais je crains que, même si sa propre vie était en jeu, il ne sache tenir sa langue.

— Non, messire, répondit-elle en gloussant. C'est vrai qu'il dit tout ce qui lui passe par la tête, et que c'est une vraie commère, ajouta-t-elle avant de s'éloigner en hâte.

Un peu plus tard dans la soirée, Verdan regarda son frère d'un air préoccupé. Il avait saisi la première occasion pour se retrouver seul avec Arnhelm depuis qu'il avait parlé à Lizabet à son retour de la maison des D'Orleau. Ils s'étaient installés près des cuisines, dans l'ombre du mur d'enceinte.

— Lizabet m'a raconté que sœur Augustine était différente quand elle est rentrée, commença-t-il en essayant de parler à voix basse. Elle était visiblement bouleversée, près de se sentir mal. Elle vend la maison et tout son contenu demain, puis repart à Sainte-Agatha. Elle a demandé à Lizabet de prévenir Norbert et Ewald pour qu'ils viennent la trouver demain à la première heure.

Arnhelm se frotta la barbe.

— Oui, il s'est passé quelque chose, c'est sûr. Gerrard a fait irruption dans la grande salle tel un ouragan et juste après il est parti s'enfermer dans sa salle de travail. Hedley m'a conseillé de pas rester dans ses jambes. C'est ce que j'ai fait, le plus vite possible.

— Dans d'autres circonstances, j'aurais pensé que tu cherchais un prétexte pour aller retrouver Peg à la cuisine, répondit son frère, mais je peux pas te reprocher d'éviter de te trouver sur son passage. Lizabet a dû monter à la salle de travail pour lui annoncer que sœur Augustine voulait pas de gardes, elle a expliqué que c'était sa dernière nuit dans la maison de sa famille et qu'elle voulait rester seule. Il a d'abord été fou de rage comme un sanglier pris au piège, et puis il s'est calmé. Lizabet dit de pas s'inquiéter, mais ça me plaît pas. On devrait peut-être aller là-bas et surveiller depuis l'écurie ou un autre endroit discret.

— Peut-être. Ou peut-être que Lizabet sait quelque chose qu'on ignore, supposa Arnhelm en prenant le bras de son frère pour l'entraîner plus loin dans l'obscurité. Gerrard et sœur Augustine sont partis à cheval tout seuls aujourd'hui, n'est-ce pas ? Sans gardes, ni personne, murmura-t-il.

— Lizabet m'a rapporté qu'ils étaient allés voir Martha et que, sur le chemin du retour, sœur Augustine avait fait une chute de cheval et s'était fait mal à la cheville. Du moins c'est ce qu'elle a raconté à Lizabet, et elle boitait. Et puis Daisy est rentrée toute seule au château, tout à l'heure.

— Ils sont partis longtemps, fit remarquer Arnhelm d'un air entendu en haussant les sourcils.

Verdan écarquilla les yeux.

— Tu ne penses pas qu'ils… Non, ça je n'y crois pas, affirma-t-il en secouant vigoureusement la tête.

— Tais-toi donc, espèce de benêt ! l'invectiva son

frère. Je n'ai jamais prétendu qu'ils avaient fait des choses inconvenantes. Peut-être que son cheval l'a désarçonnée. Et que c'est pour ça qu'ils ont mis si longtemps à rentrer, mais c'est une jolie femme et lui, c'est… c'est Gerrard. Mais, au cas où il se serait passé quelque chose contre la volonté de sœur Augustine, je crois qu'on devrait avertir sir Roland que Gerrard est peut-être retombé dans ses vieilles habitudes, et que sœur Augustine retourne précipitamment au couvent à cause de lui.

Verdan émit un grognement de contrariété.

— Tu retournes là-bas avant d'avoir eu le message de Gerrard ?

— Je prends le risque.

— Lady Mavis en sera contrariée, et sir Roland aussi.

— Pas autant que nous si on ne fait rien et qu'ils découvrent d'une autre manière que quelque chose de honteux s'est passé.

Soudain Arnhelm se pencha vers son frère et lui saisit le bras, en l'écartant de l'arbre proche des cuisines.

— Qu'est-ce que…

— Chut ! intima Arnhelm en faisant un signe de tête vers l'arbre.

Stupéfaits, ils virent Gerrard escalader l'arbre, avec l'agilité d'un chat, puis de son perchoir franchir le mur d'enceinte pour sortir incognito.

Les deux hommes échangèrent des regards abasourdis.

— Tu ferais mieux de partir pour Delac dès l'aube, chuchota Verdan à son frère.

Gerrard passa la nuit la plus longue et la plus glaciale de son existence juché dans les branches d'un grand arbre près de la clôture du jardin de la maison des D'Orleau. Mais l'avantage de cette position inconfortable était qu'il pouvait surveiller trois côtés du bâtiment. Par bonheur, le quatrième côté était une façade aveugle.

De temps à autre, il voyait la lueur d'une bougie derrière une fenêtre. Ou bien Celeste avait quantité de choses à préparer avant de partir, ou bien elle passait elle aussi une nuit d'insomnie. Peut-être souffrait-elle plus de sa cheville qu'il ne l'aurait cru. Il aurait dû insister pour que Lizabet revienne et reste auprès d'elle.

C'était trop. Comment lui expliquer maintenant qu'il s'inquiétait, sans être obligé de lui révéler qu'il avait espionné la maison caché dans un arbre et s'exposer ainsi au ridicule ?

Alors que la nuit s'avançait, des buissons remuèrent en dessous de lui. Il retint sa respiration et les scruta pour essayer de déterminer la cause de ce mouvement. Des voleurs ? pensa-t-il, jusqu'à ce que le chat le plus énorme qu'il eût jamais vu en jaillisse et détale vers l'écurie, où il se faufila par la porte entrouverte.

Puis la lumière s'éteignit enfin. Celeste avait dû finir par se retirer.

Se sentait-elle parfois aussi seule que lui ? Dunborough lui manquerait-il quand elle serait rentrée au couvent ?

Lui manquerait-il ?

Ou avait-il bel et bien détruit une fois pour toutes l'éventuelle affection qu'elle lui portait ?

Chapitre 18

Aux premières lueurs de l'aube, Gerrard secoua Ralph pour le réveiller.

Le sergent d'armes sursauta aussitôt et s'empara de son épée avant même que Gerrard ait pu dire un mot.

— Non, vous n'en avez pas besoin, nous ne sommes pas attaqués ! lui lança-t-il.

Ralph cligna des yeux et le dévisagea avec méfiance, comme s'il n'était pas certain de devoir le croire.

— Habillez-vous et rassemblez les hommes dans la grande salle, ordonna Gerrard. Tous, même ceux qui sont de garde.

— Messire ?

— J'ai une annonce à faire, répondit-il.

Ce fut seulement à cet instant que Ralph réalisa que Gerrard avait revêtu sa cotte de mailles et son manteau.

— Allez-vous quelque part ?

— Oui. Maintenant rassemblez les hommes.

Alors que Ralph enfilait son pantalon, Gerrard se retourna et vit que Verdan l'observait de sa couchette les yeux écarquillés. L'homme avait l'air aussi épuisé que lui, et Gerrard se demanda si lui aussi avait passé la nuit dehors. Il ne ferait d'ailleurs aucun commentaire là-dessus. La moralité de Verdan, ou son absence de moralité, ne le regardait pas.

— Puisque tu es réveillé, va aux cuisines et préviens

Florian que je veux aussi tous les serviteurs dans la grande salle.

— Il doit être en train de faire le pain, répondit Verdan.

— Alors il peut rester aux cuisines. Mais je veux voir tous les autres.

— Oui, messire, acquiesça Verdan.

Alors qu'il commençait à s'habiller, les autres hommes s'éveillèrent peu à peu.

— Habillez-vous et allez tous dans la grande salle, ordonna Gerrard. J'ai quelque chose à déclarer et je ne le ferai qu'une fois.

Il passa en revue les hommes ensommeillés qui se frottaient les yeux, se grattaient, s'étiraient et bâillaient sans retenue.

— Où est Arnhelm ? demanda-t-il.

A moitié vêtu, Verdan se racla la gorge et regarda ses pieds.

— Il s'occupe de son cheval.

— Va le chercher, ainsi que les palefreniers et les garçons d'écurie.

— Oui, messire, répondit Verdan.

Quand Verdan revint des écuries, où il n'avait pas trouvé Arnhelm, la plupart des soldats et des serviteurs, Florian excepté, attendaient dans la grande salle.

— Que se passe-t-il ? demanda Lizabet en chuchotant, tout en serrant la main de Verdan.

— Gerrard veut faire une déclaration publique, lui expliqua-t-il sur le même ton.

— A quel propos ?

— Je n'en ai pas la moindre idée.

— Où est ton frère ?

Verdan ne répondit pas, mais la fit taire avec un signe de tête vers Gerrard, qui avait pris place au centre du dais. Le commandant de la garnison de Dunborough avait revêtu sa cotte de mailles, son manteau, il arborait son épée dans son baudrier et ses gantelets et tenait son casque sous son bras. Il avait aussi l'air de ne pas avoir dormi de la nuit.

— J'ai décidé d'abandonner le commandement de la garnison et de quitter Dunborough, annonça Gerrard, avec une expression aussi sinistre que celle de son frère, peut-être même plus encore.

— Sacré nom de nom ! marmonna Verdan, et d'autres exclamations étouffées traversèrent aussitôt la salle.

Gerrard attendit que le brouhaha et les murmures se calment avant de continuer :

— Je pars à Delac aujourd'hui pour informer mon frère de ma décision. Ralph, vous commanderez la garnison jusqu'au retour de Roland ou jusqu'à ce qu'il nomme quelqu'un d'autre.

— Bon sang, chuchota Verdan en se coulant vers la porte des cuisines. Il faut que je parte, Lizabet, je reviendrai…

— Verdan !

Le soldat se figea telle une statue quand la voix de Gerrard résonna dans la grande salle, et il sentit le rouge envahir son visage.

— Où est Arnhelm ?

Verdan sentit une grosse boule se former dans sa gorge.

— Il est… euh… quelque part, Gerrard, euh… messire.

— Trouve-le et préviens-le que nous nous rendrons ensemble à Delac.

— Oui, messire ! rétorqua Verdan, avant de lancer un rapide regard d'adieu à Lizabet et de s'éclipser.

A l'entrée des cuisines, Lewis, tout sourires, se hâta lui aussi de s'éclipser.

Celeste se leva avec précaution, la cheville et les genoux raides d'être restée agenouillée sur le parquet brut de la chambre. Cette fois, elle n'avait pas prié. Elle avait cogné sur tous les panneaux des boiseries qui recouvraient les murs, afin de les sonder dans l'espoir qu'ils recèleraient une cachette.

Tout cela en vain malheureusement. Elle n'avait plus de temps, car l'aube était là. Aujourd'hui, elle devrait vendre la maison et partir. C'était cela ou mettre en péril sa chance de se réfugier dans une vie monacale paisible, tout cela pour un homme qui ne lui appartiendrait jamais.

Des coups frappés à la porte interrompirent ses sombres pensées.

C'était certainement l'un des marchands qui voulait acheter la maison. Cela ne pouvait être Gerrard. Leurs derniers instants ensemble avaient été si tendus qu'elle doutait de jamais le revoir.

Elle boitilla dans l'escalier puis alla ouvrir la porte, où elle trouva Ewald et Norbert sur le seuil. Ewald sourit en lui souhaitant le bonjour. Norbert avait l'air d'un homme prêt à engager un combat à mort.

Un combat qu'il allait perdre. Elle ne lui vendrait pas la maison, quelle que soit la somme qu'il lui offrirait. Pas après ce qu'il avait dit sur Audrey. Cependant, elle ne laisserait pas non plus Ewald rester le seul enchérisseur.

— Entrez, je vous en prie, déclara-t-elle en s'effaçant pour les laisser passer.

Elle fit de son mieux pour ne pas boiter, car elle ne voulait pas répondre à des questions sur les circonstances de son accident, et les conduisit dans la pièce principale. Le chat roux, qui jusque-là était assis sur le rebord de la fenêtre, sauta sur le sol et quitta lentement la pièce comme s'il n'était nullement impressionné par cette intrusion.

Ewald se dirigea vers la fenêtre en sifflotant doucement. Norbert leva la tête vers les poutres noircies par la fumée, sans doute pour tenter de repérer si elles étaient vermoulues. Il semblait fatigué, ou souffrant, plus pâle qu'auparavant, les lèvres ombrées de bleu, avec des cernes sombres sous les yeux. Peut-être devait-il travailler davantage, puisque son fils n'était plus sous ses ordres.

— Voudriez-vous prendre un siège, messieurs ? proposa Celeste. Ensuite nous pourrons parler du prix que vous êtes prêts à mettre chacun pour cette maison et son contenu.

— Les meubles aussi, n'est-ce pas ? s'écria Ewald.

— Oui, tout, à part quelques petites choses que j'emporterai.

Après avoir éclairci ce point, ils prirent les chaises qu'elle avait installées près de la fenêtre et se dévisagèrent avec méfiance tandis qu'elle croisait les mains sur ses genoux.

Elle s'attendait à ce que Norbert fasse la première offre, aussi fut-elle étonnée quand Ewald prit la parole.

— Je suis prêt à payer cent marks, annonça-t-il.

Elle le regarda avec sérénité et ne répondit pas immédiatement.

Comme elle l'avait prévu, elle n'eut pas à intervenir pour inciter Norbert à enchérir.

— Je propose cent vingt, dit-il.

Elle songea que la maison à elle seule valait bien plus que cela. Cependant elle était également à peu près certaine que ni l'un ni l'autre n'accepterait l'estimation qu'elle aurait faite de sa propriété, parce qu'elle était une femme. Ce qui ne l'empêcha pas de froncer les sourcils avant de lâcher :

— Si peu que cela ?

Norbert se renfrogna, et Ewald se frotta le menton.

— Cent cinquante, proposa enfin ce dernier.

Norbert se leva, marcha jusqu'au mur puis revint vers les chaises.

— Ma sœur, j'ignore ce que l'on a pu vous dire, mais la maison ne vaut pas ce que l'on vous a fait croire.

Elle attendit encore, et bien évidemment Ewald prit la parole avant qu'elle eût à le faire.

— Je te fais confiance pour essayer d'intimider une nonne en payant les choses en dessous de leur valeur, dit-il avant de sourire à Celeste. Deux cents, c'est plus que correct, ma sœur, et j'espère que Dieu en tiendra compte quand j'arriverai aux portes du ciel.

— Les portes du ciel ? Toi ? s'étrangla le marchand de bougies. Tu n'y mettras jamais les pieds !

Elle soupçonna que Norbert serait bien plus susceptible de frapper à la porte de l'enfer qu'Ewald de se faire refuser l'entrée du paradis !

— Du moins je n'essaye pas d'escroquer une religieuse, je lui propose un prix honnête, rétorqua Ewald.

— Un prix honnête ? Rien que les meubles, ça vaut bien…

Norbert se tut aussitôt en comprenant qu'il venait de se trahir, et son visage s'empourpra.

Celeste saisit l'occasion et poursuivit dans ce sens.

— Qu'alliez-vous dire ? demanda-t-elle.

Il se racla la gorge et ignora à dessein son adversaire.

— Les meubles sont ravissants, déclara-t-il.

— Ma mère avait un goût très sûr, comme Audrey, et elles n'ont pas regardé à la dépense pour le mobilier ainsi que les divers objets de décoration.

— A l'époque où ils ont été achetés, je ne doute pas qu'ils valaient très cher, intervint Ewald.

Donc beaucoup moins aujourd'hui, sous-entendait-il. Sur ce point, Celeste craignait que Norbert et lui ne soient d'accord.

Elle soupira lourdement, plissa le front et se mordit les lèvres, comme si elle était sur le point de pleurer.

— J'avais espéré pouvoir solder toutes les dettes d'Audrey après que tout aura été vendu et disposer aussi de quelque argent pour l'Eglise, expliqua-t-elle d'une voix tremblante.

Malheureusement, il sembla que ses paroles et son attitude n'encouragèrent pas les deux hommes à se montrer plus généreux. Après un long silence, Norbert fit une nouvelle offre avec réticence.

— Deux cent vingt marks, bougonna-t-il.

— Deux cent cinquante, contra aussitôt Ewald en prouvant ainsi que leur animosité mutuelle était bien plus efficace que faire appel à leur sympathie ou leur compassion.

— Deux cent soixante, répliqua Norbert. Et c'est bien trop élevé.

— Espèce de vieux rapiat ! s'exclama Ewald en foudroyant son rival du regard, oubliant apparemment qu'il avait offert moins. Trois cents !

— Tu as toujours prétendu être riche, lui lança Norbert. De toute évidence, tu mens. Je ne serais pas surpris d'apprendre que tu as des dettes jusqu'au cou. Trois cent vingt-cinq.

— Moi, des dettes ? Moi ? C'est un mensonge, espèce de vaurien !

Perché tout au bord de sa chaise, Ewald se pencha vers Celeste.

— Quatre cents ! s'écria-t-il.

— Qui as-tu traité de vaurien ? Je ne suis pas comme toi, je viens d'une famille respectable, avec de l'argent. Cinq cents ! hurla Norbert.

— Respectable, tu plaisantes ! ironisa Ewald. Ce n'est un secret pour personne que tu as traité ta femme et ton fils comme des esclaves. Pas étonnant que Sarah soit morte si jeune. Tu l'as épuisée à la tâche !

Norbert bondit de sa chaise.

— Tu es amer parce que c'est moi qu'elle a choisi, et pas toi ! Sept cents ! Aligne-toi là-dessus si tu peux, espèce de chien menteur et sournois !

Fou de rage, Ewald se leva à son tour et se retrouva nez à nez avec lui.

— Mille ! s'époumona-t-il.

— J'accepte ! cria Celeste avant que Norbert ne perde complètement la tête et n'offre davantage. Ewald allait ainsi se calmer et cesser d'enchérir. Mille marks, c'était déjà un prix incroyable.

Regardant fixement son adversaire, Norbert ouvrit la bouche et la referma comme un poisson sorti brutalement de l'eau.

— Tu… tu… j'espère que tu vas… mourir ! finit-il par éructer. J'espère que tu vas attraper la lèpre !

Sur ces mots, il tourna les talons et sortit de la pièce en trombe, puis ils entendirent la porte claquer un instant plus tard.

Celeste s'affala sur sa chaise, avec le sentiment d'avoir traversé une tempête en mer.

Ewald s'essuya le front de sa grosse main.

— Veuillez me pardonner, ma sœur, souffla-t-il, quelque peu ébranlé. J'ai perdu mon calme. Je vais aller chercher l'argent et demander à mon secrétaire de préparer un acte de vente pour que vous le signiez.

— Merci, répondit-elle.

Ewald hocha la tête et prit congé, l'air toujours abasourdi.

Les deux hommes étaient vifs, et peut-être assez colériques pour aller jusqu'au meurtre. Cependant Ewald semblait plutôt du genre à agir lui-même lors d'une explosion de rage plutôt que de charger une autre personne de la tâche. Norbert, quant à lui… Elle l'imaginait bien employer des moyens détournés pour obtenir ce qu'il convoitait.

Ce serait une possibilité que devrait explorer Roland. La maison étant vendue, elle allait donc bientôt partir, et plus rien ne la rattacherait à ce lieu.

— Ma sœur ?

Elle se retourna et découvrit Lewis sur le seuil de la pièce.

— Lewis ! Comment avez-vous…

— J'ai vu mon père arriver ici et je ne voulais pas le croiser, alors je suis passé par la cuisine. Avez-vous vendu la maison ? demanda-t-il en se tordant les mains, visiblement très anxieux.

— Oui. Il est temps que je rentre au couvent.

Il s'approcha d'elle.

— Vous n'avez nul besoin de vous presser. Pas pour le moment. Gerrard quitte Dunborough, pour toujours j'espère. Il a chargé Ralph du commandement de la garnison et il part à Delac en informer Roland. C'est ce qu'il a déclaré à tous dans la grande salle avant que j'arrive ici.

Celeste dévisagea Lewis, stupéfaite, essayant de comprendre ses paroles. Etait-ce réellement possible que Gerrard quitte Dunborough pour ne jamais y revenir ?

Après lui avoir révélé l'offre surprenante de Roland la veille, il lui avait pourtant bien dit qu'il était susceptible de partir. Mais, au plus profond d'elle-même, elle n'avait pas vraiment cru qu'il refuserait la chance d'être maître de Dunborough.

Apparemment, c'était le cas.

Il avait de toute évidence été sincère dans ses propos et avait estimé qu'il vaudrait mieux pour lui recommencer une nouvelle vie ailleurs, libre de toute réputation et histoires sur son compte.

Elle ne saurait sans doute pas à quel endroit et ne le reverrait probablement jamais.

— Que se passe-t-il ? lui demanda Lewis, l'air contrarié. Je croyais que vous seriez contente qu'il s'en aille. N'êtes-vous pas heureuse de son départ après la façon dont il a traité votre sœur ?

— Que voulez-vous dire ? s'enquit-elle, perplexe.

— Je croyais que vous le saviez. Ils étaient amants.

Chapitre 19

Une vision s'imposa à l'esprit de Celeste, où se mêlaient la forêt, Gerrard et… Audrey.

Lewis la considéra avec pitié.

— Je pensais que quelqu'un vous aurait révélé qu'ils étaient intimes. Ce n'était pas un secret, Gerrard rendait souvent visite à votre sœur, avant et après le retour de Roland avec son épouse.

Esmeralda et d'autres avaient traité Gerrard de menteur, de vaurien débauché enclin au mal. Et Audrey était belle. Mais avaient-ils été amants ? Non, Celeste se refusait à le croire. Même si Gerrard avait désiré Audrey, une pensée si douloureuse qu'elle en était presque trop insupportable, sa sœur n'aurait pas offert sa virginité sans la contrepartie d'une demande en mariage d'un homme riche et titré. Gerrard n'était ni l'un ni l'autre et n'avait eu aucun espoir de l'être jusqu'à tout récemment.

A quel moment Roland avait-il offert le domaine à Gerrard ? Après la mort d'Audrey ou avant ? Si c'était avant, peut-être avait-elle accepté de partager son lit avec lui.

Gerrard serait-il exactement ce que les rumeurs et les commérages colportaient ?

Peut-être avait-elle eu tort de se condamner pour leurs étreintes furtives. Gerrard pouvait être assez intelligent, manipulateur et sournois pour la séduire de telle manière qu'elle ne se rende pas compte de ses manigances.

Peut-être même jouait-il à une sorte de jeu pervers et

faussé avec elle ou se vengeait-il de la blessure qu'elle lui avait infligée il y avait des années.

Elle ne pourrait pas s'en aller et ne s'en irait pas avant d'obtenir des réponses à ces questions.

— Gerrard a-t-il déjà quitté le château ? demanda-t-elle.

— Je ne crois pas. Il faut que ses bagages…

Il s'interrompit, car Celeste s'était aussitôt élancée vers la porte en boitillant.

Lewis se précipita derrière elle.

— Où allez-vous ? Qu'avez-vous à la jambe ?

— Un léger inconfort, rien de plus, et je vais au château. Il faut absolument que je m'entretienne avec Gerrard avant son départ.

Assis sous le dais, Gerrard terminait son pain et sa bière. Dès qu'Arnhelm se présenterait devant lui, ils partiraient pour Delac. Le soldat devait sans doute être en train de faire ses adieux à Peg.

Gerrard se leva et était sur le point de se rendre aux cuisines à sa recherche quand la porte de la grande salle s'ouvrit sur la dernière personne qu'il s'attendait à voir.

Avec le sentiment d'être d'une bête traquée, il observa Celeste s'approcher de lui.

— Gerrard, j'aimerais vous parler, déclara-t-elle en s'arrêtant devant le dais, la jupe de son habit tournoyant brusquement, son joli minois cramoisi.

Son cœur s'emballa. Peut-être avait-elle appris qu'il partait et venait-elle le prier de rester. Peut-être lui annoncerait-elle qu'elle restait aussi.

Il l'espérait, parce qu'il l'aimait.

La femme de Roland avait été la première à le faire désirer devenir meilleur. Mais seule Celeste avait à la fois touché son cœur et excité son désir. Il l'avait compris la veille et avait fait tout son possible pour qu'elle renonce à la vie qu'elle avait choisie, dans l'espoir de la persuader finalement de devenir sa femme. Et cela n'avait fait que rendre la décision de Celeste plus inflexible encore.

Mais son désir de la voir demeurer ici ne dura qu'un instant, car le regard de la jeune femme lui criait qu'elle était furieuse et indignée.

Il était plus probable qu'elle était venue lui souhaiter bon vent, en dépit de sa cheville endolorie. Il regretta soudain de ne pas être parti la veille, ou même encore plus tôt. L'expression sur le visage de Celeste l'avertissait aussi qu'elle ne repartirait pas avant d'avoir dit ce qu'elle avait sur le cœur, et ce n'était sans doute pas quelque chose qu'il avait envie que toute la maisonnée entende.

— Nous pouvons nous entretenir dans la salle de travail.

— Non, je préférerais parler ici, objecta-t-elle. J'ai des questions à vous poser sur Audrey, et sur vous.

Oh ! Dieu du ciel ! Il avait redouté ce moment depuis le jour de l'arrivée de Celeste.

— Je préférerais répondre en privé à ce genre de questions.

— Non, Gerrard, rétorqua-t-elle sans bouger d'un pouce. Je ne connais rien de la vie de ma sœur, et cela doit cesser. Je veux des réponses, ici et maintenant. Audrey et vous, étiez-vous amants ?

Sa question franche et directe résonna dans toute la grande salle avec la clarté d'un son de cloche. Les soldats et les serviteurs encore présents s'éclipsèrent aussitôt, et même les chiens se tapirent dans des endroits discrets, de sorte qu'ils se retrouvèrent seuls tous les deux.

C'était là une maigre consolation, mais mieux valait être débarrassé de public.

— Non, nous n'étions pas amants, avoua-t-il avec honnêteté.

Il eut l'impression que sa réponse retentit avec force dans la salle vide.

— Vous n'avez jamais été intimes ? insista-t-elle en plissant les yeux.

Comme il serait facile de mentir ! De tout réfuter. D'offrir de fausses réponses, de se montrer un homme dépourvu d'honneur, ne méritant ni respect ni admiration. De lui affirmer le contraire. Cependant, il choisit le chemin le plus ardu et lui révéla la vérité.

— Nous nous sommes embrassés, lâcha-t-il.

Celeste retint son souffle, et la couleur quitta ses joues.

— Comment avez-vous pu ? chuchota-t-elle en le dévisageant comme s'il était le diable incarné.

C'était elle qui avait commencé. Et il lui raconterait tout, quel qu'en soit le prix.

— Nous nous sommes embrassés après que je lui avais demandé de m'épouser, et qu'elle avait accepté.

Celeste tituba légèrement en arrière, comme si ces mots l'avaient frappée physiquement.

— Vous lui avez demandé, et elle a accepté ? Vous vouliez réellement l'épouser ? Ou essayiez-vous simplement de la séduire ?

Encore ces éternelles accusations, fondées sur son comportement passé, mais également sur des mensonges et des spéculations.

Toutefois, il répondrait également avec honnêteté.

— Je n'ai jamais essayé de séduire votre sœur. Elle m'a offert sa fortune pour obtenir un titre du roi et le convaincre de m'attribuer Dunborough. Et j'étais désireux de l'épouser en ce sens. Cela n'aurait pas été un mariage d'amour, mais il n'aurait pas été pire que bien d'autres.

Il n'aurait peut-être même pas réalisé à côté de quoi il passait, car Celeste ne serait sans doute jamais revenue dans sa vie. Ce n'était qu'aujourd'hui, grâce à elle, qu'il savait ce que pouvait être l'amour entre un homme et une femme, alors même qu'il était trop tard.

Celeste le regarda fixement, l'air impénétrable.

— Elle n'avait aucune fortune à offrir, assena-t-elle.

— Que voulez-vous dire ? demanda-t-il, troublé. Bien sûr que si. Votre père était un homme riche.

— Certes, mais elle était criblée de dettes, comme aurait pu vous le confirmer n'importe quel marchand des environs.

Il était sous le choc. Celeste avait l'air si sûre d'elle, cependant comment cela pouvait-il être vrai ? Audrey avait vécu comme si elle avait disposé de larges richesses.

— Comment est-ce possible ? Vous avez vu vous-même ses vêtements, les bijoux, les bibelots dans la maison de votre père.

— Ses bijoux sont faux, les meubles et les bibelots avaient été achetés par mes parents. Quant aux robes et tout le reste, elle doit de l'argent à chaque marchand de Dunborough.

Celeste devait se tromper.

— Avez-vous vu des preuves de tout cela ?

— Oui. J'ai trouvé les reconnaissances de dettes en souffrance entassées dans un coffret et j'ai promis de les honorer. Vous n'en saviez rien ?

Que Celeste mette en doute sa parole était aussi douloureux pour Gerrard que sa fureur dirigée contre lui.

— Mais comment l'aurais-je su ? se récria-t-il. Audrey ne m'a jamais rien dit, ni n'a jamais fait la moindre allusion à un quelconque problème d'argent qu'elle aurait eu, et elle portait toujours les plus beaux vêtements. Je n'étais ni son mari, ni son père, ni son frère, aussi aucun marchand n'a-t-il abordé la question avec moi.

Il vit le doute naître dans les yeux de Celeste et continua :

— Je vous le jure, j'ignorais tout de l'état des finances de votre sœur.

Enfin, Celeste eut l'air de le croire. Malheureusement, elle était loin d'en avoir terminé.

— Et si vous en aviez eu connaissance, insista-t-elle, d'un ton toujours aussi froid, l'auriez-vous néanmoins épousée ?

— Si je l'avais découvert après que nous nous étions fiancés, oui, je l'aurais épousée, affirma-t-il avec conviction, même si cela aurait signifié se retrouver pris au piège des manigances d'Audrey. J'avais donné ma parole. Je ne suis pas aussi dépourvu d'honneur que cela.

Il ne pouvait qu'espérer que Celeste croie également cette réponse honnête.

Et il y avait une autre chose à prendre en compte, à laquelle elle n'avait peut-être pas pensé en ce qui concernait les dettes de sa sœur.

— Si un autre homme avait prétendu à la main de votre sœur et découvert qu'elle n'était pas aussi riche qu'elle le laissait entendre, reprit-il, il aurait pu être assez furieux pour lui vouloir du mal et peut-être même désirer la voir morte. Aucun homme n'aime que l'on se joue de lui. Et, s'il voulait justifier son acte, la considérer comme une catin hypocrite aurait fait l'affaire. Les hommes trouvent bien des manières d'excuser leurs décisions égoïstes.

— Comme vous l'avez fait vous-même ?

L'accusation le heurta de plein fouet. Néanmoins, il continuerait à lui opposer la même franchise.

— Oui, tout comme je me suis trouvé des excuses pour mes excès et mon manque de discernement pendant des années.

— Duncan savait-il que vous étiez engagés ? demanda Celeste, toujours avec la même détermination dans la voix.

— Non, tout comme j'ignorais qu'elle avait des dettes, personne n'était au courant de notre engagement, répondit-il en faisant un immense effort pour ne pas trahir sa détresse. C'était entre Audrey et moi uniquement.

— Ou du moins c'est ce que vous avez cru. Si Duncan l'avait découvert, cela aurait pu déclencher ses pulsions criminelles, murmura Celeste.

Soudain Gerrard perçut toute la douleur sous le masque impassible de la jeune femme, et une détresse aussi profonde que la sienne.

— Cependant, vous ne m'avez jamais rien dit, reprit-elle.

Quand j'ai évoqué les différentes raisons pour lesquelles on aurait voulu faire du mal à ma sœur, vous ne m'avez rien révélé de tout cela et vous m'avez laissée seule pour rechercher d'autres causes.

Encore une bonne raison pour lui de se fustiger…

De plus en plus bouleversé, il la dévisagea avec regret, bourrelé de remords.

— Parce que j'avais honte. Oui, j'étais cupide et ambitieux, tout comme votre sœur. Elle voulait le pouvoir, l'argent, une position. Moi aussi.

— Ce n'est pas une excuse pour ne pas avouer la vérité sur ce qui s'est passé entre vous, objecta Celeste, le frappant avec ces mots plus violemment qu'elle ne l'aurait fait avec un véritable coup de poing. Dites-moi, Gerrard, jusqu'où seriez-vous allé dans la forêt, si je ne vous avais pas arrêté ? M'auriez-vous fait l'amour ?

— Pour vous répondre franchement, oui, je l'aurais fait. Je le voulais plus que tout ce que j'avais auparavant désiré.

— Plus que Dunborough ?

— Bien plus.

— Et Audrey ? Vouliez-vous aussi lui faire l'amour ?

Il se renfrogna tandis que sa question planait entre eux, et que sa frustration rageuse croissait inexorablement.

— Que voulez-vous réellement entendre, Celeste ? La vérité ? La voici : j'aurais fait l'amour à votre sœur si elle m'avait laissé le faire. Mais elle n'y a jamais consenti. Je n'ai jamais entrepris de séduire Audrey ni de faire quoi que ce soit qui aurait entraîné sa mort. Et, s'il y a eu tromperie entre nous, elle était tout aussi coupable que moi.

Celeste se recula comme s'il l'avait giflée.

— Rien n'est jamais votre faute, n'est-ce pas, Gerrard ? C'est toujours quelqu'un d'autre qui est responsable.

— Je n'accuse pas Audrey ! se récria-t-il, profondément désespéré. Je m'en veux d'avoir laissé ma soif de pouvoir, ma cupidité et mon ressentiment obscurcir mon jugement.

— Vous auriez dû me parler de votre engagement. Et, au lieu de cela, vous me l'avez caché tout ce temps. Pire, vous m'avez fait croire que vous aviez changé jusqu'à ce que… vous tentiez de me séduire dans les bois.

— Moi, j'ai essayé de vous séduire ? répéta-t-il, incrédule. Qui s'est cramponnée à moi et m'a embrassé ? Par Dieu, Audrey était certes une ambitieuse, mais au moins n'était-elle pas hypocrite et n'a-t-elle jamais essayé de rendre un homme honteux de son désir !

Les joues écarlates, Celeste le toisa avec des yeux furibonds.

— Vous pensez que vous la connaissiez ? Elle a toujours dit que vous ne valiez pas grand-chose et que, sans le nom de votre famille, son rang et son pouvoir, vous valiez encore moins.

Celeste accompagnait son propos en lui enfonçant le doigt dans la poitrine, avec une violence comparable aux coups portés par une dague.

— Vous n'étiez rien d'autre que le malheureux troisième fils, le prix de consolation quand Broderick et Roland ne furent plus à sa portée. Et qu'était-elle pour vous, si ce n'est une bourse bien remplie afin d'obtenir ce que vous souhaitiez ? Au moins, Duncan la désirait réellement.

Tout cela était inutile. Elle ne voyait en lui qu'un être malfaisant et voulait croire que sa sœur était d'une innocence angélique. Rien de ce qu'il pourrait dire ne la ferait changer d'avis.

Il fit un signe de la main pour la congédier.

— Maintenant que vous avez bien sali mon nom, vous pouvez partir.

— Absolument, et avec joie, répliqua-t-elle. J'espère ne plus jamais vous revoir, ni vous ni Dunborough.

Alors qu'elle lui tournait le dos pour s'en aller, vacillant quelque peu, les portes de la grande salle s'ouvrirent, et une autre femme fit son entrée. Elle portait un manteau noir bordé de renard et un lourd voile noir d'une laine de belle qualité, sur une guimpe d'une blancheur immaculée tandis que les éclats du feu dans la cheminée faisaient scintiller le crucifix en or qui ornait son cou.

La mère supérieure de Sainte-Agatha balaya d'un regard impérieux les deux personnes en face d'elle et prit la parole d'une voix aussi hautaine que son attitude.

— Ainsi, Celeste, vous voici donc. Cette désobéissance déplorable est une preuve supplémentaire, s'il en fallait encore une, que vous n'êtes pas digne d'être une épouse du Christ.

La jeune femme se recroquevilla, et son air furieux disparut immédiatement.

— Qu'avez-vous dit ? s'exclama Gerrard en descendant de l'estrade sous le dais, elle n'a donc pas prononcé ses vœux définitifs ?

La mère supérieure le toisa d'un air méprisant.

— Non, et il est clair que j'ai fait preuve de sagesse en ne le permettant pas. Elle n'a aucune morale et ne se soumet à aucune discipline. De plus, c'est une voleuse. Elle a dérobé l'habit qu'elle porte à sœur Sylvester.

— Elle l'a dérobé ? répéta Gerrard, avec une expression à la fois incrédule et stupéfaite.

Celeste rougit de honte, mais uniquement parce qu'elle avait pris l'habit de sœur Sylvester sans permission. Elle ne regrettait pas d'avoir désobéi à l'ordre de la mère supérieure de rester au couvent. Quant à prétendre être une nonne, c'était certes un mensonge, mais elle l'avait fait par mesure de sécurité.

— J'avais le droit de revenir chez moi, répondit-elle à la femme en essayant d'ignorer Gerrard. Vous m'avez tenue dans l'ignorance de la mort de ma sœur pendant bien trop longtemps. Et j'ai pensé que voyager en habit de religieuse me protégerait.

— Votre sœur était une effrontée, et vous ne valez guère mieux.

— Et vous, vous êtes cruelle et mesquine, répliqua Celeste.

Le visage de la mère supérieure se tordit de rage.

— Espèce d'engeance de Satan, démon…

Gerrard s'interposa entre elles, menaçant.

— Mesurez vos propos, madame, lança-t-il à la mère supérieure, ou je pourrais oublier qui vous êtes et votre fonction, pour vous faire jeter dehors.

Celeste rougit plus encore, brûlante des pieds à la tête comme par une journée d'été. Qu'il la défende après toutes les accusations qu'elle lui avait lancées…

— J'ai également entendu parler de vous, jeune homme, continua la religieuse. C'est un miracle que vous n'ayez pas été excommunié pour votre comportement scandaleux.

— Et c'est pour moi un miracle que vous dirigiez un couvent, pourtant c'est ainsi, répliqua Gerrard. Vous pouvez vous adresser à Celeste avec courtoisie ou bien vous êtes libre de partir.

Un silence tomba pendant ce qui sembla durer une éternité avant que la mère supérieure reprenne d'un ton irrité :

— Comme vous voudrez.

— Bien, déclara-t-il en faisant un geste vers sa chaise disposée sous le dais. Voulez-vous vous asseoir ?

La femme monta sur l'estrade et s'assit sans dire un mot. Gerrard installa une autre chaise et vint vers Celeste pour lui offrir son bras. Elle ne put le regarder dans les yeux en glissant sa main sous celui-ci et le laissa la conduire jusqu'à elle, reconnaissante et boitant légèrement. Puis il se procura un siège pour lui-même et s'installa entre les deux femmes.

Ensuite il regarda la mère supérieure droit dans les yeux.

— Bien, commença-t-il, pourquoi êtes-vous venue à Dunborough ?

— Pour ramener Celeste, bien sûr, répondit-elle comme si elle le prenait pour un simple d'esprit.

— Pourquoi ?

Chapitre 20

Cette question toute simple resta en suspens dans l'air. Celeste osait à peine respirer.

— Parce que… parce qu'il faut qu'elle rentre, finit par éructer la mère supérieure.

— Et je vous le redemande, pourquoi ? insista Gerrard. Il me semble que vous ne voulez pas d'elle là-bas et que vous ne vous souciez guère de ce qui peut lui arriver, sans cela vous vous seriez lancée à sa recherche plus rapidement. Et, si elle n'a pas encore prononcé ses vœux, vous n'avez de fait aucun droit de lui ordonner quoi que ce soit.

— J'ai tardé à partir parce que je pensais qu'elle reviendrait à la raison et rentrerait d'elle-même, répliqua la religieuse.

Elle dévisagea de nouveau Gerrard d'un air critique, puis s'adressa à Celeste.

— J'imagine que nous pouvons ajouter le péché de chair à toutes vos fautes.

— Personne n'en est exempt, rétorqua Celeste pour sa défense. Mais je ne prétends pas le contraire, alors que d'autres infligent des punitions cruelles et injustes pour les infractions les plus infimes, tout en prétendant que c'est pour le salut de leurs âmes.

— Votre âme est de toute évidence au-delà de la rédemption, et vous ne pourrez jamais revêtir la robe, qu'elle soit volée ou non.

— Je la renverrai, répliqua Celeste, ou j'en achèterai

une autre à sœur Sylvester une fois que je serai dans un autre couvent, où il n'y aura pas une mère supérieure injuste pour m'empêcher de prononcer mes vœux.

La supérieure pinça les lèvres.

— Je veillerai à ce que vous n'ayez jamais ce privilège. Vous êtes entêtée, obstinée et désobéissante. Je m'assurerai que chaque couvent d'Angleterre sache quel genre de femme vous êtes.

— Alors je partirai à l'étranger !

— Cela suffit ! ordonna Gerrard en se levant. J'ai assisté à assez de disputes comme cela dans ma vie. Laissez-nous, ordonna-t-il à la mère supérieure. Je souhaite m'entretenir seul à seul avec sœur… avec Celeste.

— Je ne doute pas que vous désiriez vous retrouver seul avec elle, même si je doute que ce soit pour vous entretenir, comme vous le dites ! aboya la femme en se levant telle une seigneurie outragée.

Elle n'ajouta pas un mot et leur tourna le dos dans un tourbillon de soie noire accompagné du tintement métallique de sa chaîne, puis elle traversa la grande salle d'un pas martial avant de disparaître dans un air aussi froid et sec qu'elle-même.

Ne sachant trop comment réagir, Celeste se tordait les mains sur les genoux en attendant que Gerrard prenne la parole. Que pouvait-elle dire ? Elle lui avait menti, ainsi qu'à tout le monde à Dunborough, sur son statut de nonne.

Certes, il aurait dû lui révéler son engagement avec Audrey, mais il ne l'avait pas nié quand elle le lui avait demandé. Il n'avait pas menti comme elle l'avait fait des jours durant.

Il resta silencieux un long moment, les yeux baissés, le visage fermé.

La haïssait-il désormais ? Celeste n'aurait pu l'en blâmer.

Elle n'aurait jamais dû lui reprocher leurs moments

d'intimité, ni l'accuser d'avoir séduit Audrey, ni sous-entendre qu'il était pour partie responsable de la mort de sa sœur. Celeste s'en rendait compte maintenant, alors qu'il était trop tard.

— Je suis désolée de vous avoir trompé, Gerrard, et je vous suis reconnaissante de m'avoir défendue. Pardonnez mes accusations et essayez de penser du bien de moi quand je serai partie, quand bien même je ne le mérite pas.

Il releva la tête pour la regarder.

— J'aurais dû vous dire ce qui s'est passé entre Audrey et moi. Si MacHeath avait découvert nos projets, il aurait pu perdre la tête et l'agresser pour cette raison. Mais j'avais trop honte pour vous l'expliquer, déclara-t-il avec un sourire empreint de tristesse, pâle reflet de ceux dont il était coutumier. Je voulais vous plaire.

Elle esquissa le geste de lui prendre la main, puis se ravisa.

— Vous me plaisez, Gerrard, vous m'avez toujours plu.

Et tellement plus encore aujourd'hui, alors qu'elle l'avait perdu.

Il la dévisagea avec gravité.

— Voulez-vous réellement devenir religieuse ?

Que pouvait-elle espérer de plus ? songea-t-elle amèrement.

— Oui, c'est mon plus profond désir.

— Alors il est fort probable que je ne vous reverrai jamais.

C'était donc cela, d'avoir le cœur brisé, réalisa Celeste.

— Non, en effet. Je vous souhaite tout le bonheur possible, Gerrard.

— J'espère que vous trouverez la paix, Celeste.

— Vous aussi, murmura-t-elle avant de quitter lentement la grande salle de Dunborough et l'homme qu'elle aimait.

Gerrard dut fait appel à toute sa volonté pour ne pas courir derrière Celeste et l'implorer de rester.

Elle avait prétendu être nonne. Elle l'avait culpabilisé et rendu honteux de son désir. Elle l'avait tenté, tourmenté et critiqué de ne pas s'être montré totalement honnête, alors qu'elle-même était loin d'être sincère.

Cependant il l'aimait.

Aucune autre femme n'avait conquis son cœur. Mais avec sa tendre compassion, sa générosité, sa défense farouche des plus faibles qu'elle, et, certes, son entêtement aussi bien que sa force et sa passion, elle avait pris possession de celui-ci il y avait bien longtemps.

Elle était son cœur même. Sa conscience. Le meilleur de lui-même.

Mais pour son salut, parce que tel était son désir et que c'était ce qui la rendrait heureuse, il devait la laisser partir. Pourtant, il mourait d'envie de la supplier de demeurer ici, d'essayer de lui montrer qu'il ferait tout en son pouvoir pour être un honnête homme, un homme bon.

Elle avait été son premier amour de jeunesse et serait le dernier.

De retour chez elle, Celeste s'écroula sur sa chaise et se prit le visage dans les mains. Elle ne considérerait plus jamais que se plaindre d'un cœur brisé était futile et ne concernait que les jeunes filles écervelées ou les idiotes. Perdre Gerrard provoquait une souffrance d'une violence qu'elle n'avait encore jamais connue, pas même quand elle avait été expédiée au couvent, ou le jour où elle avait appris la mort d'Audrey.

Gerrard lui avait montré les joies de la passion, l'excitation d'être un objet de désir, le genre de bonheur que ne pouvait connaître qu'une femme aimée d'un homme. Elle ne savourerait plus jamais les délices d'être en sa présence, ou la façon dont il faisait battre son cœur avec un simple mot ou un sourire.

Elle n'aurait plus personne pour partager leur passé et leurs souvenirs communs.

Il lui manquerait, ainsi que tout ce qui le concernait, et pour toute sa vie.

— Sœur Augustine ?

Elle leva la tête et vit Lewis qui se tenait devant elle. Il la dévisageait avec cette expression affamée et intense qu'elle trouvait légèrement déconcertante, le chat roux dans les bras.

Elle avait oublié qu'il se trouvait toujours là. Il aurait mieux valu qu'il ne l'appelle pas par ce nom, mais elle était trop fatiguée et trop triste pour le lui dire ou lui expliquer.

— Oui ?

Il reposa Joseph par terre avec un manque de douceur qui fit cracher l'animal, mais il l'ignora.

— Quittez-vous toujours Dunborough ?

— Oui, Lewis, dès que je le pourrai.

— Mais pas aujourd'hui, il est trop tard pour entreprendre votre voyage.

— Vraiment ? Midi est donc déjà passé ?

— Presque.

Joseph vint vers elle et se frotta contre le pied de sa chaise avant qu'elle se penche pour le prendre sur ses genoux.

— Alors je ne partirai peut-être pas aujourd'hui, soupira-t-elle.

— Je partirai avec vous, annonça Lewis.

Elle se raidit, soudain sur le qui-vive, et pas seulement à cause de cette déclaration. Ce fut la manière fervente et déterminée qui la fit réagir.

— Vous avez votre place au château, objecta-t-elle en reposant le chat.

Joseph alla se blottir dans un coin, où il resta à les observer.

— Je ne veux pas être secrétaire ! Je déteste ça ! Et j'ai horreur de cet endroit. Et je le détesterai plus encore quand vous serez partie !

Son ton véhément et son regard fiévreux lui firent regretter de ne pas lui avoir demandé de s'en aller avant qu'elle se rende au château. Elle repensa à Audrey et à quel point elle avait ignoré ou négligé de remarquer les signes annonçant que MacHeath était dangereux. Avait-elle fait de même avec Lewis ?

— Oh ! Lewis, c'est si gentil et généreux de votre part ! s'exclama Celeste.

Elle allait jouer à la jeune fille en détresse et mentirait s'il le fallait, afin de lui faire quitter la maison.

— Je me sentirai tellement plus en sécurité avec un protecteur ! reprit-elle. Avez-vous un cheval ? J'ai la jument d'Audrey, et si nous allons à cheval le voyage sera bien plus facile et confortable, n'est-ce pas ? Mais elle est au château.

Du moins, c'était ce que pensait Celeste, car elle n'avait même pas songé à demander là-bas si elle était revenue.

— Il va falloir que j'aille la chercher, expliqua-t-elle.

— Nous pouvons prendre des chevaux de l'écurie de mon père, répondit Lewis. Il me doit cela, pour toutes les années où j'ai été son esclave.

— Non, non, laissez-moi prendre Daisy, et peut-être pourrez-vous acheter un cheval. Sans cela votre père pourrait nous faire poursuivre.

— Matheus, l'aubergiste du Cock's Crow, en a certainement un à vendre.

— Alors allez chercher Daisy au château et achetez un cheval à Matheus. Nous partirons demain, déclara Celeste alors qu'elle n'avait nullement l'intention d'être encore là à son retour.

Quand Ewald lui apporterait l'argent de la vente, elle lui demanderait de s'occuper de régler les dettes d'Audrey, d'envoyer de l'argent à Sainte-Agatha pour payer l'habit de sœur Sylvester, et garderait le reste pour son voyage. Elle déclarerait qu'elle partait vers le sud, mais en fait prendrait la direction du nord, pour l'Ecosse.

Les ragots avaient beau circuler aussi dans le clergé, elle trouverait bien un endroit où se faire accepter pour prendre un nouveau départ. Il faudrait que ce soit un lieu reculé, sans grand confort donc, mais elle y trouverait la paix, du moins une paix relative.

— Maintenant que tout est décidé, continua-t-elle, je vais préparer de quoi manger pour le voyage, et vous avez sans doute aussi des dispositions à prendre de votre côté.

Elle se dirigea vers la porte et l'ouvrit, lui signifiant ainsi qu'il était temps de prendre congé.

Il vint se planter devant elle tel un chiot inquiet.

— Je ne veux pas retourner au château.

— Vous ne pouvez pas rester ici. Ce ne serait pas convenable.

— Je ne crains pas les qu'en-dira-t-on.

— Mais moi, si. Les commérages me suivent inexorablement, et si je veux aller dans un autre couvent…

— Vous n'allez pas le faire, n'est-ce pas ? plaida-t-il en lui prenant les mains avant de les serrer très fort, les yeux brillants. Vous ne feriez pas ça ? Vous ne devriez pas. Vous êtes bien trop belle pour vous enfermer.

— C'est ce que je veux, Lewis, affirma-t-elle en se dégageant.

— Je ne veux pas que vous me quittiez. Je vous aime !

— Je suis flattée, Lewis, sincèrement, commença-t-elle en reculant lentement vers l'escalier, mais…

— Vous êtes la femme la plus belle et la plus merveilleuse du monde, et je vous aime de tout mon cœur ! déclara-t-il en la suivant.

— Je vous suis reconnaissante de vous soucier de moi, Lewis, mais je souhaite embrasser la vie religieuse plus que tout. Vous êtes jeune et…

— Je ne suis pas un bébé ! se récria-t-il en durcissant ses traits, les yeux étincelants. Je suis un homme !

Dieu lui vienne en aide, elle avait été aussi aveugle qu'Audrey ! Elle aurait dû remarquer… voir… soupçonner. Mais non, rien. Heureusement, en raison du funeste destin qu'avait connu sa sœur, elle savait qu'il lui fallait persuader Lewis de s'en aller aussi vite que possible et s'enfuir ensuite de Dunborough avant qu'il se rende compte qu'elle était partie. Plus tard elle enverrait un message à Roland sur le fils du marchand de bougies et son comportement inquiétant.

Mais en attendant, elle devait s'en sortir seule.

Elle se souvint comment sœur Sylvester avait calmé plus d'une novice submergée par ses émotions. Il fallait qu'elle reste calme, sereine mais ferme.

— Oui, bien sûr, vous êtes un homme. Et c'est pour cette raison même que vous ne pouvez demeurer ici ce soir. Si vous n'étiez qu'un jeune garçon, ce serait différent.

Lewis se dirigea alors enfin vers la porte et posa sa main sur le verrou.

Au lieu de sortir, il verrouilla la porte.

— Lewis, que faites-vous ?

— Je passerai la nuit ici.

Il ne ressemblait ni à un garçon ni à un jeune homme, encore moins à un amoureux transi. Il avait l'air dur, impitoyable et déterminé.

Et elle était seule dans cette maison, sans soldats ni servante dans les parages.

En dépit de sa peur et de sa panique grandissante, elle tenta de garder un ton égal.

— Je vous ai expliqué pourquoi vous ne pouviez pas rester, Lewis. Partez, je vous prie.

Avant qu'elle puisse esquisser un mouvement il traversa la pièce, l'attrapa par les épaules et la plaqua contre lui.

— Je vous aime et je veux être avec vous. Nous allons être amants, alors pourquoi pas tout de suite ?

— Non, nous ne le serons pas ! cria-t-elle en se libérant de son emprise pour courir vers la porte, en dépit de sa douleur à la cheville. Je suis nonne, et vous, vous allez sortir sur-le-champ !

— Non ! hurla-t-il en atteignant la porte avant elle. Vous m'aimez, tout comme je vous aime. Vous êtes venue à mon secours et m'avez défendu contre mon père.

Elle se recula contre la table et s'empara du chandelier.

— Je ne voulais pas qu'il vous fasse de mal, c'est tout, expliqua-t-elle.

Le visage de Lewis se fendit alors d'un sourire terrible qui lui glaça le sang.

— Vous me prenez pour un pauvre garçon éperdu d'amour, tout comme je vous prenais pour une femme vertueuse. Mais je sais qui vous êtes vraiment. J'ai vu comment vous regardez Gerrard, cet individu dégoûtant et débauché. Vous êtes une catin, comme votre sœur, quels que soient les vêtements que vous portez ou les vœux que vous avez prononcés.

— Non, ce n'est pas ce que je suis, répliqua-t-elle, maintenant laissez-moi ou je…

— Ou quoi ? coupa-t-il. Vous pensez que Gerrard va s'empresser de voler à votre secours ? Il s'en va.

— Lewis, implora-t-elle, de plus en plus désespérée, si vous avez vraiment des sentiments pour moi…

— Je vous laisserai, c'est cela ? répondit-il avec mépris. J'imagine que vous préféreriez être avec Gerrard. Vous êtes comme toutes les autres femmes impatientes d'ouvrir leurs cuisses pour lui !

Celeste agrippa le chandelier plus fermement.

— Vous vous trompez ! cria-t-elle.

— Je croyais que vous étiez différente. Maintenant je pense le contraire, sans cela vous n'auriez pas été si contrariée quand vous avez appris que Gerrard devait épouser Audrey, aussi furieuse que Duncan quand votre sœur l'a éconduit. Roland lui avait échappé, et Duncan avait tenté de la persuader d'oublier les seigneurs de Dunborough. J'ai vu l'expression de son visage quand elle lui a annoncé qu'elle allait épouser Gerrard.

— Vous avez été témoin de la scène ? s'exclama Celeste.

— J'ai tout vu et tout entendu, répondit Lewis, l'air suffisant, avec une satisfaction non dissimulée. Je les ai observés par la fenêtre. Je la regardais souvent, vous aussi. Parfois j'entrais dans la maison. C'est facile de soulever le loquet des volets de la cuisine.

Dieu du ciel, que genre d'esprit tordu était-il donc ?

— Vous ne dormez pas beaucoup, continua-t-il. Et cette Lizabet toujours là à déranger mes plans. Pas comme Martha. Elle préférait rester assise à la cuisine devant la cheminée. Ou traîner dehors. Personne n'a jamais su que j'étais là quand Duncan a violé et tué votre sœur. Je l'ai vu la frapper, comme elle le méritait, fanfaronna Lewis, fier de lui.

Celeste avait du mal à croire ce qu'elle entendait.

— Et vous n'avez rien fait pour l'aider ?

— Pourquoi l'aurais-je fait ? Votre sœur a eu ce qu'elle méritait, MacHeath aussi. Je l'ai suivi quand il s'est sauvé d'ici. Il a fallu que j'aille chercher mon cheval, aussi ne l'ai-je rattrapé qu'après qu'il s'était battu avec Roland. MacHeath était sur la berge de la rivière. J'ai fait bien attention de marcher dans ses empreintes, et il ne m'a pas entendu arriver. Il était si affaibli que ça a été facile de le pousser. Il n'a pas eu la force de ressortir de l'eau. Je l'ai regardé se noyer. Cela vous aurait plu. Ça a pris longtemps.

Celeste se sentait trop mal pour parler ou bouger, ou faire quoi que ce soit, si ce n'était contempler Lewis, horrifiée. Elle était en présence d'un fou et elle était seule.

Non, elle n'était pas toute seule.

— Mon Dieu, aidez-moi ! cria-t-elle en se précipitant vers la porte.

Chapitre 21

Quand Lewis esquissa un geste pour l'arrêter, Celeste brandit le chandelier dans l'intention de lui assener un coup sur la tête.

Mais, elle ne fut pas assez rapide. Il l'attrapa et lui maintint fermement le bras, puis serra jusqu'à ce qu'elle soit obligée de lâcher son arme improvisée.

— Espèce de catin stupide ! cracha-t-il, les yeux pleins de rage, en s'emparant du chandelier pour le jeter contre le mur où il fendit un panneau des boiseries. Tu as laissé Gerrard te prendre, pourquoi pas moi ?

Elle frappa Lewis au visage le plus fort possible avec son autre main et tenta de lui donner des coups de pied. Il lui assena un coup de poing sur la joue, lui fendant la lèvre et l'envoyant par terre.

Elle essaya de s'écarter, sa douleur à la cheville s'était réveillée, plus violente que jamais. Le chat roux sortit de nulle part et bondit sur Lewis. Il lui griffa le bras, dessinant trois longues marques sanglantes avant de rebondir sur ses pattes et de se sauver de la pièce.

Celeste était presque arrivée à la porte quand Lewis la rattrapa par le bas de sa robe et la traîna de nouveau dans la pièce. Elle se tortilla pour se libérer et renversa une chaise dans sa lutte.

Il la terrassa enfin et la bloqua sous lui.

Hors d'haleine, elle tenta de se dégager jusqu'à ce

qu'il lui assène un nouveau coup sur l'oreille, la laissant presque au bord de l'évanouissement.

Elle resta alors inerte, à bout de souffle, un goût de sang dans la bouche.

— C'est mieux, marmonna-t-il, à califourchon sur elle, les genoux sur ses bras pour la maintenir prisonnière.

La douleur lui fit monter les larmes aux yeux. Puis elle entendit un bruit qui la poussa à se débattre de nouveau. Il était en train d'ôter sa ceinture.

— Arrête ! ordonna-t-il en l'enroulant à son poignet droit, avant d'en passer l'extrémité dans la boucle. Après avoir serré suffisamment fort, il lui passa les mains dans le dos et les attacha.

La douleur dans ses bras et ses poignets était intolérable, et elle gémit tout bas.

— Tout est ta faute, aboya-t-il en se relevant.

Il attrapa l'extrémité de la ceinture et la remit brutalement debout.

— J'imagine qu'il va falloir aussi te bâillonner.

Horrifiée à cette idée, elle réussit à secouer vigoureusement la tête en dépit de la douleur que cela lui provoquait.

— Je vous en prie, Lewis, non ! Je resterai tranquille, je vous en donne ma parole.

— Tu dois oublier que je sais quelle femme de petite vie tu es, doublée d'une menteuse !

Il saisit brusquement le voile de Celeste et sortit une dague dissimulée jusque-là dans la ceinture de son pantalon.

— Allez-vous me tuer ? réussit-elle tout juste à murmurer, la gorge serrée par l'affolement.

Il sembla sincèrement surpris.

— Bien sûr que non ! Je te l'ai dit, je t'aime, en dépit de tous tes péchés.

Son salut dépendrait peut-être de sa capacité à le calmer, aussi, tandis qu'elle réfléchissait fébrilement à un moyen de s'échapper, elle cessa de se débattre. Il découpa une longue bande de tissu dans le voile, puis se débarrassa du reste de l'étoffe dans un coin.

La dague et le tissu dans la main, il sourit et la détailla des pieds à la tête avec un regard concupiscent.

— Je me demande…, commença-t-il avant de glisser la lame de la dague entre sa guimpe et sa joue.

Se forçant à rester immobile, elle ferma les yeux et retint sa respiration alors qu'il coupait le tissu. Puis il ôta le tout, guimpe et coiffe.

— Non, non, non, ça ne va pas, marmonna-t-il en faisant les cent pas autour d'elle. Tes cheveux ne devraient pas être attachés comme ça.

Elle sentit sa terrible présence tout près, derrière elle, mais ne bougea toujours pas, pas même quand il se mit à défaire sa natte.

— On m'a raconté que Gerrard t'avait coupé les cheveux autrefois. On aurait dû l'écarteler pour cela, déclara Lewis en s'arrêtant pour prendre une poignée de boucles et les porter à son visage avant de respirer leur parfum profondément. Du bois de santal, n'est-ce pas ? Quel raffinement !

Il était concentré sur sa chevelure. C'était peut-être là sa meilleure chance.

Elle pivota brusquement et le bouscula d'un coup d'épaule. L'ayant déséquilibré, elle en profita pour s'élancer.

— Sale roulure ! cria-t-il en titubant.

Avant qu'elle eût atteint la porte, il la saisit par les cheveux et tira de toutes ses forces, la faisant tomber violemment avec un cri de douleur.

Il l'attrapa par le bras pour la relever. Elle essayait de ne pas faire porter son poids sur sa cheville blessée, et prit alors toute la mesure de sa rage et de sa folie quand il lui enfonça le tissu de son voile entre les dents.

— Ne recommence pas ou, par Dieu, tu vas le regretter ! cracha-t-il en serrant impitoyablement le bâillon.

Il passa son bras sous l'épaule de Celeste et la traîna hors de la pièce, en direction de la cuisine.

— Tu reviendras à la raison bien assez tôt, grommela-t-il. Je fais ça pour toi, après tout. Tu veux quitter Dunborough, c'est ce qu'on va faire. Nous sommes faits l'un pour l'autre. Je croyais aimer Audrey, mais maintenant je sais. Tu m'aimeras. Je t'aime tant que tu devras m'aimer.

Elle représentait pour lui un lourd fardeau, aussi traversèrent-ils la cuisine à petits pas, alors qu'elle s'efforçait désespérément de trouver un moyen de s'échapper et priait pour que quelqu'un lui vienne en aide.

Elle repéra le panier de pois secs près de la porte et, tel un éclair de lumière dans un tunnel sombre, se souvint d'un conte de leur enfance que lui racontait Audrey, sur deux enfants perdus dans les bois.

Celeste attendit qu'ils soient parvenus presque à la porte, puis flageola sur ses jambes avant de s'écrouler par terre en manquant entraîner Lewis avec elle.

— Relève-toi ! cria-t-il.

Utilisant le panier pour s'aider, elle se remit debout, serrant les poings comme si cela la soulageait dans son effort.

Il ne s'était pas rendu compte qu'elle avait pris de grosses poignées de pois.

— Arnhelm ! appela Verdan quand il repéra son frère au loin.

Ils étaient à quelques miles de Dunborough, sur la route principale vers le sud, en direction de Delac. Le ciel était gris et terne, sans le moindre rayon de soleil à l'horizon. Les vallées étaient désolées à cet endroit, avec des rochers qui défiguraient le paysage çà et là telles des cicatrices, et quelques rares oiseaux volaient haut dans le ciel.

Les seules autres créatures vivantes dans cette rase campagne étaient les deux hommes et leurs montures.

Arnhelm tira sur ses rênes et se retourna pour regarder derrière lui. Ses yeux s'agrandirent d'étonnement quand il reconnut le cavalier qui galopait dans sa direction, gesticulant avec force, et sans casque.

— Que se passe-t-il ? demanda-t-il quand son frère s'arrêta brutalement à sa hauteur, évitant de justesse de faire déraper son cheval sur une plaque de verglas.

— Il faut que tu rentres ! Tout de suite ! hurla Verdan en reprenant le contrôle de sa monture affolée. Gerrard part pour Delac et il veut que tu viennes avec lui.

Le cheval d'Arnhelm se mit à piaffer avec nervosité.

— Gerrard part pour Delac ?

— C'est que je viens de dire, non ? Il renonce à Dunborough et va en informer Roland.

Arnhelm n'aurait pu arborer un air plus stupéfait si Verdan lui avait annoncé qu'il était le fils illégitime du roi.

— Il abandonne Dunborough ?

— Oui, il va à Delac pour l'annoncer à Roland, et je te répète qu'il veut que tu l'accompagnes.

— Mais je dois dire à sir Roland…, commença Arnhelm, perplexe.

— Ça n'a plus d'importance maintenant, n'est-ce pas ? le coupa Verdan.

Arnhelm réfléchissait sérieusement.

— Ça pourrait quand même, tout dépend de ce qui s'est passé avec sœur Augustine.

— Eh bien, tu pourras toujours en parler à Roland quand tu seras là-bas avec Gerrard. En privé. Mais maintenant, fais demi-tour ou sinon il pourrait croire que tu manigances quelque chose derrière son dos. Je ne voudrais pour rien au monde que Gerrard soit fâché contre moi.

Arnhelm reprit sa respiration.

— Tu as raison. Mieux vaut rentrer, et je verrai si j'en apprends plus au cours de notre voyage. Il se peut qu'il n'y ait rien à raconter à sir Roland mais, dans le cas contraire, j'en saurai sûrement davantage.

— Oui, acquiesça Verdan avec vigueur.

Les deux frères talonnèrent leurs chevaux et galopèrent en direction de Dunborough, laissant les vallées aux nuages et aux oiseaux.

Il ne leur fallut pas longtemps pour être de retour.

— Tu ne crois quand même pas qu'il est déjà parti ? s'inquiéta Verdan tandis qu'ils attendaient que Hedley ouvre la porte de la cour.

— J'espère que non.

La porte s'entrouvrit enfin suffisamment pour les laisser passer, et ils se dépêchèrent de la franchir. Ils échangèrent des regards de soulagement quand ils virent Snow devant eux, un gros sac en cuir attaché à la selle.

— Où étiez-vous ? demanda Hedley à Arnhelm.

— Ça n'a plus d'importance maintenant, répondit-il en descendant de sa monture. Si Gerrard me cherche, dis-lui que je suis aux écuries.

Il se hâta aussitôt de s'y rendre, menant Oaken par la bride.

Stupéfait, Hedley s'adressa à Verdan.

— Que se passe-t-il ?

— Rien, répondit celui-ci en mettant également pied à terre et en suivant son frère.

Ils avaient à peine rentré leurs chevaux dans leurs stalles après les avoir dessellés que Gerrard fit irruption dans un grand cliquetis de cotte de mailles, son manteau claquant autour de ses jambes.

— Ah, Arnhelm, te voilà ! Hedley m'a dit que je te trouverais ici, déclara-t-il d'une voix tonitruante.

Les frères ressortirent des stalles si vite qu'ils faillirent se heurter.

Gerrard eut l'air surpris.

— Qu'est-ce que tu fais ici, Verdan ? Pourquoi n'as-tu pas prévenu ton frère que je le cherchais ?

— Je l'ai fait, messire, se récria-t-il, on dirait que son cheval boite encore un peu, ajouta-t-il, son visage devenant cramoisi tandis qu'il proférait ce mensonge.

Par bonheur, les écuries étaient mal éclairées, et Gerrard se détourna pour parler à Verdan avant de découvrir ses joues écarlates.

— Prends-en un autre, ordonna-t-il, et dépêche-toi.

Gerrard avait quitté les écuries et attendait Arnhelm quand Norbert franchit le portillon de la grande porte comme s'il était pourchassé par une meute de loups affamés.

— Où est mon vaurien de fils ? cria-t-il en se précipitant vers lui.

— Je n'en ai pas la moindre idée, répondit calmement Gerrard.

Il n'avait pas revu Lewis depuis qu'il avait fait son annonce dans la grande salle. Quoique cela n'ait guère d'importance. Les agissements du garçon ne regardaient plus Norbert.

— Mais il est sous votre protection, désormais, ajouta le marchand de bougies. Et il apprend sans doute comment se vautrer dans le péché auprès de vous, continua-t-il avec un manque de respect surprenant. Il a pris mes deux meilleurs chevaux, et je veux les récupérer !

— Alors pourquoi êtes-vous venu ici ?

— Et dans quel autre endroit que le château aurait-il pu les emmener ? rétorqua l'homme, hors de ses gonds.

— Tous les chevaux qui sont aux écuries appartiennent à Dunborough.

— Je vais aller voir moi-même.

Sentant l'irritation le gagner, Gerrard bloqua le chemin à Norbert.

— Non, certainement pas. Vos chevaux ne sont pas ici. Peut-être Lewis les a-t-il pris ou ont-ils été volés, mais ils ne sont pas ici, est-ce clair ?

— Ils sont peut-être partis tout seuls, moi c'est ce que je ferais si je lui appartenais, marmonna Verdan dans sa barbe.

Il avait beau partager ce sentiment, Gerrard ignora la réflexion du soldat.

— Si votre fils a pris vos chevaux sans votre permission, c'est du vol, et le châtiment en est la pendaison. Est-ce cela que vous voulez, voir votre fils pendu ?

— Pendu ? répéta Norbert dont la voix n'était plus qu'un vague croassement. Non, non, non ! s'écria-t-il en secouant la tête.

— Alors, en ce cas, vous devriez vous abstenir de lancer de telles accusations sans en fournir la preuve.

— Gerrard ! cria Ewald du fond de la cour.

Ils se tournèrent vers l'endroit d'où provenait l'appel. L'homme peinait à franchir le portillon étroit pour sa corpulence. Il était hors d'haleine et titubait.

— Gerrard ! s'époumona-t-il à nouveau, il est arrivé quelque chose à sœur Augustine ! Elle a disparu !

La peur et le désespoir frappèrent Gerrard au cœur avec plus de violence que la pointe d'une lance. Ewald s'arrêta de courir et se pencha en avant, le souffle court, les mains sur les genoux.

— La maison… des chaises renversées, un panneau de bois brisé. Comme Audrey ! haleta Ewald.

Pas Celeste aussi ! Dieu miséricordieux, pas Celeste !

Gerrard sauta aussitôt en selle.

— Ouvrez les portes ! hurla-t-il en éperonnant son étalon.

Hedley eut à peine le temps de s'exécuter devant Gerrard qui lui fonçait dessus à vive allure. Il ne se soucia pas de vérifier si on le suivait. Il fallait qu'il se rende au plus vite à la maison des D'Orleau.

Alors qu'il galopait dans les rues du village, les habitants poussèrent des cris d'avertissement en dégageant le passage, puis le regardèrent s'éloigner avec force commentaires.

Gerrard ne descendit pas de sa monture devant la porte du jardin. Il sauta avec Snow par-dessus la clôture pour gagner quelques précieuses secondes. Il s'engouffra par la porte béante dans la pièce principale où il découvrit le même spectacle qu'Ewald : les chaises renversées, le désordre et le chandelier par terre devant le panneau fendu.

Gerrard appela Celeste et s'engouffra dans l'escalier quatre à quatre pour se précipiter dans sa chambre.

Elle était vide, excepté les meubles et quelques vêtements fins, ainsi qu'un petit sac en tissu posé sur le lit non défait. Dieu merci, il n'y avait ici aucun signe de lutte, ni dans l'autre chambre.

Il redescendit aussitôt au rez-de-chaussée.

Et il vit le sang. Dieu du ciel, il y avait du sang par terre !

Il s'approcha pour l'examiner et remarqua d'autres gouttes qui conduisaient vers la cuisine. Puis il découvrit que les traces s'arrêtaient à la porte donnant sur le jardin. Il n'y avait pas non plus de signes de lutte dans cette pièce, si ce n'est des pois répandus sur le sol à côté de la porte entrouverte.

L'énorme chat roux apparut soudain, courant après un pois qu'il lançait et relançait entre ses pattes. L'animal se faufila par la porte, qui s'ouvrit plus grand. Le chat se posta sur le seuil en regardant Gerrard, avant d'entraîner son pois au dehors en le faisant rebondir.

Ignorant l'animal, Gerrard sortit à son tour pour chercher d'autres traces d'une éventuelle bagarre.

Il ne vit rien, mais repéra d'autres pois par terre. Et ceux-ci n'étaient pas répandus au hasard comme les autres, ils semblaient former une ligne qui conduisait à l'écurie.

Il se rua vers la dépendance.

Vide, le chat excepté. Et encore quelques pois.

Il y en avait un devant la porte qui donnait au nord.

Oh ! était-ce un indice ?

Une piste laissée pour qu'il la suive ?

— Gerrard ? appela Arnhelm, est-elle ici ?

Il retourna rapidement à la maison où il retrouva Arnhelm et Verdan, Hedley et plusieurs soldats qui se pressaient dans la pièce principale, tous en train de regarder le sang par terre.

— Elle n'est ni dans la maison ni dans l'écurie, leur annonça-t-il.

— Lewis n'est pas non plus au château, ni dans la salle de travail, ni dans sa chambre, ni aux cuisines, dit Arnhelm. On ne l'a vu nulle part.

— Peut-être qu'elle est tombée, que c'est un accident, suggéra Verdan, plein d'espoir. Et peut-être que Lewis est quelque part au village.

Son frère lui lança un regard sombre.

— Et peut-être pas. Tu te souviens de ce qui est arrivé à Audrey ?

Gerrard quant à lui n'eut pas besoin qu'on le lui rappelle. Les images étaient encore trop vives dans son esprit. Mais Celeste n'était pas Audrey, et il semblait que même en difficulté elle ait trouvé un moyen pour les aider à la retrouver.

— Je crois qu'elle a été enlevée, déclara-t-il, mais elle nous a laissé une indication.

Il les conduisit à la cuisine et leur montra les pois.

— Ils sont trop bien alignés pour que ce soit l'effet du hasard. Je crois qu'elle essayait de nous montrer la direction qu'ils ont prise.

— Ça alors, murmura Verdan.

— Oui, cette femme est formidable, s'extasia Gerrard. Et mieux vaudrait qu'elle soit saine et sauve, plaise au ciel, quand nous la retrouverons, sans cela celui qui l'a enlevée regrettera d'avoir vu le jour.

Et, si c'était Lewis le coupable, il en payerait le prix fort, car Celeste avait tenté de venir à son aide.

— Verdan, va trouver Ralph et dis-lui de me rejoindre avec dix hommes en armes et à cheval le plus vite possible pour m'accompagner sur la route du nord. Arnhelm, Hedley et toi viendrez aussi. Et il faut que Ralph envoie aussi des patrouilles de recherche sur les autres routes. Dis à Peg de fouiller le château une fois de plus, en particulier la chambre de Lewis. Je veux savoir s'il y a des indices montrant qu'il a quitté le château définitivement et, si tel est le cas, peut-être qu'ils pourraient nous donner des informations sur sa destination.

Après avoir donné ses ordres, Gerrard retourna dans le jardin, enfourcha Snow et s'engagea sur la route du nord.

Chapitre 22

Dans une clairière à l'écart de la route, à une bonne distance de Dunborough, Lewis enroula les rênes de son cheval autour d'un tronc d'arbre, puis entraîna Celeste, attachée et bâillonnée, après l'avoir fait descendre du second cheval qu'il avait volé à son père. Le sang avait séché sur sa lèvre et son menton. Tout son corps était endolori après ces heures passées en selle, en particulier sa cheville. Elle frissonna à cause du froid, car elle n'avait pas de manteau. Elle avait mal aux poignets à cause de la ceinture qui la serrait trop fort et elle peinait à respirer à travers le bâillon.

Cependant, cet inconfort physique n'était rien en comparaison de sa peur quant à ce qui allait lui arriver alors que Lewis l'éloignait de plus en plus de Dunborough. Il pourrait s'écouler des heures avant que quelqu'un s'aperçoive de leur disparition, mais elle espérait que le désordre dans la maison indiquerait à Gerrard ou à quiconque qu'elle avait été emmenée de force.

Et, pire que tout, elle avait semé les derniers pois il y avait déjà un bon moment. Elle ne pouvait que prier que sa maigre piste soit suffisante pour être comprise et signale clairement leur direction.

Lewis la poussa à terre près d'un arbre.

— Nous allons nous reposer un peu. As-tu soif ?

Elle hocha la tête.

A son grand soulagement il se pencha pour lui ôter son bâillon.

— Personne ne t'entendra crier ici, dit-il en lui infligeant son souffle chaud à l'oreille.

Puis il la lécha.

Ecœurée, elle se détourna. Il lui saisit le menton et l'obligea à le regarder.

— Tu vas m'aimer, déclara-t-il.

Alors que son ton était celui d'un enfant geignard, il la dévisageait avec des yeux d'homme féroces et avides. Puis il la relâcha brusquement et se dirigea vers les chevaux. Pendant leur trajet, il s'était vanté de les avoir volés. Donc son père s'était certainement rendu compte que les animaux avaient disparu et avait commencé à les chercher. Peut-être recherchait-il même son fils.

Lewis détacha une outre en peau fixée à sa selle et la lui apporta. Il ôta le bouchon et la porta à ses lèvres.

— Bois ! ordonna-t-il.

Elle s'exécuta, mais il versait trop vite, et elle commença à s'étrangler. Le vin dégoulina sur ses vêtements, et elle en frissonna plus encore. Ignorant sa gêne, Lewis en avala une grande goulée. Peut-être boirait-il jusqu'à s'enivrer et s'abîmer dans le sommeil ?

Alors qu'il essuyait sa bouche du revers de la main, il la dévisagea longuement d'un regard avide, la faisant trembler autant de peur que de froid. Elle n'aurait jamais dû accuser Gerrard de la regarder ainsi. Elle comprenait maintenant qu'il y avait toujours eu dans ses yeux respect et admiration, mêlés de désir.

— J'ai faim aussi, dit-elle en espérant détourner l'attention de son ravisseur vers d'autres besoins.

Lewis reboucha l'outre de vin, l'air contrarié. Par bonheur, il retourna aussitôt vers les chevaux. Tandis qu'il fouillait dans une sacoche attachée à la selle, elle examina les lieux autour d'elle, à la recherche de n'importe quoi pouvant faire office d'arme. Il y avait un bout de bois à côté d'elle, mais il semblait trop fin pour être efficace. Cependant ce serait mieux que rien, elle pourrait le frapper à la gorge ou viser un œil.

Lewis rapporta un paquet enveloppé dans un morceau de tissu. C'était une petite miche de pain bis. Il en détacha un morceau et le lui enfonça dans la bouche, l'obligeant à manger sans les mains.

— Ce serait plus facile si j'étais détachée, marmonna-t-elle tout en mâchant.

— Je ne peux pas te faire confiance, répliqua-t-il avec un soupir excédé, comme si elle était seule responsable de la situation.

— Je vous donne ma parole que je n'essayerai pas de partir.

Elle n'utilisa pas le mot *s'enfuir* à dessein, ou tout autre qui aurait risqué de l'irriter. Tout comme elle ne se considérerait liée par aucune promesse qu'elle pourrait lui faire.

— Je peux à peine marcher, avec ma cheville, le rassura-t-elle.

Il l'observa un moment, puis sourit.

— Très bien. Même si tu pouvais courir, tu n'irais pas loin.

Non, c'était exact, à moins qu'elle ne parvienne à monter sur un cheval, pensa-t-elle.

Elle ne répondit pas, puis se pencha pour qu'il défasse la ceinture attachée dans son dos et récita une prière de remerciements muette quand il s'agenouilla derrière elle et entreprit de la détacher. Elle savait qu'elle devait être patiente et attendre sa chance, mais dès que la ceinture fut dénouée la main de Lewis se plaqua sur son sein. Choquée et terrifiée, elle le repoussa instinctivement d'un coup de coude, qui le heurta violemment dans le cou.

Il tomba à la renverse en suffoquant.

C'était peut-être là sa seule chance !

Elle se releva tant bien que mal et faillit s'empêtrer

dans son habit. Lewis se tenait entre elle et les chevaux. Il pourrait s'interposer si elle choisissait de s'enfuir par là.

Rassemblant ses jupes dans ses bras, elle partit en courant dans l'autre direction, ignorant la douleur de sa cheville, aussi vite qu'elle le pouvait. Elle ne se soucia pas des branches basses des arbres ni des buissons qui l'égratignaient, ni même de la boue qui maculait ses vêtements et trempait ses chaussures.

Hors d'haleine, elle repéra un taillis de buissons de houx devant elle. En aucun cas un cheval ne s'y aventurerait.

Elle se mit à genoux, passa sa robe par-dessus sa tête pour se protéger des piquants du feuillage et s'y enfonça, prenant soin de répandre des feuilles mortes derrière elle pour effacer toute trace de son passage.

Il y avait un espace sans végétation au centre du taillis, et elle s'y recroquevilla en serrant sa cheville enflée entre ses mains pour atténuer la douleur. Elle s'efforça de respirer calmement, attentive au moindre bruit de poursuite, tout en priant avec ferveur pour que Dieu lui vienne en aide.

Avec un désespoir croissant, Gerrard explorait la végétation autour de lui. La piste de pois s'était arrêtée depuis longtemps déjà. Ses hommes et lui s'étaient déployés dans les bois, à la recherche du moindre signe indiquant la présence de Celeste, Lewis ou leurs chevaux.

Il avait suivi des empreintes de sabots prometteuses jusqu'ici, mais elles avaient disparu.

— Vous voyez quelque chose ? cria-t-il aux autres.

— Pas encore, messire ! répondit Hedley, suivi par un chœur de réponses négatives.

— Continuez à chercher ! ordonna-t-il.

Celeste ne pouvait pas avoir disparu ainsi de la surface de la terre, et s'ils cherchaient un corps, ils en trouveraient vite les traces.

Oh ! mon Dieu, non, pas ça ! suppliait-il intérieurement. Elle ne méritait pas une mort tragique, pas plus que sa sœur. Si quelqu'un la méritait, c'était lui. Sa vie inutile et vaine avait tourné au véritable désastre.

Il scruta les branchages autour de lui et repéra une branche fraîchement brisée. Puis une autre, un peu plus loin. Cela pouvait fort bien être un cerf. Néanmoins, il poursuivit dans cette direction.

— Celeste, où es-tu ? appelait Lewis d'une voix enjouée, comme s'il jouait à cache-cache. Montre-toi. Je vais te trouver de toute façon, et plus je te chercherai, plus tu regretteras de t'être enfuie.

Le corps douloureux, visage et mains écorchés, elle percevait la fureur dans sa voix et l'entendait approcher. Il lui était extrêmement difficile de résister à la tentation de s'élancer, mais elle savait qu'il la rattraperait sans mal si elle tentait de s'échapper à nouveau. Sa seule chance était de se cacher et de rester aussi silencieuse que possible, comme quand elle était petite et que son père piquait l'une de ses crises.

A l'époque, elle pouvait se raccrocher à Audrey. Audrey, qui semblait toujours si brave et si déterminée, qui avait toujours voulu une vie meilleure. Etait-ce si étonnant que Gerrard l'eût admirée ? Audrey et lui se ressemblaient en bien des points. Le plus surprenant aurait été qu'Audrey finisse par reconnaître ses mérites, et sa valeur, à laquelle Celeste avait toujours cru.

Si seulement elle avait avoué à Gerrard qu'elle l'aimait, songea-elle, alors que le froid devenait de plus en plus mordant. Elle l'aimait déjà même avant de quitter Dunborough. Et maintenant. Et pour toujours.

Ici, poussée dans ses derniers retranchements, elle comprit ce qu'elle désirait vraiment, et ce n'était pas se retirer du monde dans un couvent, quelle que soit la paix qui en découlerait. Elle voulait être l'épouse de Gerrard, vivre avec lui, porter ses enfants et, oui, même se quereller avec lui. Partager son lit et ses soucis, l'aider et le réconforter, tout comme elle était certaine qu'il le ferait pour elle. Et il la rendrait heureuse, malgré les problèmes qu'ils devraient affronter.

— Où es-tu ? appela de nouveau Lewis, cette fois encore plus près.

Ne bouge pas, s'intima-t-elle. *Tais-toi. Arrête de respirer.*

— Ah, te voilà ! Tu te croyais maligne, n'est-ce pas ?

Gerrard sentit son cœur bondir dans sa poitrine quand il vit les chevaux à travers les arbres dénudés.

Il sortit son épée de son fourreau et se mit à courir. Il était sur le point d'appeler ses hommes quand il réalisa que cela pourrait alerter Lewis. Mieux valait rester discret. Il était plus fort et plus entraîné que le fils du marchand de bougies. Il pourrait le terrasser facilement en combat singulier et ne voulait pas courir le risque qu'il s'en prenne à Celeste en se voyant acculé.

Gerrard se força à ralentir son allure en s'approchant des chevaux, qui se mirent à piaffer nerveusement.

— Chut ! murmura-t-il en cherchant des signes de la présence de leurs cavaliers.

Ici ! Des empreintes dans une flaque de boue, qui avaient chassé les feuilles tapissant le sol. Deux séries, une grande et une petite.

Raffermissant sa prise sur son épée, il s'écarta des chevaux et commença à explorer les lieux en cercles de plus en plus grands, à la recherche d'autres empreintes ou du moindre indice. Il découvrit une longue bande de tissu noir au pied d'un arbre et se baissa pour la ramasser.

Il sentit du sang collant dessus.

Il n'en fut que plus résolu. Quoi qu'il ait pu se passer ici, il trouverait Celeste, et très vite.

Il fallait absolument qu'il la retrouve.

Alors que Lewis commençait à se frayer un chemin dans le taillis, Celeste se mit à quatre pattes en grimaçant de douleur et s'éloigna tant bien que mal, jusqu'à ce que ses cheveux se prennent dans le feuillage. Elle tira de toutes ses forces pour se dégager à mains nues des branchages piquants, mais Lewis l'attrapa par sa cheville blessée.

— Ah, ça y est, je te tiens ! s'exclama-t-il alors qu'elle poussait un cri de souffrance.

Il se mit à la traîner hors des buissons.

En dépit de la douleur, elle fit tout ce qu'elle pouvait pour l'arrêter, frappant, se débattant, se raccrochant aux moindres branches ou enfonçant ses doigts dans le sol.

Mais il était trop fort, et elle était trop fatiguée pour empêcher l'inexorable progression. Cependant, elle n'abandonnerait pas. Une fois sortie du taillis, elle se retourna sur le dos et lui donna un coup de pied. Alors qu'il se reculait pour l'éviter, elle essaya de se relever. Il l'attrapa par l'épaule et la projeta à terre. Puis il se plaça au-dessus d'elle, un pied de chaque côté de son torse, son couteau à la main, et la rage flambant dans ses yeux.

— Ne recommence plus jamais ça ou je te saigne comme une truie ! cria-t-il.

Elle resta muette. Elle concentrait tous ses efforts pour tenter de reprendre son souffle et rassembler ses forces. Aussi épuisée et blessée qu'elle l'était, elle ne capitulerait pas. Pas encore. Audrey s'était défendue jusqu'au bout, et elle ferait de même.

Lewis l'attrapa par le devant de sa robe et la remit brutalement debout. Il n'était pas un mercenaire entraîné comme Duncan, et elle voyait bien que lui aussi était fatigué.

— C'est comme ça que tu me remercies ? demanda-t-il en la poussant contre un arbre. C'est comme ça que tu rends grâce à ma dévotion ? Alors que je te sauve d'une vie misérable dans un couvent ?

Elle ne répondit pas, se cramponnant au tronc, heureuse de ce soutien. Elle cherchait toujours un moyen de vaincre son agresseur. Le blesser ou au moins l'affaiblir, puisqu'elle ne pourrait gagner en s'enfuyant. Sœur Sylvester avait dit quelque chose un jour sur les faiblesses des hommes. Qu'importe qu'ils fussent grands, forts et apparemment invincibles, il y avait des endroits où un coup bien placé pouvait leur faire mal.

Où cela ? Où ?

Les oreilles. Et cet endroit à la base du cou, au-dessus de la clavicule, où il n'y avait pas de muscles.

Avec la rapidité d'un serpent qui lance son attaque, Celeste leva vivement les bras et frappa les oreilles de Lewis du plat de ses mains.

Il cria et se recula, vacillant, lui donnant ainsi assez de temps pour filer devant lui.

— Traînée ! hurla-t-il en la rattrapant de nouveau par la robe.

Cette fois elle s'y attendait, et avec ses dernières forces elle réussit à dégager son vêtement. Sa terreur et son désespoir lui insufflèrent l'énergie nécessaire pour boitiller rapidement vers les arbres.

Pas assez vite. Lewis bondit sur elle et la jeta par terre. Elle tenta de se relever sur-le-champ, mais il lui assena un violent coup de poing à l'épaule, qui l'envoya la tête la première dans la boue et les feuilles. Il appuya son pied dans son dos et la maintint ainsi alors qu'elle hoquetait pour reprendre son souffle.

— Espèce d'idiote ! lança-t-il, je t'aurais rendue heureuse !

Jamais. Le seul homme au monde qui aurait pu faire son bonheur se trouvait à Dunborough.

— Laisse-la, sale chien !

— Gerrard ! Oh ! merci, mon Dieu, merci ! gémit Celeste entre ses dents.

Elle réussit à relever la tête pour regarder derrière elle. Epée brandie, Gerrard courait vers eux aussi vite que l'éclair.

— Dieu m'en soit témoin, je vais te tuer ! hurla-t-il quand Lewis prit la fuite entre les arbres.

Elle essaya de se remettre sur ses jambes. Avant même d'être tout à fait debout, elle sentit une paire de bras puissants qui la soutenaient et entendit Gerrard murmurer son nom.

La douleur la submergea alors, et elle plongea dans les ténèbres.

Portant Celeste dans ses bras, Gerrard courut vers la petite clairière où il avait découvert les chevaux. Il avait le souffle court, les bras et les mollets endoloris, cependant il s'en moquait complètement. Il fallait qu'il ramène Celeste à Dunborough, tant pis s'il laissait Lewis s'échapper.

Pour le moment.

Il arriva enfin devant les animaux qui broutaient paisiblement les quelques touffes d'herbe autour d'eux.

L'un d'eux releva soudain la tête, mais ne regarda pas Gerrard et pointa les oreilles dans une autre direction.

C'était Verdan.

Gerrard essaya de l'appeler, mais ne réussit qu'à pousser un cri rauque bien trop faible. Néanmoins Verdan l'entendit et fut près de lui en un instant.

— Nom de nom, est-elle…, hoqueta le soldat en glissant sur des feuilles mouillées tant il était ému et ne faisait plus attention où il mettait les pieds.

— Elle est en vie, réussit à répondre Gerrard. Va me chercher un cheval.

Verdan obéit aussitôt. Gerrard contempla le visage trop pâle de Celeste. Sa lèvre était fendue et saignait, elle avait les joues égratignées, avec des bleus en dessous.

Mais elle respirait.

Soudain, il remarqua ses cheveux, aussi longs et bouclés que dans ses souvenirs. Elle était d'ailleurs en tout point conforme à ceux-ci, et même plus encore. Elle était son passé, son présent, son avenir, sa rédemption et toute sa vie.

Il la serra très fort contre lui en retenant ses larmes.

— Restez en vie, Celeste, restez en vie, murmura-t-il. Vivez, pour moi, je vous en supplie !

Elle bougea un peu, ses yeux s'ouvrirent, et elle lui adressa un faible sourire.

— Gerrard… mon héros… vous m'avez sauvée, chuchota-t-elle avant de fermer les yeux de nouveau.

— Non, Celeste, c'est vous qui m'avez sauvé.

Verdan les rejoignit, s'étant acquitté de sa mission.

— Voilà, messire, laissez-moi la prendre pendant que vous montez sur la jument, lui dit-il d'un ton déférent, comme si la jeune femme était morte.

Impossible ! Sans cela son cœur s'éteindrait aussi.

Quand il eut de nouveau Celeste entre ses bras après avoir enfourché sa monture, il prit les rênes. Sur le point de faire demi-tour vers la route, il s'arrêta et déclara d'un ton sévère :

— Cinquante marks pour l'homme qui attrapera Lewis, avec mon éternelle gratitude.

Lizabet et le reste de la maisonnée attendaient avec inquiétude dans la cour au moment où Gerrard franchit les portes avec Celeste dans les bras. Il ordonna à la servante de préparer son lit sur-le-champ et de chauffer la chambre.

Il attendrait que Celeste ait recouvré ses esprits pour

lui annoncer qu'il ne dormirait pas au château tant qu'elle y serait présente.

Mais ce ne fut pas le cas. Elle ne se réveilla pas du tout, ni quand il la tendit à Ralph aidé d'un autre homme. Ni même quand il la reprit dans ses bras pour la porter à l'intérieur.

C'était là ce qui l'effrayait le plus.

Après l'avoir déposée sur son lit et que Lizabet et Peg furent venues s'occuper d'elle, il retourna dans la grande salle, où il trouva Ralph qui l'attendait. Gerrard l'envoya quérir l'apothicaire de toute urgence, puis s'affala sur une chaise, les mains sur les genoux.

Et il se mit à prier.

Chapitre 23

— Le voilà ! Sur le pont ! lança Hedley.

Les autres soldats qui se trouvaient à portée de voix le rejoignirent alors qu'il se précipitait sur le pont en pierre couvert de mousse enjambant les eaux agitées de la rivière qui se jetait dans la Ure.

— N'avancez pas ! Allez-vous-en ! hurla Lewis.

Il était échevelé, couvert de feuilles, son manteau déchiré et maculé de boue. Cramponné à la rambarde, il se penchait en avant pour scruter les arbres le long de la rive où s'était rassemblée la garde.

Verdan s'avança, aussitôt retenu par Arnhelm.

— Vaut mieux pas.

— Mais la récompense…

— Elle est déjà pour Hedley, le coupa Arnhelm. La tête de ce garçon ne me dit rien qui vaille, et la rivière est profonde. Je vais essayer d'aller le calmer, ajouta-t-il en s'adressant à la petite troupe autour de lui.

— La rivière ou la corde, qu'est-ce que ça peut faire ? intervint Verdan. Il est condamné de toute façon.

— C'est pas à nous de le juger, rappela Arnhelm. Ça revient au seigneur de Dunborough.

— Alors vas-y, dit Verdan. Vois si tu peux le faire descendre du pont. Vous autres, restez ici, à moins qu'il n'essaye de s'enfuir.

La plupart des hommes ne bronchèrent pas. Quant à ceux qui auraient été d'un avis contraire, il leur aurait fallu passer devant Verdan, aussi s'abstinrent-ils, même si c'était à contrecœur.

— Lewis ! appela Arnhelm en sortant des fourrés.

Il jeta son épée sur la berge et tendit ses mains vides.

— C'est fini, mon garçon. Tu ferais mieux de rentrer avec nous et d'implorer la pitié pour ton salut.

Lewis éclata d'un rire suraigu de malade.

— La pitié ? Venant d'un fils de sir Blane ? s'écria-t-il.

— Mieux vaut l'un d'eux que leur père, répliqua Arnhelm en avançant lentement vers le pont. Tu n'as commis aucun crime, après tout. Sœur Augustine est saine et sauve.

— Alors, au lieu d'être exécuté, je pourrirai en prison le reste de ma vie, où je mourrai de faim.

Arnhelm était arrivé au pied du pont.

— Tu n'en sais rien.

— Ah non ? piailla Lewis. Et vous, qu'est-ce que vous en savez ? Aucun des fils de sir Blane n'aura pitié. Ils ne savent pas ce que c'est. Reculez ! cria-t-il à Arnhelm, si vous approchez encore, je saute !

Le soldat recula aussitôt de quelques pas.

— Tu ne veux pas faire ça, affirma-t-il à Lewis.

— Et comment sauriez-vous ce que je veux ? Je voulais Esmeralda, et cette traînée a préféré risquer sa vie pour aller retrouver Gerrard. Je voulais Audrey, jusqu'à ce qu'elle se révèle une traînée pire encore, qui méritait de mourir. Je croyais que Celeste était différente. Meilleure, plus pure. Quel imbécile je suis ! Toutes les femmes sont des catins dépravées !

— Tu as peut-être raison. Reviens avec nous, et tu pourras l'expliquer à tout le monde à Dunborough.

Lewis considéra le soldat avec un dégoût non dissimulé.

— Je ne connais peut-être pas grand-chose aux femmes, mais je ne suis pas stupide. Je ne vais pas vous laisser m'emmener pour que Gerrard ait la satisfaction de me torturer et de me tuer.

Il commença à escalader le parapet.

— Lewis ! s'exclama Arnhelm en se précipitant vers lui.

— Je vous ai demandé de rester en arrière ! hurla le jeune homme perché sur le rebord, la bise du nord faisant voler son manteau autour de lui tel un drapeau.

Il regardait Arnhelm, qui tenta de se rapprocher.

Des larmes coulaient sur les joues de Lewis. Mais cela aurait tout aussi bien pu être l'effet du vent, car son attitude restait fière et pleine de défi.

— Dites à mon père que je l'attends en enfer !

Arnhelm se précipita pour essayer de rattraper le garçon avant qu'il sombre dans les eaux agitées de la rivière.

Il arriva trop tard.

Les flammes de la cheminée de la grande salle vacillaient dans la pénombre. Des ombres dansaient dans les coins de la pièce et s'étiraient sur les piliers. Le crépuscule avait laissé place à la nuit, et les quelques soldats et serviteurs encore présents devisaient tranquillement. Ils jetaient de temps à autre des regards vers Gerrard assis sous le dais, une coupe de vin à laquelle il n'avait pas touché posée devant lui.

Pâle et tremblant, Norbert pénétra dans la salle. Son manteau était trempé de pluie, et ses bottes crottées. Il s'avançait lentement en restant dans l'ombre, mais Gerrard le repéra tout de suite.

— Que voulez-vous, Norbert ? Vos chevaux ? Il y en a un à l'écurie, l'autre est resté avec mes hommes.

— Messire, je suis tellement… je vous demande pardon, messire, bredouilla Norbert, les yeux agrandis par le désarroi. Comment va sœur Augustine ?

— Elle est en vie. L'apothicaire est avec elle.

Et depuis une éternité, songea Gerrard.

— Je suis heureux qu'elle soit… je suis heureux, bafouilla Norbert.

— Maintenant vous pouvez partir. Je ne veux plus jamais vous revoir.

Le marchand de bougies ne bougea pas d'un pouce.

Gerrard se leva, essayant de se maîtriser.

— Vous m'avez entendu ? Sortez ! ordonna-t-il en pointant le doigt vers la porte.

Norbert vacilla, mais n'esquissa toujours pas le moindre pas en direction de la sortie. Il se jeta à genoux et leva les mains en un geste de supplication.

— Ayez pitié, Gerrard ! C'est mon seul fils, mon fils unique ! cria-t-il.

Gerrard scruta le visage de l'homme sans ciller. Tant qu'il vivrait, il n'oublierait jamais la vision de Celeste gisant à terre, les vêtements déchirés et boueux, du sang séché sur la lèvre, les mains écorchées, ses longs cheveux emmêlés pleins de feuilles.

— Votre fils a scellé son destin. Il sera attrapé, emprisonné, jugé, et je ne doute pas qu'il sera exécuté pour ses actes.

Norbert se couvrit le visage de ses mains et gémit comme s'il était le condamné à mort.

Gerrard avait déjà entendu son lot de complaintes auparavant, quand son père tenait ses jugements. Lewis méritait la mort pour ce qu'il avait fait, mais il n'était pas sir Blane et il n'avait pas un cœur de pierre.

Il descendit du dais et releva l'homme accablé de chagrin et titubant.

— Votre fils a commis un grave délit, Norbert, et il doit être puni. C'est la loi. Peut-être Dieu pardonnera-t-il Lewis s'il se repent avant…

— Messire !

Le visage grave, manteaux et casques dégoulinants de pluie, Arnhelm et Verdan s'approchèrent des deux hommes.

— Nous avons rattrapé Lewis, messire, déclara Arnhelm d'un air sombre. On l'a repéré sur le pont en pierre au croisement de la route, et il nous a vus arriver de loin. J'ai essayé de le convaincre de revenir, mais il a sauté. Il est mort.

Norbert poussa un cri comme s'il venait d'être transpercé par une flèche, puis s'écroula sur le sol.

— Oh ! non ! Pardonne-moi, mon fils, pardonne-moi !

Alors que les cris du marchand s'étouffaient en sanglots, Gerrard prit les soldats en aparté.

— Où est Lewis maintenant ? demanda-t-il.

— On a mis un bon moment à retrouver son corps, répondit Arnhelm, mais on a fini par le récupérer. Il est dans les écuries, messire.

— Conduisez Norbert auprès de son fils, ordonna Gerrard.

Après qu'Arnhelm et Verdan eurent emmené Norbert, Gerrard se dirigea vers sa chaise sous le dais, mais changea d'avis et obliqua vers l'escalier qui menait aux chambres.

Que se passait-il dans celle de Roland ? Celeste était-elle gravement blessée ? L'apothicaire était à son chevet depuis si longtemps…

Gerrard emprunta les marches et jeta un coup d'œil dans le couloir. Tout était calme, sans l'agitation habituelle qui régnait lorsque l'on s'occupait d'une personne sérieusement blessée. Etait-ce un bon signe… ou pas ?

Il s'avança dans le couloir et s'arrêta devant la porte de la chambre de son père, qui lui avait toujours été interdite, ainsi qu'à ses frères.

Une pièce dans laquelle il n'avait jamais voulu entrer, même après la mort de son père.

Il ouvrit la porte et franchit le seuil. Un volet cassé laissait entrer un rayon de lune sur le sol et jusqu'au lit. Il était toujours recouvert de draps poussiéreux, entouré de rideaux tout aussi poussiéreux. Un brasero massif encore empli de cendres était disposé à côté. Le coffre à vêtements n'avait pas été touché non plus et était lui aussi recouvert d'une épaisse couche de poussière.

Voilà ce qui restait de l'homme qui l'avait terrorisé ainsi que ses frères. Qui avait distribué des punitions cruelles et rendu des jugements impitoyables. Qui avait utilisé les femmes comme des jouets uniquement destinés à son plaisir personnel.

Mais, vu la façon dont il avait songé à utiliser Audrey, valait-il mieux que lui ?

Demain, après avoir sélectionné une escorte qui conduirait Celeste au couvent, ou quel que soit l'endroit où elle voudrait se rendre, il quitterait Dunborough et se rendrait à Delac comme il l'avait prévu. Il refuserait l'offre de Roland et chercherait fortune ailleurs.

Il soupira lourdement mais, ayant pris sa décision, il quitta la chambre.

Et se retrouva face à face avec Celeste.

Il sursauta et recula d'un pas. Il eut l'impression de rencontrer un ange. Non seulement il ne s'attendait pas à la voir, mais aussi elle portait une chemise blanche toute simple, et ses cheveux cascadaient librement autour d'elle, exactement comme lorsqu'elle était jeune et innocente. Quand ils l'étaient tous deux.

Mais elle n'était plus une enfant innocente. C'était une femme qui avait été enlevée, blessée et traumatisée, et qui aurait dû se trouver dans son lit.

— Que faites-vous ici ? Et votre cheville ? Où est l'apothicaire ?

— Il est reparti. Il est descendu par l'escalier de service avec Lizabet et Peg.

Celeste releva légèrement sa chemise et lui montra son pied bandé.

— Il m'a appliqué un onguent, puis a recouvert ma cheville d'un bandage bien serré. Ça va beaucoup mieux, et moi aussi. Je dois me reposer, a-t-il préconisé, et c'est ce que je faisais jusqu'à ce que j'entende la porte de cette chambre s'ouvrir. J'ai pensé que c'était vous.

Elle joignit les mains et prit une expression aussi suppliante qu'une pénitente.

— Je veux vous remercier de m'avoir sauvée, Gerrard.

— Vous l'avez déjà fait. Maintenant vous devriez retourner vous coucher.

— Serez-vous encore là demain matin ?

— Du moins jusqu'à l'aube.

— Ensuite vous partirez ?

— Oui.

Elle posa doucement sa main contusionnée et écorchée sur sa poitrine.

— Ne partez pas, murmura-t-elle.

Il sentit sa gorge se serrer, car ce contact léger suffit à réveiller brutalement son désir et lui échauffa les sangs, un désir qu'il ne satisferait jamais.

— Cela vaut mieux ainsi, lâcha-t-il. De plus, vous serez bientôt partie, ajouta-t-il sans pouvoir se retenir.

Les yeux de Celeste brillèrent soudain à la lueur de la torche fixée dans le mur non loin d'eux.

— Seulement si vous me le demandez.

Il resta un instant perplexe, car il s'autorisait à peine à espérer qu'il avait bien entendu. Il avait plutôt le sentiment d'être le jouet de son imagination qui lui faisait croire ce qu'il attendait plus que tout.

Celeste prit une longue inspiration en plongeant dans les yeux sombres et le regard tourmenté de Gerrard. Elle prenait un énorme risque mais, au plus profond d'elle-même, elle savait que ne pas parler serait pire, quoi qu'il en résulte. Elle avait découvert ce qu'elle désirait vraiment, ce qui la rendrait heureuse et comblée, et ce n'était pas la vie dans un couvent. Elle voulait passer le reste de son existence avec Gerrard, l'aimer et le chérir, advienne que pourra, et, avec la volonté de Dieu, porter ses enfants.

Elle s'approcha tout près de lui.

— Je veux dire que je resterai si vous me le demandez. Ou je m'en irai avec vous, si tel est votre souhait. Je désire être auprès de vous, où que vous alliez, et quoi que vous fassiez. Je vous aime, Gerrard, je vous ai toujours aimé, même quand vous m'avez coupé les cheveux.

Il écarquilla les yeux. Il n'aurait pu avoir l'air plus stupéfait si les portes du paradis s'étaient ouvertes devant lui à l'instant.

Cette expression ne dura qu'un bref instant avant que le doute revienne assombrir son beau visage.

— Le pensez-vous réellement, Celeste ? Je veux le croire, mais peut-être n'éprouvez-vous que de la simple gratitude, répondit-il en baissant la tête. Je ne suis pas quelqu'un de bien, voyez-vous. J'ai menti, triché et péché. Je ne suis pas digne de vous.

Elle lui prit alors les mains avec fermeté, désormais totalement certaine de ses sentiments pour lui.

— Vous êtes quelqu'un de bien, Gerrard, lui assura-t-elle. Peut-être vous êtes-vous légèrement écarté du droit chemin autrefois, mais vous avez changé. Vous êtes l'homme que j'ai toujours espéré et rêvé que vous seriez, en dépit de votre passé et de votre éducation. Vous êtes un homme que j'admire et que je respecte, un homme que j'aime.

Elle lui sourit et se félicita de lui avoir ouvert son cœur.

Puis elle se hissa sur la pointe des pieds et l'embrassa.

Au lieu de répondre à ce baiser, il resta raide comme un piquet, parfaitement immobile. Elle craignit d'avoir fait une erreur quand, laissant éclater sa joie, il la saisit et la serra très fort dans ses bras.

— Je ne vous laisserai plus jamais repartir ! Je vous aime, Celeste. Je vous aime depuis mon enfance, même bien avant d'avoir su ce que l'amour pouvait être.

Il l'embrassa passionnément, et ce baiser lui prouva bien mieux que ses paroles combien il l'aimait. Elle ne s'était pas trompée sur ses sentiments à son égard.

Il interrompit le baiser et sans la lâcher se mit à chuchoter à son oreille.

— Je vous aimais, même quand vous m'avez cassé la clavicule. Je vous aimerai toujours. Si vous vouliez être ma femme…

— Oui ! s'écria-t-elle, heureuse au-delà de tout, jusqu'à ce qu'une amère réalité ne vienne gâcher son bonheur. En êtes-vous certain, Gerrard ? Vous allez épouser une fille de marchand, avec une dot ridicule, ou peut-être sans rien une fois que toutes les dettes d'Audrey auront été honorées.

Il lui fit un grand sourire.

— Comme si je me souciais de cela ! Par Dieu, j'aurais dû aller à ce couvent et y demander votre main il y a des années !

— Nous aurions certainement rencontré l'opposition de votre famille à ce moment-là.

— Personne n'est plus là pour s'y opposer aujourd'hui, observa-t-il en l'attirant de nouveau dans ses bras pour déposer de petits baisers légers sur ses joues.

— Et Roland ? demanda-t-elle, essoufflée, sans se laisser distraire par ses baisers ni la douleur qui se réveillait dans sa cheville. Peut-être ne vous souciez-vous pas de mon rang ni de mon manque d'argent, mais ce n'est peut-être pas le cas de votre frère.

Gerrard partit dans un joyeux éclat de rire qui effaça ses soucis, quoique pas autant que ce qu'il lui confia ensuite.

— Il ne peut pas s'opposer à mon mariage à cause d'une absence de dot. Sa propre femme a perdu la majeure partie de la sienne dans un incendie. Elle est arrivée avec les vêtements qu'elle portait en tout et pour tout, ainsi qu'une bourse remplie de pièces. Et je ne suis ni seigneur ni même chevalier.

Les paroles de Gerrard la soulagèrent infiniment. Elle le serra très fort en enfouissant son visage contre sa poitrine.

— Si seulement mon père avait réellement laissé un trésor dans la maison, comme il l'a toujours prétendu ! Alors j'aurais plus à vous donner.

Gerrard se recula, l'air embarrassé.

— Votre père a dit qu'il possédait un trésor ?

— Chaque fois qu'il criait sur ma mère. Il racontait qu'il y avait de l'or et des bijoux cachés dans la maison, mais qu'elle ne les aurait jamais. Je pensais qu'Audrey les avait trouvés, jusqu'à ce que j'apprenne l'existence de ses dettes. Je les ai cherchés partout depuis mon arrivée, sans résultat.

— Est-ce pour cela que j'ai vu une lumière si tard chez vous hier soir ?

C'était à son tour d'être embarrassée.

— Comment avez-vous pu…

— L'arbre près de la clôture de votre jardin n'est pas un poste très confortable pour monter la garde, la coupa-t-il.

— Vous étiez là ?

— Toute la nuit, avoua-t-il.

— Oh ! Gerrard, mon amour !

— Je n'aurais pas pu dormir de toute façon, vous sachant seule et sans protection.

— Et dire qu'il y en a qui prétendent que vous ne vous souciez que de vous-même !

— Plus maintenant, murmura-t-il en se penchant pour l'embrasser de plus belle.

Mais il retint son geste, l'air de nouveau soucieux.

— Et moi, qu'ai-je à vous offrir ? Je ne possède rien d'autre qu'un cheval et quelques pièces, à moins que je n'accepte l'offre de Roland et ne reprenne Dunborough, suggéra-t-il en souriant, bien que l'expression de ses yeux restât inquiète. Oui, bien sûr, c'est ce que je vais faire.

Elle ne fut guère abusée par cette gaieté forcée et lut le tourment dans son regard sombre.

— Acceptez seulement si c'est ce que vous désirez, lui intima-t-elle avec fermeté. Je comprends que vous ne vouliez pas vous sentir redevable vis-à-vis de votre frère durant le reste de votre vie. Si vous préférez ne pas accepter son offre, j'irai avec vous là où il vous plaira d'aller. Tout ce qui m'importe, c'est d'être votre épouse.

Son regard s'adoucit, et il lui caressa la joue.

— Mon orgueil a trop souvent causé ma perte. Il est temps que je pense à quelqu'un d'autre que moi et que je ne fasse pas toujours passer en premier mes propres désirs.

Son sourire moqueur refit son apparition.

— Après tout, je mentirais si je prétendais ne pas vouloir être le maître de Dunborough. Je le veux et je pense que je suis capable de bien le diriger avec une femme telle que vous pour m'y aider. C'est pourquoi j'annoncerai à Roland que j'accepte son offre, que je lui en suis reconnaissant et que je ferai de mon mieux, ma bien-aimée. Quant à mon épouse sans-le-sou et sans titre, son amour m'enrichit au-delà de tout, ajouta-t-il doucement avant de capturer sa bouche avec la sienne.

Elle lui retourna son baiser avec ferveur, tout son corps embrasé.

Elle voulait prolonger ces sensations. Elle lui prit la main et le conduisit vers la porte ouverte de la chambre, en boitillant à peine.

Gerrard la prit aussitôt dans ses bras.

— Votre cheville vous fait souffrir.

— Un peu, reconnut-elle.

Cependant l'état de sa cheville n'était pas sa préoccupation principale quand elle regarda son visage séduisant et soucieux.

— Vous pouvez me conduire à mon lit et rester avec moi.

— Je demeurerai toute la nuit à votre chevet si vous voulez, souffla-t-il en se dirigeant vers la chambre.

C'était le moment d'oser ou jamais, et elle devait bien admettre que sa cheville ne la faisait pas tant souffrir que cela.

— Ce n'est pas ce que je voulais dire.

Il se figea telle une statue et la dévisagea d'un air méfiant.

Elle laissa courir son doigt sur sa joue et son cou, jusqu'à la jointure de sa clavicule.

— Je veux être avec vous, Gerrard, cette nuit, et toutes les autres.

— Nous ne sommes pas encore mariés.

Elle rougit, car il avait raison. Ce serait un péché aux yeux de Dieu et de la loi. Si elle avait besoin d'une preuve supplémentaire qu'il n'était ni le débauché ni le vaurien que croyaient les gens, elle venait de l'obtenir.

Puis ses yeux s'éclairèrent, et il lui offrit ce délicieux sourire malicieux et joyeux qu'elle adorait. Il la porta allègrement dans la chambre et la déposa sur le lit.

— Attendez ici ! ordonna-t-il avant de s'éclipser.

Chapitre 24

Celeste avait l'impression de se retrouver sur une île déserte. Elle se glissa vite sous les couvertures et attendit, quoiqu'elle ne sût trop quoi attendre, jusqu'à ce qu'elle entende du bruit dans le couloir. Gerrard fit irruption dans la chambre, traînant littéralement Arnhelm derrière lui. Le soldat avait l'air totalement abasourdi. Derrière lui arrivèrent un Verdan tout aussi stupéfait, cramponné à la main de Lizabet. Et Peg, l'air renfrogné, fermait la marche.

Celeste remonta ses couvertures jusqu'au cou. Au nom du ciel, que se passait-il donc ?

— Voilà nos témoins ! s'exclama Gerrard, rayonnant de fierté.

— Les témoins de quoi ? demanda-t-elle avec prudence.

— Oui, de quoi ? clama Arnhelm en écho.

— De notre mariage !

— En vérité ! marmonna Verdan, visiblement aussi surpris que les autres, dont la future épouse avant tout.

— Dieu sait que je désire vous épouser, Gerrard, mais il n'y a pas de prêtre pour bénir…, commença-t-elle.

Le grossier juron qui l'interrompit lui prouva qu'il n'était pas encore tout à fait vertueux.

— Je vais chercher le père Denzail, décréta-t-il.

— Mais nous sommes en pleine nuit !

Souriant de nouveau, Gerrard secoua la tête et redevint

aussitôt le brave garçon au cœur sur la main qu'elle avait adoré toutes ces années.

— Jour ou nuit, qu'importe, j'ai attendu trop longtemps et je ne patienterai pas une minute de plus. A moins que ce ne soit votre souhait ? demanda-t-il, son sourire s'évanouissant.

Elle ne désirait qu'une seule chose en cet instant, et la hâte de Gerrard rejoignait la sienne.

— Allez quérir le prêtre, mon amour. Nous serons prêts quand vous reviendrez.

Sur le point de sortir, il se retourna et sourit aux soldats et à leurs fiancées.

— Et si nous célébrions trois mariages, qu'en dites-vous ?

Arnhelm et Verdan dévisagèrent les servantes qui rougissaient, puis se regardèrent.

— Maman ne changera peut-être jamais d'avis, déclara Verdan à son frère aîné.

— Tu as raison, répondit Arnhelm. Alors, Peg ?

— Tu ferais mieux de faire de moi une honnête femme, acquiesça-t-elle, toute rose, les yeux brillants.

— Et toi, Lizabet, qu'en penses-tu ? demanda Verdan avec un enthousiasme juvénile qui contrastait avec sa taille.

— Bien sûr que je le veux ! s'exclama-t-elle en se jetant dans ses bras.

— Père Denzail ! Réveillez-vous ! cria-t-on en cognant avec force sur la porte du presbytère. Père Denzail !

Assez tenté de jurer, car en tant que fils de marin il connaissait bon nombre d'expressions hautes en couleur, le prêtre décida plutôt de se signer et marmonna une prière pour obtenir l'indulgence. Cela devait être Bardolf, qui venait parce que son père trépassait enfin, alors que ce ne serait pas la première fois que le vieux Talby, censé être sur son lit de mort, ressuscitait le lendemain matin.

Néanmoins, il était de son devoir d'assister les malades

et les mourants, aussi enfila-t-il sa robe pour aller ouvrir la porte.

Avant qu'il l'atteigne, son invitée, qu'il n'avait hébergée que contraint et forcé, passa la tête par la porte de la chambre contiguë à la sienne et le foudroya du regard.

— Ne vous dérangez pas, dit-il avec un geste de la main vers la religieuse, l'un de mes paroissiens est à l'agonie. Je suis certain que…

— Père Denzail ! appela-t-on de nouveau.

— A moins que je ne me trompe, c'est le jeune homme du château, lança-t-elle d'un ton accusateur, comme si cette visite nocturne signifiait que le père Denzail était d'une manière ou d'une autre de mèche avec lui.

Le prêtre n'aimait pas Gerrard. Cependant cette femme lui plaisait encore moins. Elle l'avait traité comme un laquais et avait l'air de le considérer comme un simple d'esprit depuis son arrivée.

Le père Denzail se redressa de toute sa petite taille et fit usage de son autorité de prêtre.

— Si c'est bien Gerrard, il doit y avoir des problèmes au château, et il est de mon devoir de répondre à son appel.

— Je ne doute pas qu'il y ait des problèmes là-bas, rétorqua la femme. Ils iront tous rôtir en enfer.

— Quand bien même ce serait le cas, c'est ma paroisse, aussi pouvez-vous retourner vous coucher.

— Je ne crois pas, déclara la mère supérieure, et au grand désarroi du père Denzail elle le suivit dans l'escalier.

A cause de la présence pesante de cette femme, de son sommeil interrompu et des coups incessants à la porte, il commençait à souffrir d'un sérieux mal de tête.

Il se hâta d'aller ouvrir, ignorant la religieuse sur ses talons, mais remarquant néanmoins sa robe de nuit en velours bien épais, d'une qualité magnifique pour une personne censée avoir fait vœu de pauvreté.

— Alors, que se passe-t-il ? demanda-t-il en ouvrant

la porte, frissonnant lorsqu'une soudaine bouffée d'air glacé s'y engouffra.

Il ne fut pas très heureux de découvrir Gerrard sur le seuil, pas plus que de sentir le souffle de la nonne acariâtre derrière lui.

— J'ai une requête, père Denzail, que vous êtes le seul à pouvoir satisfaire, annonça Gerrard avec un grand sourire.

Cela aurait pu tout aussi bien être un radieux matin d'été pour le jeune homme, qui semblait ne pas se soucier le moins du monde des ténèbres, du vent qui soulevait son manteau, ni de la pluie qui dégoulinait sur lui de la tête aux pieds.

Ou peut-être y avait-il une autre raison pour laquelle il semblait indifférent à l'heure tardive et aux éléments.

— Etes-vous ivre ?

— Pas du tout ! répondit Gerrard. Enfin, ivre de bonheur, peut-être. Je veux me marier et j'ai besoin de votre bénédiction.

— Etes-vous fou ? intervint la mère supérieure. On est en plein milieu de la nuit !

Le père Denzail pria de nouveau pour que Dieu lui accorde la patience, tout en essayant de décider si Gerrard était sincère ou si c'était l'une de ses plaisanteries.

— Je veux me marier, répéta Gerrard avec une telle fermeté que le père Denzail, tout étonné qu'il fût, ne douta plus de sa bonne foi. Celeste veut qu'un prêtre nous bénisse.

— Celeste ? s'écria la mère supérieure en bousculant le prêtre, manquant le faire tomber à la renverse. Vous n'allez pas épouser Celeste !

— Mais si, je vous l'assure, rétorqua Gerrard. Puisque son destin n'est plus entre vos mains, vous pouvez retourner vous coucher. Ou aller en enfer, si vous préférez, cela m'est bien égal.

Le père Denzail faillit éclater de rire en voyant l'air

abasourdi de la femme. Cela faisait sans doute des années que personne ne lui avait parlé sur ce ton, ou peut-être même jamais, et pour une fois il abonda dans le sens de Gerrard. Néanmoins, elle était membre du clergé, aussi s'éclaircit-il la voix pour adopter un ton sévère.

— Ce n'est pas ainsi que l'on parle à la mère supérieure.

Le jeune homme, qui jusqu'ici s'était vautré dans le péché, sembla immédiatement regretter ses propos et lui répondit avec une sincérité qui surprit le prêtre.

— Pardonnez-moi, mon père. Et vous aussi, ma mère, je vous en prie. Je ne peux que dire pour ma défense que ma joie à l'idée d'avoir Celeste pour épouse m'a fait parler sans réfléchir.

Il regarda alors le prêtre d'un air implorant.

— J'espère que vous ne retiendrez pas cela contre moi, mon père, ni mon passé mouvementé. Avec Celeste à mes côtés, et avec votre aide également, j'essayerai d'être meilleur.

Le garçon s'exprimait avec une telle franchise que le père Denzail ne put ignorer cet appel. Il pensa également que cela ferait du bien à Gerrard d'avoir une épouse qui avait failli être nonne.

— Je serai heureux de prononcer une bénédiction de mariage, acquiesça-t-il.

Il se tourna vers la religieuse, qui fulminait.

— Et, comme l'a dit Gerrard, vous devriez retourner vous coucher, conclut-il, lui clouant définitivement le bec.

Trépignant d'un pied sur l'autre, Gerrard attendait son épouse sous le dais. Les soldats et serviteurs du domaine s'étaient rassemblés dans la grande salle, dans un brouhaha de commentaires étonnés, en essayant de réprimer leur excitation. Le père Denzail à côté de lui employait tous ses efforts à ne pas bâiller.

Pourquoi ces femmes étaient-elles aussi longues ? Elles

avaient eu tout le temps de se préparer pendant qu'il allait chercher le père Denzail !

Sans parvenir à dissimuler son impatience, Gerrard dévisagea le petit prêtre. Celui-ci avait finalement montré quelque force de caractère en s'opposant à la mère supérieure. Il connaissait également bien ses paroissiens et leurs besoins, aussi ferait-il mieux de traiter l'homme avec un peu plus de respect et de solliciter son aide s'il voulait diriger son domaine et ses métayers avec sagesse et clairvoyance. Peut-être devrait-il commencer à aller à la messe. Cela plairait à Celeste, et il devait reconnaître à son corps défendant qu'il avait parfois éprouvé un certain réconfort à faire partie de la communauté des fidèles.

Cependant, ce qui était plus important que son propre confort, ou d'être un bon seigneur, c'était de rendre Celeste heureuse. Il se promit de s'y employer de son mieux. Et la crainte de perdre son respect et son amour l'aiderait à rester sur le droit chemin qu'il avait commencé à emprunter peu avant son retour.

Il fut néanmoins assailli de doutes. Après tout, il était Gerrard de Dunborough, le fils de sir Blane, de sinistre mémoire. Il n'était pas un chevalier vertueux, mais un homme familier du vice, du péché, et enclin à céder aux faiblesses de la chair.

Des rires de femmes interrompirent ses sombres pensées, et il se tourna pour voir son épouse faire son entrée, entre Lizabet et Peg. Chacune d'elles lui tenait le bras pour lui éviter de trop boiter, et elle portait une magnifique robe de soie brodée.

Puis il repéra Bartholomew et Marmaduke derrière elle, rayonnants de fierté comme s'ils la conduisaient eux-mêmes à l'autel.

Cependant ce ne furent ni la robe ni l'assistance qui captivèrent l'attention de Gerrard après l'émotion suscitée par ce spectacle. Ce fut le sourire sur le visage de sa future épouse, et l'amour brillant dans ses yeux.

Il ignorait par quel miracle il avait trouvé cette femme incroyable qui l'aimait et avait placé toute sa confiance en lui, si ce n'était par la grâce de Dieu. Et il se montrerait digne de cet amour et de cette foi tous les jours de sa vie.

Son épouse arriva sous le dais. Le prêtre se plaça entre eux, puis Gerrard prit la main de Celeste et prononça ses vœux.

— Moi, Gerrard de Dunborough, te prends pour épouse. Je te respecterai et t'honorerai, pourvoirai à tes besoins et te protégerai toute ma vie.

Celeste lui prit à son tour solennellement les mains.

— Moi, Celeste D'Orleau, te prends pour époux. Je te respecterai et t'honorerai, et t'offrirai un foyer agréable. Je te serai toujours fidèle, tout comme je t'aimerai jusqu'à mon dernier souffle, et dans la vie éternelle.

Arnhelm et Peg, Verdan et Lizabet échangèrent également leurs vœux d'amour et de fidélité, et le père Denzail bénit tout le petit groupe. Toutefois, ses dernières paroles furent couvertes par les cris d'allégresse et les applaudissements des serviteurs et des soldats de Dunborough, auxquels se joignirent Bartholomew et Marmaduke, qui sembla tout près de s'évanouir de joie.

Gerrard se tourna vers son épouse et lui parla à l'oreille pour qu'elle seule puisse l'entendre au milieu de tout le vacarme.

— Il me semble que l'on vous a recommandé de vous reposer. Je ne voudrais pas que vous soyez souffrante.

— Je me sens assez lasse, avoua-t-elle, même si c'était loin d'être la vérité.

En fait, de sa vie elle ne s'était sentie si vivante et si débordante d'énergie. Il fallait néanmoins qu'elle se repose ou du moins rejoigne son lit.

— Je devrais me retirer. Avec vous, si vous le désirez.

Il lui prit la main et se prépara à une déclaration à la cantonade.

— Je vous remercie tous de vos bons vœux. Puisqu'il

est trop tard pour organiser un banquet aujourd'hui, commença-t-il en regardant Florian, qui sembla aussitôt soulagé comme s'il venait d'échapper au supplice du chevalet, et que mon frère et son épouse devraient être ici pour se réjouir et festoyer avec nous, ainsi que la mère d'Arnhelm et Verdan si elle se décide à venir, nous reporterons cette fête pour le moment. A présent, je pense que nous devrions tous aller nous coucher, conclut-il avant de prendre sa femme dans ses bras et de la porter vers l'escalier.

Chapitre 25

Celeste eut l'impression que son rêve devenait réalité quand Gerrard lui fit franchir le seuil de la chambre dans ses bras, n'était le petit détail de sa cheville bandée.

Alors qu'il la reposait doucement par terre, cet inconfort mineur fut vite oublié, submergée comme elle l'était par le bonheur, l'excitation et la vue du lit préparé avec délicatesse, bordé de draps impeccables. En dépit de leur euphorie, Lizabet et Peg s'en étaient gentiment occupées. Elles avaient aussi envoyé le commis de cuisine quérir de toute urgence Bartholomew et Marmaduke, espérant qu'ils n'aient pas encore vendu la robe de soie rouge et qu'ils puissent la lui apporter.

Lovée dans les bras rassurants de Gerrard, Celeste se haussa pour l'embrasser. Mais, quand elle vit le désir brûlant dans ses yeux sombres, elle fut saisie d'un accès de timidité. Certes, ils avaient déjà partagé des instants d'intimité, mais elle ne s'était encore jamais retrouvée seule dans une chambre avec un homme.

— Qu'allez-vous dire à Roland à propos de notre mariage ? demanda-t-elle.

Gerrard lui sourit avant de lui effleurer la joue d'un baiser. Ce qui n'empêcha pas son sang de s'échauffer au contact de cette infime caresse.

— Que son bon à rien de frère a réussi un miracle et épousé un ange.

— Voilà qui me présente sous un jour bien avantageux, et quelque peu blasphématoire !

— Il vous aime bien. Vous ne l'avez jamais insulté, et il me semble me rappeler que vous preniez toujours son parti lors de nos désaccords.

— Il avait toujours raison.

— La plupart du temps, reconnut Gerrard. Mais il pouvait aussi se montrer fort têtu, comme quelqu'un d'autre que j'aime.

Il l'embrassa et aurait bien poursuivi plus loin, mais elle se détourna.

— Si Roland accepte notre mariage, en dépit de mon absence de fortune, alors tout ce qui me restera à regretter, c'est de ne pas être assez riche pour convaincre l'évêque de déplacer la mère supérieure dans un autre couvent.

— Faut-il vraiment que nous parlions d'elle ? demanda Gerrard en se renfrognant.

— Je suis désolée, s'excusa Celeste en posant sa tête contre son épaule. Mais je suis si heureuse, et quand je pense aux autres novices encore à Sainte-Agatha sous sa férule…

— Peut-être quelques mots du maître de Dunborough et du seigneur de Delac pourraient-ils avoir quelque influence ?

— Vous feriez cela ? Vous interviendriez ? Roland aussi ?

— Je pense que mon frère sera désireux de le faire quand il saura pourquoi. J'ai beau la connaître depuis peu, je suis certain que cette femme ne devrait rien diriger du tout, répondit Gerrard en penchant la tête d'un côté, haussant les sourcils. Maintenant, mon épouse, souhaitez-vous aborder un autre sujet ?

— Non, répondit-elle, plus détendue.

Elle lui adressa un sourire malicieux.

— Pour le moment, j'ai d'autres choses en tête.

— Vraiment ? dit-il en lui caressant le bras, lui envoyant des ondes de plaisir dans tout le corps. De quel genre ?

— Ceci, souffla-t-elle en se haussant sur la pointe des pieds pour lui effleurer les lèvres. Et ceci, ajouta-t-elle en lui caressant la poitrine. Puis encore ceci, poursuivit-elle en l'entourant de ses bras.

Il l'embrassa passionnément, mais elle n'était pas encore tout à fait prête à aller plus loin. Pas encore.

Elle recula et, sans le quitter des yeux, passa les mains dans son dos pour commencer à délacer sa robe. Ce n'était pas chose aisée avec son regard brûlant posé sur elle, aussi lui tourna-t-elle le dos.

Il entreprit alors de la lui ôter lui-même. Une fois le nœud défait, il l'embrassa à la base de la nuque et glissa ses mains à l'intérieur de sa robe, sous sa chemise, à la recherche de ses seins.

Elle s'était imaginée dans ses bras bien des fois, cependant jamais de cette manière. Elle ne put que fermer les yeux, soupirer et se laisser aller contre lui, jusqu'à ce que son besoin de sentir ses lèvres sur les siennes devienne irrépressible. Elle se retourna et l'embrassa, tout en l'aidant à descendre sa robe sur sa taille. Ensuite, elle lui ôta sa tunique, puis sa chemise, pour lui dénuder la poitrine.

Elle eut un hoquet de surprise en découvrant ses cicatrices. Aucune n'était d'une taille importante, mais elles étaient si nombreuses !

— Mon père, et Broderick, répondit-il à sa question muette. Et certaines résultent de ma propre inconscience. Celle-ci me vient de vous, ajouta-t-il en posant le doigt sur celle de sa clavicule.

— Je suis désolée, Gerrard !

Il lui fit un large sourire.

— Pas moi. Ça a été un souvenir de vous, après votre départ, et j'étais heureux de l'avoir.

— Sans cela vous m'auriez oubliée.

— Sans cela j'aurais oublié ce que j'avais fait pour la mériter. Je n'ai plus jamais faussement accusé Roland ou quiconque de tricherie. Vous voyez, même quand vous n'étiez pas là, vous me guidiez sur la bonne voie.

Il fronça les sourcils en découvrant la cicatrice qu'elle avait à l'épaule.

— Et cela ? demanda-t-il en l'effleurant, est-ce cette terrible femme du couvent qui vous l'a faite ? Si c'est le cas, je…

Elle lui ôta la main.

— C'est mon père, juste avant mon départ, et l'une des raisons pour lesquelles j'étais si heureuse de m'en aller, du moins au début.

— Je vous promets, Celeste, de ne jamais porter la main sur vous ou sur nos enfants.

— Et je vous promets, Gerrard, de vous donner tout l'amour que vous méritez, que vous avez toujours mérité.

Il retint son souffle, et ses yeux brillèrent, cette fois en raison des larmes qui perlaient. Il essaya de rire en les essuyant.

— N'en dites pas plus, sans cela vous allez me faire pleurer comme un enfant, et un homme lors de sa nuit de noces doit se montrer viril.

Elle lui caressa la joue de ses lèvres.

— Je sais ce que vous avez enduré, Gerrard, et je ne considérerais pas cela comme une faiblesse si vous pleuriez devant moi.

— Essayons de laisser le passé derrière nous et d'oublier.

— J'en doute, mais nous pouvons commencer une nouvelle vie dès aujourd'hui, et qui sera remplie de souvenirs heureux.

— Je vous aime, Celeste D'Orleau, murmura-t-il en l'attirant doucement dans ses bras avant de l'embrasser avec toute la passion d'un cœur aimant trop longtemps solitaire.

— Tout comme je vous aime, répondit-elle.

Ils n'éprouvèrent pas le besoin d'en dire plus tandis qu'ils s'embrassaient et se caressaient, laissant le passé refluer, submergés par les impératifs du présent et le désir qu'ils avaient tous deux tenté d'ignorer et de réprimer si longtemps. Quand leurs vêtements ne furent plus qu'une gêne, Celeste ôta sa chemise et se tint nue devant lui, un bras sur ses seins, son autre main devant son entrejambe. Elle était trop pudique pour se dévoiler complètement, jusqu'à ce qu'elle lise la faim dans les yeux de Gerrard et remarque que sa poitrine s'abaissait et se soulevait plus rapidement.

— Vous êtes si belle, murmura-t-il. Quand je pense que vous êtes ma femme !

Oui, elle était sa femme, et ces paroles lui donnèrent du courage. Elle baissa les bras.

Les yeux rivés sur elle, il ôta ses bottes et ses bas. Puis il délaça son pantalon et se retrouva aussi nu devant elle. D'une splendeur absolue : cheveux retombant sur ses larges épaules, ventre musclé, hanches étroites et longues jambes fines.

— Vous ressemblez à la statue d'un dieu, souffla-t-elle.

Et d'un dieu fort intéressé par les plaisirs sensuels.

— Mais je suis de chair et de sang. Un homme désireux d'aimer son épouse, ajouta-t-il avant de la prendre dans ses bras et de la porter sur le lit.

Elle l'attira sur elle, savourant le poids de son corps sur le sien, fit courir ses mains sur sa peau nue et chaude, laissant sa propre excitation la guider alors qu'ils s'embrassaient.

Elle ouvrit les jambes instinctivement et cessa un instant de respirer quand il y glissa la main et se mit à la caresser. Elle se cramponna à ses épaules quand les sensations éprouvées la veille commencèrent à prendre possession d'elle.

Il glissa un doigt en elle, et elle souleva les hanches, afin d'accentuer son mouvement, éprouvant soudain un furieux besoin.

Quand il ôta son doigt, elle gémit de déception,

jusqu'à ce qu'il la pénètre. Alors que tout tournoyait dans sa tête, et que son corps l'accueillait, il commença un mouvement de va-et-vient, lentement d'abord, puis de plus en plus vite. Elle cessa de l'embrasser et voulut parler, mais ne put prononcer un mot, seulement haleter et pousser de petits cris, alors que la tension et l'excitation montaient inexorablement… et qu'elle s'arc-boutait avant d'éprouver une intense libération. Si délicieuse et si puissante qu'elle n'entendit pas Gerrard exprimer son plaisir lui aussi avant de reposer sa tête sur ses seins moites de transpiration.

— Et dire que je ne savais pas à quoi j'aurais renoncé si je vous avais quitté, murmura-t-elle en lui caressant la tête.

— Quand je pense que je vous aurais laissée partir, ajouta-t-il à son tour. Je me suis conduit comme un idiot à de nombreuses reprises dans ma vie, et le plus flagrant a été de croire que je pouvais vivre sans vous.

— Désormais vous n'aurez plus à y penser, assura-t-elle en souriant. Et je n'aurai plus à essayer de vivre sans vous… ou sans cela.

— Cela ? demanda-t-il en haussant un sourcil. Peut-être est-ce pour cela que vous m'avez épousé. Pour ça.

— Si vous le croyez, vous vous trompez du tout au tout. Comment quelque chose que je ne connaissais pas aurait-il pu me manquer ? Je n'ai jamais eu envie d'embrasser un autre homme, continua-t-elle plus sérieusement. Et encore moins de faire ça avec un autre.

— Si vous avez trouvé cela excitant, laissez-moi vous assurer que ce n'est qu'un début, rétorqua-t-il, sur un ton qui faisait de lui l'incarnation parfaite de la tentation.

Puis il prit soudain un air soucieux.

— Et votre cheville ?

— Elle me gêne à peine.

— L'apothicaire vous a recommandé du repos.

— Eh bien, je suis au lit, n'est-ce pas ?

Les lueurs de l'aube se glissaient dans la chambre nuptiale tel un invité non désiré. Celeste se réveilla la première et resta immobile, à écouter la respiration calme et régulière de l'homme à ses côtés. Son mari. Son mari bien-aimé qui dormait aussi paisiblement qu'un bébé, des mèches en désordre sur le front. Il ressemblait tant au garçon qu'elle avait connu qu'elle aurait presque pu oublier que c'était là l'homme qui lui avait fait l'amour avec tant de passion !

Mais pas tout à fait, songea-t-elle avec un sourire en lui dégageant le front.

Elle se lova contre lui. Elle aurait voulu rester ainsi toute la journée, ou même quelques heures. Malheureusement, les bruits du château qui s'éveillait lui rappelèrent que c'était impossible.

— Hmmm ? murmura Gerrard en ouvrant les yeux et en lui adressant un sourire ensommeillé.

Il se tourna sur le côté et enroula son bras autour d'elle.

— Est-ce déjà le matin ? J'ai l'impression d'avoir à peine fermé l'œil, alors que vous êtes fraîche comme la rosée.

— Le jour se lève, en effet, et nous n'avons beaucoup dormi ni l'un ni l'autre. Si vous vous en souvenez bien, nous étions plutôt occupés.

— Je m'en souviens fort bien, répondit-il. Je me souviens de bien des choses que nous avons faites la nuit dernière, ajouta-t-il avec un sourire qui la fit à la fois rire et tant rougir qu'elle cacha son visage dans ses mains.

Il l'obligea alors à le regarder, affichant un air sérieux.

— Vous n'avez pas honte de ce que nous avons fait, n'est-ce pas ?

— Oh ! non ! assura-t-elle avec véhémence. Mais je… je veux dire que je ne savais pas que… que cela pouvait être si merveilleux !

Il se recoucha sur le dos et éclata de rire.

— Dieu merci ! Je craignais que vous ne me disiez

que cela ne vous avait pas plu, et que vous ne vouliez plus jamais que je vous touche !

— Mais je veux que vous me touchiez ! répliqua-t-elle d'une voix basse et provocante.

Elle glissa la main vers la taille de son mari, déterminée à lui prouver qu'elle aimait faire l'amour avec lui davantage qu'en le lui déclarant simplement.

— Et je veux vous toucher aussi.

— Votre cheville ?

— Tout va bien, affirma-t-elle en s'approchant de lui.

Elle se pencha pour lui chatouiller les tétons avec sa langue, tout en le caressant pour l'exciter. Quand il voulut l'imiter, elle repoussa son bras et lui demanda de ne pas bouger.

Il ouvrit soudain grands les yeux, affichant un air aussi surpris que si elle lui avait annoncé être Vénus descendue parmi les mortels.

— Je veux vous donner du plaisir, Gerrard, chuchota-t-elle, laissez-moi le faire.

— Tant que je pourrai vous retourner cette faveur, rétorqua-t-il aussitôt.

Elle lui sourit alors en hochant la tête, puis ôta les couvertures afin d'exposer son corps nu. Tendre et passionnée, elle fit usage de ses mains et de sa bouche jusqu'à ce qu'il gémisse et soit au bord de la supplier de le laisser lui faire l'amour.

Ce ne fut qu'alors qu'elle changea de position pour le chevaucher et le guida en elle. Les mains posées sur ses épaules elle se pencha et l'embrassa profondément tout en commençant à se balancer d'avant en arrière, laissant sa réponse lui dicter si elle devait ralentir ou accélérer.

Il se mit à lui pétrir les seins, et elle fut submergée par son propre désir. Plus elle accélérait, plus son souffle devenait court, et la tension montait crescendo. Il gémit lorsque le corps de Celeste sembla se contracter. Elle se cramponna à ses épaules dans son extase.

Il réussit à lui parler après un moment, à bout de souffle, entre deux éclats de rire.

— Pitié, ma femme ! J'ai peur que vous ne me cassiez de nouveau la clavicule !

Ecarlate et en sueur, elle se releva et s'allongea ensuite à ses côtés.

— Je ne savais pas ce que je faisais, s'excusa-t-elle.

— Si c'est là la façon dont vous procédez en étant ignorante, je suis extrêmement impatient de découvrir ce que vous ferez quand nous serons mariés depuis plusieurs années, déclara-t-il en souriant avant de l'embrasser.

— Je voulais vous montrer que j'aime notre intimité.

— Ma bien-aimée, vous y avez admirablement réussi, répondit-il en jouant avec une boucle de ses cheveux. J'espérais que vous aviez toujours votre admirable chevelure, sous cette guimpe, ce voile et cette coiffe. J'avais peur qu'on ne vous eût obligée à la couper.

— La mère supérieure l'a tenté plus d'une fois, en particulier la fois où j'avais contracté une fièvre. C'était un prétexte, et nous le savions toutes les deux. Par bonheur, sœur Sylvester l'a interdit, en arguant que cela me contrarierait trop et risquerait d'aggraver ma maladie. Je pense qu'elle ne le croyait pas vraiment non plus, elle savait aussi bien que moi que la mère supérieure cherchait ainsi à me punir. J'avais renversé son vin la veille en servant le souper.

— Elle voulait vous couper les cheveux à cause d'un accident ? Par Dieu, elle est pire que je le pensais !

Celeste s'empourpra et se serra contre lui avant de susurrer d'une toute petite voix :

— Ce n'était peut-être pas un accident.

— Vous avez renversé son vin délibérément ?

Celeste leva la tête pour le regarder.

— Elle avait été très cruelle avec l'une des filles ce jour-là.

Il éclata de rire de nouveau, plus fort cette fois.

— J'ai réellement épousé une femme merveilleuse. Et désormais je saurai ce que cela veut dire si d'aventure vous renversez mon gobelet.

— Je n'aurai pas à le faire si je pense que vous avez mal agi. Je vous le dirai avant.

Il sourit, les yeux débordant d'amour.

— Bien. Tout comme je vous le dirai si j'estime que vous avez fait quelque chose… qui ne convient pas. Puisque nous sommes tous deux déterminés à bien nous comporter, je suggère à regret que nous sortions du lit, nous habillions et descendions dans la grande salle avant que quelqu'un monte ici vérifier si nous sommes toujours vivants.

— Et je meurs de faim, ajouta Celeste en se levant. Vous aussi sans aucun doute, après tout cet exercice.

Il ne répondit pas tandis qu'elle se dirigeait vers la table de toilette, en boitillant imperceptiblement. Mais il se précipita aussitôt vers elle.

— J'avais raison ! Nous en avons trop fait, et l'état de votre entorse a empiré !

— Non, objecta-t-elle. Elle est bien bandée, et le liniment a fait des miracles. Je pense néanmoins que je devrais rester encore quelques jours alitée, ajouta-t-elle avec un soupir de désespoir feint. J'espère ne pas trop m'ennuyer.

Il éclata de rire, comme elle en avait eu l'intention.

— Je vais également avoir besoin d'assistance pour me vêtir, ajouta-t-elle.

— Ce sera avec plaisir, répondit-il avec une fausse gravité.

Il leur fallut un certain temps pour s'habiller, et ce n'était pas seulement à cause de sa cheville. Cependant, elle finit par se retrouver vêtue d'une autre robe fournie par Marmaduke et Bartholomew grâce à leur extrême prévenance. Elle avait aussi appartenu à Audrey, et c'était l'une des seules robes très simples en sa possession, en laine vert clair. Gerrard enfila sa chemise et sa tunique habituelles, son pantalon et ses bottes.

Quand ils furent prêts à se joindre à la maisonnée dans la grande salle, il la prit de nouveau dans ses bras. Il haussa les sourcils, comme s'il s'attendait à ce qu'elle proteste, mais au contraire elle lui passa les bras autour du cou.

— Pour cette fois, je suis d'accord, annonça-t-elle en lui déposant un baiser léger, à cause de ma cheville. Mais à l'avenir, je ne m'attends pas à ce que vous me portiez partout.

— Pas même si cela me plaît ?

— Ce n'est pas très digne, et la femme du seigneur de Dunborough doit savoir tenir son rang, ne croyez-vous pas ?

— En public seulement, répliqua-t-il avec un regard charmeur qui la fit rougir avant qu'il l'emporte dans l'escalier jusqu'à la grande salle.

Où sir Roland de Dunborough et Delac les attendait assis sous le dais, arborant l'air sinistre d'un juge prêt à rendre sa sentence pour un crime épouvantable.

Chapitre 26

Celeste fut envahie de crainte quand elle vit le jumeau austère de Gerrard, et elle se cramponna plus fort à son époux. Roland était entièrement vêtu de noir, sans la moindre touche de couleur à son col, ses poignets ou l'ourlet de sa tunique. Jusqu'à la ceinture sombre de son épée, et son expression aussi impassible que de coutume, sans le moindre indice qu'il savait même sourire. Comment une femme avait pu tomber amoureuse de lui restait un mystère, quoi que les gens aient pu en dire.

— Mes salutations, Roland, dit Gerrard aussi calmement que s'il avait toujours été dans ses habitudes d'arriver dans la grande salle avec une femme dans les bras. Te souviens-tu de Celeste ? Celeste, mon épouse.

Elle s'attendait à ce que Roland prenne un air furieux ou se renfrogne. Au contraire, à son grand étonnement il sourit. Son visage en fut transfiguré et, pour la première fois, il ressemblait plus à Gerrard qu'elle ne l'aurait jamais cru possible.

— J'ai été informé que tu t'es marié, dit-il en avançant vers eux tout en boitant.

— Reposez-moi, chuchota-t-elle à Gerrard, qui s'exécuta.

Il semblait serein, mais elle lut la crainte dans ses yeux et se souvint de leurs querelles et des mots durs qu'ils échangeaient. Il y en avait eu sans doute bon nombre de plus après son départ, et il n'était en rien étonnant que Gerrard eût l'air inquiet.

Mais Roland souriait toujours quand il prit ses mains dans les siennes et qu'il l'embrassa sur les deux joues.

— Bienvenue, ma belle-sœur.

Puis il chercha la main de son frère et la serra vigoureusement.

— De toutes les choses que tu aurais pu faire pour me prouver que tu avais changé, Gerrard, s'exclama-t-il sur un ton plein d'humour, te marier est la meilleure, spécialement avec une épouse de cette valeur.

— Merci, répondit Gerrard. Qu'est-ce qui t'amène ici ?

Avant que Roland puisse répondre, Arnhelm et Peg firent leur apparition à la porte des cuisines, une petite femme grisonnante entre eux. Ils étaient suivis de Verdan et Lizabet. Les mariées avaient l'air enchantées, et les époux ravis, visiblement plus que soulagés.

— Comme vous le voyez, messire, déclara Verdan, maman est enfin venue dans le Yorkshire. Elle va s'installer ici.

— Excellent, approuva Gerrard.

Plusieurs soldats et serviteurs étaient arrivés dans la grande salle à leur suite. Certains s'empressèrent autour de Verdan et Arnhelm pour les féliciter, d'autres observaient les personnes sous le dais.

Roland se tourna vers son frère.

— Certes, c'est une journée de réjouissance. Mais nous avons d'importants sujets dont nous devons nous entretenir, et je préférerais le faire en privé.

— Oui, répondit Gerrard, allons dans la salle de travail.

— Puis-je me joindre à vous ? demanda Celeste, même si en son for intérieur elle n'avait pas la moindre intention d'être tenue à l'écart en cas de refus.

Roland esquissa un petit sourire.

— Je n'en attendais pas moins de votre part. Vous vouliez toujours la visiter.

Gerrard semblait moins convaincu, et elle craignait qu'il ne refuse.

— Pouvez-vous monter l'escalier avec votre cheville ? s'enquit-il néanmoins.

Si c'était donc là son unique souci…

— Je le pense, affirma-t-elle.

Il hocha la tête, et elle fut heureuse qu'il n'émette aucune objection.

Ne pouvant cacher sa satisfaction et sa fierté, il lui tendit le bras pour la conduire.

— Alors allons-y.

Quand ils arrivèrent dans la salle de travail, Roland entra le premier et approcha une chaise pour Celeste. Gerrard en prit une pour lui-même et laissa la plus confortable à son frère. Celui-ci repéra aussitôt sur le bureau une lettre qui lui était familière, et à côté une réponse tout juste commencée de l'écriture presque illisible de son frère.

Il la désigna du doigt et prit la parole de son air grave habituel.

— Maintenant tu sais pourquoi j'ai décidé de venir. Cela fait des semaines que j'attends une réponse.

— Tu sais que je ne suis pas très doué pour la correspondance, se défendit Gerrard en haussant l'épaule droite. Et je n'avais pas encore pris ma décision concernant ton offre généreuse.

— Tu aurais pu envoyer un message pour avertir de ton mariage, lui reprocha Roland en fronçant les sourcils. En tant qu'aîné…

— De moins d'une heure ! Et tu ne m'as jamais non plus envoyé de message pour m'informer du tien, rétorqua Gerrard en se levant à moitié de sa chaise.

Celeste redouta une nouvelle querelle, jusqu'à ce que Roland sourie de manière inattendue.

— Non. Et à présent je crois que tu peux comprendre pourquoi ma décision rapide a devancé tout message.

Gerrard se renfonça dans sa chaise et éclata d'un rire joyeux et sonore qui dissipa toute tension dans l'atmosphère.

— En effet, je peux le dire.

Plus détendu également, Roland s'adressa à Celeste.

— J'imagine que cela signifie que vous lui avez pardonné de vous avoir coupé les cheveux.

— Nous avons aussi fait la paix tous les deux, assura-t-elle avec solennité, un petit sourire jouant néanmoins à la commissure de ses lèvres.

— Et bien plus, ajouta Gerrard en souriant. Je suis heureux que ta jambe soit suffisamment remise pour que tu aies pu monter à cheval, mon frère.

— Oh oui, ça va, répliqua Roland en prenant place derrière la table. Je vais cependant rester quelques jours avant de repartir, si tu me le permets.

— Si je le permets ? Mais tu es toujours le seigneur de ces lieux.

La bonne humeur et les manières plaisantes de Roland ne firent que rendre ses paroles suivantes encore plus surprenantes.

— Ce n'est plus exact. Il semblerait que le roi ait pensé que deux domaines tels que Dunborough et Delac ne soient trop pour un seul homme. Il a décidé de m'enlever Dunborough et de te l'attribuer. Apparemment, il est persuadé que nous sommes des ennemis jurés et estime que cela sert ses intérêts. Je crains que le pauvre ne connaisse certaines désillusions. En attendant, Dunborough te revient de par la volonté du roi, et ma bénédiction t'accompagne.

Gerrard le dévisagea avec incrédulité.

— John m'a donné Dunborough ? s'écria-t-il.

— Oui, et il aussi décidé de te nommer chevalier. J'imagine qu'il est convaincu que cela augmentera notre inimitié et creusera les tensions entre nous.

— Qui a raconté au roi que Gerrard et vous étiez ennemis ? demanda Celeste, méfiante.

— Je n'ai pas la moindre idée de l'identité de la

personne qui a colporté ces rumeurs, répondit Roland d'un air faussement innocent, à moins que ce ne soit sir Melvin. L'as-tu déjà rencontré, Gerrard ? Son domaine est à quelques miles d'ici.

— Non, je ne le crois pas, dit Gerrard.

— Moi, je le connais ! s'écria Celeste. Son épouse et lui m'ont offert l'hospitalité et un repas lors de mon voyage. C'est un homme généreux, qui a le cœur sur la main, mais il n'a par malheur pas bonne opinion de vous, Gerrard.

Celeste se souvint de leur accueil, de la façon dont elle les avait trompés et s'empourpra quelque peu.

— Ils n'en auront d'ailleurs peut-être pas une meilleure de moi, ajouta-t-elle, quand ils découvriront que je ne suis pas nonne.

— Il semble qu'aucun d'entre nous n'ait fait bonne impression à sir Melvin et son épouse lorsque nous nous sommes rencontrés, Mavis exceptée, rétorqua Roland. Ce sont de braves gens. J'espère d'ailleurs qu'ils reconnaîtront volontiers s'être trompés en ce qui concerne notre animosité, si nous souhaitons un jour que le roi sache que tout va bien entre nous.

Gerrard considéra son frère avec un respect non dissimulé.

— Je dois donc considérer d'accepter Dunborough sans te remercier ?

— Absolument, sinon tu m'accorderais plus de crédit que je ne le mérite. Je n'ai aucune inclination pour les ruses et la stratégie, comme tu le sais certainement.

Celeste se rendit compte que c'était tout à fait exact. Roland n'échafaudait jamais de plans lorsqu'ils étaient enfants. Il se contentait de critiquer, ou de condamner, et s'en tenait strictement aux règles.

— Ou peut-être est-ce ta femme qui a influencé le roi, suggéra Gerrard.

Roland arbora de nouveau son air de fausse innocence.

— Mavis ? Mais c'est une femme.

— Une femme très intelligente, insista Gerrard. Dieu

me garde, deux femmes intelligentes dans la famille ! Nous ferions mieux d'être prudents, Roland, sans cela elles dirigeront Dunborough et Delac à notre place !

— Je suis attentif à l'aide et aux conseils que m'apporte Mavis, répondit Roland avec sincérité. Non, en fait j'en ai besoin. Elle en sait plus que moi sur la gestion d'un domaine.

— Je ne sais absolument pas comment on dirige une maisonnée et son domaine, admit Celeste.

— Vous savez fort bien marchander, j'ai entendu dire que vous étiez dure en affaires. C'est un talent dont je suis gravement dépourvu, affirma Gerrard.

— Avez-vous songé à une fête pour célébrer ces événements ? demanda Roland. Mavis voudra y prendre part.

— Sera-t-elle capable de voyager, dans son état ? s'enquit Gerrard. Sa grossesse est bien avancée.

— Telle que je connais ma femme, et si ce n'est pas dans trop longtemps, répliqua Roland avec le même sourire malicieux que Gerrard, rien de ce que je pourrais dire pour la dissuader ne l'en empêcherait.

Quelques jours plus tard, quand sa cheville fut suffisamment remise, et une quinzaine de jours avant le banquet pour célébrer leur mariage, Celeste et son mari se promenèrent main dans la main dans le village. Les gens leur adressaient leurs félicitations et faisaient des signes amicaux sur leur passage.

— Il semble que notre mariage a eu l'heur de plaire aux villageois et aux métayers, fit-elle remarquer.

— Pas autant qu'à moi, dit-il en tapotant la main de Celeste posée sur son bras, avec un grand sourire chaleureux.

— Ainsi qu'à moi, répliqua-t-elle en posant la tête sur son épaule. Je souhaite à tout le monde d'être aussi heureux que moi aujourd'hui. L'amour est une chose étonnante, n'est-ce pas, Gerrard ? Des hommes froids et austères tel Roland peuvent devenir plaisants et faciles à vivre. Je dois avouer que je n'aurais jamais cru qu'il possédât une once d'insouciance.

— J'en conviens, le changement qui s'est opéré chez lui est étonnant, tout comme sa femme, assura Gerrard en lui prenant la main pour l'embrasser. Vous aimerez Mavis, j'en suis certain. C'est une femme de valeur.

— Elle doit l'être, si elle a réussi à adoucir le cœur de Roland.

Ils s'arrêtèrent devant la devanture du marchand de bougies. Les volets étaient fermés, et il n'y avait aucun signe de vie.

— Il est parti, annonça Bartholomew, qui venait de faire irruption derrière eux.

Celeste et Gerrard se retournèrent et virent les deux marchands côte à côte, l'air attristé.

— Il est parti le lendemain de la mort de son fils, à l'aube, précisa Marmaduke.

— Il a chargé une carriole et s'en est allé sans dire mot à quiconque, expliqua Bartholomew. Il n'a même pas attendu l'enterrement de son fils.

— Nul doute qu'il n'a pu rester, après..., commença Marmaduke, avant de plonger dans un silence de circonstance.

Celeste lâcha le bras de son mari.

— Savez-vous où se trouve Ewald ? demanda-t-elle.

Les deux hommes échangèrent des regards embarrassés.

— Je crois qu'il vous attend à la maison, répondit Bartholomew.

Il n'avait pas besoin de préciser quelle maison, ni pour quelle raison. La vente avait été conclue et, quand l'acte serait signé par les deux parties, elle lui appartiendrait, avec tous ses souvenirs, les bons comme les mauvais.

— Merci, répondit-elle.

Gerrard s'avança alors et mit tout le monde à l'aise avec un sourire engageant.

— Peut-être pourriez-vous venir au château un peu plus tard. J'imagine que ma femme va avoir besoin de nouveaux habits.

Les deux hommes inclinèrent la tête avec empressement.

— Nous serons enchantés ! s'exclama Marmaduke.

— Ce sera un honneur ! renchérit Bartholomew.

Elle avait beau avoir besoin de vêtements et se réjouir à la perspective de porter de nouvelles robes, Celeste ne pouvait s'empêcher de penser que l'argent pourrait être employé de manière plus utile.

— Je n'ai pas besoin de grand-chose, déclara-t-elle après qu'ils eurent fait leurs adieux aux deux marchands et repris leur chemin.

Gerrard s'arrêta alors brusquement et la considéra avec un air de majesté outragée.

— Ma chère, vous êtes la femme du seigneur de Dunborough. Vous devez être vêtue de la façon appropriée qui sied à votre position.

Elle le dévisagea d'un air sérieux.

— Tant que vous me permettrez de décider de ce qui est « approprié ».

Son air furieux était aussi feint que son indignation quand ils recommencèrent à marcher.

— Il est hors de question que vous soyez mal habillée ou ne portiez que du noir.

Elle sourit enfin.

— Je ne sais pourquoi, mais il me semble que Bartholomew et Marmaduke ne le permettraient pas non plus.

— Faites place ! Faites place ! cria un homme derrière eux.

Il conduisait une lourde voiture couverte, que Celeste reconnut aussitôt.

— C'est la mère supérieure, annonça-t-elle à Gerrard.

Il arbora aussitôt un sourire d'une joie diabolique, et avant qu'elle puisse l'arrêter il se précipita pour sauter sur le marchepied de la voiture et se cramponna à la fenêtre grillagée de la portière.

— Vous partez sans un adieu, ma mère ?

Celeste fut certaine que la femme venait de jurer, et les paroles de Gerrard le lui confirmèrent.

— Quel langage, de la part d'une sainte femme ! Allons, allons, que va dire l'évêque ? Eh bien, il ajoutera sans doute cela à la liste des péchés qui assureront que vous quitterez le couvent de Sainte-Agatha pour un endroit offrant plus de… pénitence.

Si la mère supérieure répondit, ses mots se perdirent dans les crissements des roues de la voiture quand elle passa devant Celeste. Cependant, elle entendit la réplique de Gerrard, claire et forte.

— Vous pouvez toujours croire que l'évêque obéit au moindre claquement de votre doigt aristocratique sans broncher, mais j'imagine qu'il trouvera son compte dans la proposition fort intéressante que je vais lui faire. Financièrement intéressante, j'entends.

La réponse de la mère supérieure la choqua par sa grossièreté, alors que Gerrard se contenta de rire joyeusement et sauta sur le sol avec légèreté.

— Mon Dieu, s'amusa-t-il d'un air faussement catastrophé en rejoignant Celeste, je n'ai jamais entendu pareil langage venant d'une femme ! Où a-t-elle donc appris cela ? Pas de sa mère, en tout cas !

— Vous n'ignorez pas qu'elle va immédiatement se précipiter chez l'évêque ? l'avertit Celeste. Elle pense certainement que cela jouera en sa faveur.

— Elle peut penser ce qui lui chante, répliqua Gerrard d'un ton insouciant. Entre Roland, sa femme, sa cousine et son époux, et le vôtre, notre pouvoir et notre influence seront bien suffisants pour débouter ses plaintes. Je lui ai aussi fait un petit cadeau d'adieu.

— Un cadeau ? Vous avez fait un cadeau à cette femme ?

— Absolument, rétorqua-t-il avec malice. Je suis allé voir une certaine vieille servante et l'ai ramenée pour qu'elle soit au service de la mère supérieure. Le père Denzail a assuré à la religieuse qu'elle avait beau ne plus être dans sa prime jeunesse, cette domestique était compétente et efficace. Par malheur, elle a connu des déboires et s'est un peu affaiblie, mais elle se remettra vite. Hélas, je crains que cette nonne ne soit pas tout à fait préparée à une servante dotée d'une langue aussi acérée.

Celeste écarquilla les yeux quand elle comprit ce qu'il voulait dire.

— Vous lui avez donné Eua ?

— Le père Denzail et moi avons convenu que ce serait une bonne idée qu'Eua serve la mère supérieure. Elle rendra certainement la vie moins qu'agréable à cette femme.

— Et vous prétendez n'avoir aucun talent de dirigeant, ni d'intérêt pour les manœuvres stratégiques !

Il essaya d'arborer un air modeste, mais sans succès.

— C'est l'une de mes meilleures idées, reconnut-il. L'autre a été de vous demander d'être ma femme.

— Je vous aime, Gerrard, déclara-t-elle en se serrant contre lui. Je regrette tellement de ne pas avoir vu la tête de la mère supérieure quand vous avez grimpé sur sa voiture tel un singe !

Il écarquilla les yeux et forma un grand O avec sa bouche, faisant glousser Celeste de plaisir.

— Oh ! voilà un son que j'espère encore beaucoup entendre, s'exclama-t-il au moment où ils arrivaient à la porte du jardin de la maison des D'Orleau. Dans la voiture, Eua a fait comme si elle ne me connaissait pas, ajouta-t-il sur un ton empreint de nostalgie.

— Il le fallait, sans cela la mère supérieure aurait pu avoir des soupçons et ne pas l'emmener au couvent, avança Celeste pour le réconforter, déterminée à ce que son mari se sente aimé et chéri pour le reste de sa vie.

Mais elle s'efforça pour l'instant de se concentrer sur ce qu'elle avait à faire. Il lui était étrange d'imaginer que la maison de sa famille allait appartenir à Ewald.

— Reprenez courage, mon amour, dit Gerrard tout bas, comprenant parfaitement ce qu'elle ressentait. Vous allez vivre dans votre nouvelle demeure avec quelqu'un qui vous aime de tout son cœur.

Elle lui sourit et continua vers la porte, puis sortit la clé de la manche de sa robe.

Même avec Gerrard à ses côtés, elle ne put réprimer des frissons en repensant à la dernière fois qu'elle s'y était trouvée, avec Lewis, son agression, la lutte…

— C'est tout aussi bien que cela devienne la maison de quelqu'un d'autre, déclara-t-elle en pénétrant dans la pièce principale.

Les meubles étaient à leur place, et à sa grande surprise le chat roux était assis devant le panneau de boiserie brisé pendant la bagarre. Joseph semblait l'attendre.

— Viendras-tu avec nous au château, Joseph, ou préfères-tu rester ici ? murmura-t-elle en se baissant pour le caresser.

— C'est une créature étonnante, fit remarquer Gerrard. C'est lui qui m'a montré les pois qui conduisaient jusqu'à vous.

— Vraiment ?

— Absolument.

— En ce cas, nous devrions le prendre avec nous afin qu'il continue à nous porter chance. Gerrard !

Elle se pencha en avant et découvrit avec stupéfaction le renfoncement derrière les éclats du panneau.

— Gerrard, regardez !

Elle en sortit un sac en cuir couvert de poussière. Il était assez grand pour contenir une miche de pain et cliqueta d'une manière suggestive.

— Oh ! Gerrard, je pense que… ça doit être…

Elle défit le lien et déversa le contenu du sac sur ses

genoux : des pièces d'or et d'argent, une chaîne en or, une bague d'émeraude et un collier de rubis parmi d'autres colifichets.

Le trésor caché de son père.

— Il était donc bien ici, finalement, dit Gerrard.

— Et Audrey ne l'a jamais trouvé, constata Celeste.

— Elle n'en parlait jamais, aussi doutait-elle peut-être de son existence, tout comme moi, supposa Gerrard.

— Pourtant cela aurait signifié pour elle la liberté, ou du moins la chance de choisir un mari qu'elle aurait aimé, rétorqua Celeste en remettant le trésor dans son sac.

— Qu'allez-vous en faire, maintenant ?

Elle leva les yeux vers lui et se releva.

— Etant donné que vous êtes mon mari, tout vous appartient de par la loi.

Gerrard fit un signe de dénégation.

— Non, ce n'est pas à moi. Cet argent est à vous, disposez-en comme il vous plaira.

— Alors, en ce cas, j'aimerais m'assurer que toutes les dettes d'Audrey soient payées. Et, puisqu'il y a peu de doutes que la mère supérieure reste encore bien longtemps à Sainte-Agatha, j'aimerais donner de l'argent à sœur Sylvester pour les remèdes dont elle a besoin, et améliorer la nourriture des nonnes et des novices. Le reste devrait revenir aux habitants de Dunborough. Votre père a dépensé tout son argent et les taxes qu'il collectait à construire et à agrandir le château. J'aimerais que cet argent soit dépensé pour le village, et peut-être pour une nouvelle église, si vous y consentez.

— Tout à fait. Nous sommes redevables aux gens de Dunborough pour tout ce qu'ils ont versé à mon père, et une nouvelle église est une idée judicieuse. Peut-être pourrait-elle être dotée d'une cloche, et d'un vitrail également, ce qui plairait au père Denzail.

Serrant le sac contre elle, Celeste sentit ses yeux se remplir de larmes, et elle se blottit dans les bras de Gerrard.

C'était un homme de bien, elle l'avait toujours su. Et elle avait récemment appris que c'était un homme d'honneur, qui forçait l'admiration. Aujourd'hui elle savait qu'il était en plus gentil et généreux, et désireux de s'amender si on lui montrait le chemin.

— Merci, Gerrard, murmura-t-elle.

Alors qu'ils s'étreignaient, elle laissa tomber le sac, d'où s'échappèrent quelques bijoux et pièces. L'un des colifichets attira l'attention de Joseph, et il commença à le tripoter avec sa patte.

— Sainte mère de Dieu et par tous les saints du ciel !

Surpris, ils s'écartèrent l'un de l'autre. Ewald se tenait sur le seuil, stupéfait, les yeux braqués non sur eux mais sur le trésor répandu.

— Est-ce que… est-ce que ce sont des vrais ?

Alors que Celeste remettait l'argent et les bijoux dans le sac, Gerrard ramassa une pièce d'or et la mordit avec énergie, puis la tendit à Ewald, la marque de ses dents clairement imprimée dessus.

— Il semble que les rumeurs étaient fondées, et qu'il y avait bien un trésor caché ici, lui révéla-t-il.

— En vérité, murmura le marchand, incapable pour une fois d'en dire davantage.

— Je vais chercher l'acte de vente, Ewald, annonça Celeste.

Cela le tira de sa stupeur. Il sortit de sa ceinture une bourse beaucoup plus modeste que le sac de Celeste.

— J'ai apporté l'argent, déclara-t-il.

Son regard restait hypnotisé sur le gros sac dans les mains de Celeste, comme aimanté par une force invisible.

— Pensez-vous qu'il y ait encore d'autres biens cachés ailleurs ? demanda-t-il.

— Je ne le crois pas, répondit-elle avec honnêteté. Mais, puisque cette maison va vous appartenir, vous serez libre d'y chercher à loisir.

— Votre mari est-il d'accord pour cette vente ? demanda Ewald.

— La vente concernait les affaires de Celeste, et elle seule, aussi n'ai-je aucune objection, affirma Gerrard.

— Parfait ! s'exclama le marchand en considérant la pièce principale avec un intérêt renouvelé et une lueur de cupidité dans les yeux, qui convainquit Celeste que toutes les boiseries seraient bientôt arrachées.

Durant un instant, elle éprouva une pointe de regret à l'idée de vendre la maison, jusqu'à ce qu'elle pense à son nouveau foyer et à sa vie avec Gerrard.

Elle alla chercher l'acte de vente et quand elle revint Gerrard tenait Joseph dans ses bras. Le chat s'en échappa brusquement, puis s'assit à côté de lui en agitant la queue.

Quand elle tendit à Ewald le d ocument en échange de la bourse, il hocha brièvement la tête puis se précipita aussitôt vers un panneau de boiserie et commença à tenter de l'arracher du mur, oubliant le reste du monde.

Les larmes aux yeux, Celeste sortit en hâte de la maison, suivie du chat et de son mari, qui la prit dans ses bras.

Elle pleura un peu, puis renifla et plongea son regard dans celui de son époux, empli de compréhension.

— Je ne devrais pas être aussi triste, déclara-t-elle. Je suis certaine qu'Audrey aurait été heureuse pour moi. Et son esprit n'est pas dans cette maison. Il est ici, avec moi, pour toujours, ajouta-t-elle en posant la main sur son cœur.

Il hocha la tête et l'embrassa doucement tout en la serrant plus fort.

L'air de novembre soufflait le froid, bientôt le crépuscule viendrait et s'intensifierait. Mais pour eux, alors qu'ils commençaient leur nouvelle vie ensemble, c'était le printemps.

Et ce pour toujours.

Retrouvez en novembre,
dans votre collection

Les Historiques

La belle et l'écuyer, d'Elisabeth Hobbes - N°888

Angleterre, XIVe siècle

Le cœur battant, Rowenna observe le bel écuyer qui s'avance dans l'arène. Pour elle, cela ne fait aucun doute : il s'agit bien de Robbie – son ami d'enfance qu'elle n'avait pas revu depuis des années –, venu participer au tournoi des écuyers et chevaliers de la cité de York. Comme il a changé ! songe-t-elle. L'adolescent maladroit et énamouré a désormais laissé place à un guerrier redoutable, dans les yeux duquel brille le feu ardent de la passion. Une passion que Rowenna aimerait aussitôt partager avec lui, si seulement il ne semblait pas si peu disposé à venir à sa rencontre... Comme si un lourd secret l'empêchait de s'ouvrir à la perspective d'un amour avec une lady...

Pour le cœur du Highlander, de Lara Temple - N°889

Écosse, XIXe siècle

Dans la calèche qui la conduit au château de Lochmore, Joane est en prise avec des sentiments contradictoires. A-t-elle bien fait d'accepter la proposition de sa tante de devenir la préceptrice du jeune fils du propriétaire des lieux, le duc Benneit Lochmore ? Certes, depuis qu'elle a perdu son mari, elle aspire à une toute nouvelle vie. Mais imaginait-elle un seul instant que le destin la conduirait aux confins des Highlands écossais ? Qui plus est dans la demeure d'un veuf au caractère ombrageux ? Peu importe, se dit-elle. Les dés sont jetés. Et ce n'est certainement pas ce Benneit – aussi mystérieux et séduisant soit-il – qui fera obstacle à ses aspirations !

Un lord pour protecteur, de Sarah Mallory - N°890

SÉRIE : SCANDALES EN ARISTOCRATIE - TOME 2

Angleterre, XIXe siècle

Convaincu de ne jamais être capable de faire le deuil de sa fiancée tragiquement disparue, Rufus a tiré un trait sur le mariage et, surtout, l'amour. Pourtant, lorsqu'il est témoin de l'agression d'une innocente lady dans une auberge malfamée, son sens de l'honneur le pousse non seulement à porter secours à la jeune femme, mais aussi à lui proposer une union de convenance afin de sauver sa réputation. Une proposition qui, il le sait, lui fera prendre le risque de tomber réellement amoureux de sa nouvelle promise, la douce Serena, qui pose déjà sur lui un regard empreint de reconnaissance et de désir...

Les Historiques

HARLEQUIN

Le pacte du chevalier, de Nicole Locke - N°891

Paris, XIIIe siècle

Lorsque la silhouette sombre du chevalier qui vient de la sauver d'une mauvaise passe se dresse devant elle, Alyette sent des frissons la parcourir. Car Reynold Warstone n'est autre que le noble le plus recherché d'Europe, en raison de ses liens avec la couronne tant convoitée d'Écosse. Aussi, quelle n'est pas sa surprise quand ce dernier lui demande de rester à ses côtés afin de prendre soin de son enfant orphelin de mère. En dépit de sa méfiance à l'égard de ce chevalier qu'on dit dangereux et instable, Alyette ne peut s'empêcher de déceler une grandeur d'âme chez son sauveur. Une qualité qui la pousse à accepter la proposition de Reynold, au péril de sa vie... et de son cœur.

La révolte d'une châtelaine, de Blythe Gifford - N°892

Écosse, XIVe siècle

Sommée par son père de quitter la France pour revenir dans son château écossais, Clare appréhende la rudesse de son pays natal. Heureusement, elle attend la demande en mariage du comte de Garencières, un Français galant et raffiné. Mais c'est compter sans l'arrivée de sir Gavin, un chevalier au passé mystérieux qui demande asile au château. Clare ne sait pas ce qui l'exaspère le plus chez cet homme : son mépris des convenances, ou l'assurance infaillible qu'il dégage... Mais tous ses projets basculent lorsque son père, conquis par leur visiteur, lui pose un ultimatum : si le comte de Garencières ne se déclare pas sous peu, c'est au chevalier Gavin qu'il donnera sa main...

La fille cachée du comte, de Carol Townend - N°893

SÉRIE : CHEVALIERS DES TERRES DE CHAMPAGNE - TOME 2

Champagne, 1 173

Les événements s'enchaînent trop vite pour Claire. Alors qu'elle s'était toujours crue orpheline, sir Arthus, un chevalier à fière allure, lui apprend qu'elle est en fait la fille illégitime du comte Myrrdin. Ce qui fait d'elle... une lady ! À présent, il souhaite la conduire auprès de son père, en Bretagne. Même si elle devrait se concentrer sur la nouvelle vie qui l'attend, Claire ne peut s'empêcher d'être troublée par la perspective de ces longues semaines de voyage auprès d'un homme si séduisant. Hélas, malgré l'attirance qu'elle croit lire dans les yeux du chevalier, jamais elle ne pourra prétendre à un tel époux. Car elle sait qu'un nouveau nom ne suffira pas à effacer son lourd secret...

Composé et édité par HarperCollins France.

Achevé d'imprimer en août 2020.

BLACK PRINT

Barcelone

Dépôt légal : septembre 2020.

MIXTE
Papier issu de
sources responsables
FSC® C108412

Pour limiter l'empreinte environnementale de ses livres, HarperCollins France s'engage à n'utiliser que du papier fabriqué à partir de bois provenant de forêts gérées durablement et de manière responsable.

Imprimé en Espagne.